我爱你江山美如画

人民日报美文诵读本

人民日报文艺部 编

人民日报出版社

图书在版编目 (CIP) 数据

我爱你江山美如画：人民日报美文诵读本 / 人民日报文艺部编
. —北京：人民日报出版社，2019.9
ISBN 978-7-5115-6201-2

Ⅰ. ①我… Ⅱ. ①人… Ⅲ. ①散文集—中国—当代 Ⅳ. ① I267

中国版本图书馆 CIP 数据核字 (2019) 第 208839 号

书　　名： 我爱你江山美如画：人民日报美文诵读本
WO AI NI JIANGSHAN MEI RU HUA:RENMINRIBAO
MEIWEN SONGDU BEN
编　　者： 人民日报文艺部

出 版 人： 董　伟
责任编辑： 宋　娜　谢广灼
装帧设计： 秦志超

出版发行： 人民日报出版社
社　　址： 北京金台西路 2 号
邮政编码： 100733
发行热线： （010）65369509　65369527　65369846　65363528
邮购热线： （010）65369530　65363527
编辑热线： （010）65369533
网　　址： www.peopledailypress.com
经　　销： 新华书店
印　　刷： 北京盛通印刷股份有限公司

开　　本： 880 × 1230mm　1/32
字　　数： 226 千字
印　　张： 10.5
印　　次： 2019 年 9 月第 1 版　2019 年 9 月第 1 次印刷

书　　号： ISBN 978-7-5115-6201-2
定　　价： 45.00 元

目　录

沸腾了的北平

——记人民解放军的北平入城式

刘白羽

二月三日，人民解放军举行了解放北平的入城仪式。装甲部队、炮兵、坦克部队、骑兵、步兵，一路从南面永定门入城，另一路由西北面西直门入城，会合之后向南走，由西长安街转和平门，向西，出广安门，这浩浩荡荡的行列，从上午十点到下午四点钟，前头已经出了和平门，后头还在向永定门拥进。

这天，从早晨起，人民就一群群一队队地，向前门广场拥去。九时半，林彪将军、罗荣桓将军、聂荣臻将军、叶剑英将军，出现在前门箭楼上。这时候，前门广场上，人民的行列像海洋，各色各样，红的白的，猎猎飘动的旗帜，就像翻腾的海浪。人们高举着自己热爱的领袖毛主席和朱总司令的巨像。工人、学生、职员、教授，各式各样的人都来了。人们向前挤，向前挤。结彩的火车头开进了东车站，载着好几千平汉路工人，从远远的长辛店赶过来。丰台的铁路员工也拥进了欢迎的行列，汽车厂、机械厂等等九个工厂的工人，摘去了帽子上带有国民党党徽的帽花。一个燕京同学说：“我三点半天没亮就起来了。”

十时，四颗照明弹升上了天空，庄严隆重的入城式开始了。远远地从北面，从前门那边，黑压压地一片人迎上前来，前面一面欢迎大旗迎风飘舞；从南面，人民军队的头一辆带队的装甲车，摇着一面红色指挥旗，朝着欢迎的人群开过来，随后是高悬毛主席、朱总司令肖像的四辆红色胜利卡车，满载着乐队，铜管乐器金光闪闪，吹奏着雄壮的进行曲。装甲车部队一条线似的接在后面。在珠市口一带，部队与欢迎的行列相遇了，欢迎的行列在左面，部队在右面，欢呼雷动。招手呀！呼喊呀！多少人激动地流下了眼泪。光荣呀！只有人民的军队才能得到这样的光荣。人群拥上来了，高呼着“万岁！”他们跑进了解放军行列里面，队伍都不好向前走了。欢迎的群众在装甲车上写：“你们来了，我们大大快乐！”“真光明啊！”“同志们！加油呀！彻底消灭国民党反动派呀！”——队伍陆续向前门广场前进。

十二时，人群里起了一片欢呼声，人民的英雄炮兵出现了，绿色道奇卡车牵引着战防炮、高射炮、化学迫击炮、美式十五生的榴弹炮、日式十五生的榴弹炮、巨大的加农炮，一辆接着一辆。这里面有从辽西，从沈阳缴获的几个美国装备的重炮团。看啊！人民是多么喜爱自己的武器：一门巨大的榴弹炮上面，骑着一个北平的小孩子，他骄傲地高举着手里的旗子笑着过去了。另外几门榴弹炮被人们写上了：“瞄准蒋介石呀！”“送给四大家族每人一颗呀！”十生的巨型加农炮上，一个胸前挂了奖章的英雄炮手，和一个穿绿衣服的邮政工人抱在一起。随后驶过的另一门大炮上站着五六个女学生。还有一个商人站在炮座上挥手高呼“解放军万岁！”箭楼上，检阅这一英雄行列的林彪将军，庄严而亲切地注视着每一辆炮车，注视着人民的狂欢。箭楼下，庆祝解放联合会的扩音车，领导着唱起“我们的队伍来了！”“我们的队伍来了！”开麦拉轧轧地响。数也数不尽的炮车，从欢呼的人们身边奔驰过去，两旁锣鼓喧天，人们扭起秧歌舞来，左面是清华，右面是燕京。他们唱呀，舞呀。有的化装作蒋介石、宋子文、孔祥熙、宋美龄，在人民部队强大的威力面前，显出各种狼狈的丑态，这是历史的真实反映，人民的爱与憎在这里明白地显现出来。

一时十分，突然谁发现了前门牌楼旁边冒起了青烟。喊了声"我们的坦克来了！"一阵坦克轰隆隆的声音传了过来，第一辆坦克从远而近，一个青年学生挥着两只手，站在坦克的炮塔上，狂热地喊"万岁！""万岁！"每个坦克上飘着一面红旗。人群里激起一片欢呼，有的欢喜得流出泪，也忘了擦了。戴着无沿皮帽子的坦克手，从坦克塔里露出上身，向人民挥手、微笑、敬礼。坦克部队后面是摩托化警卫部队，卡车上一色绿的钢盔，雪亮的刺刀。一位白发苍苍的老人，看得高兴，笑着喘了口气说："这口气可喘过来了！"另外一位说："我们老百姓有了这样强大的武装，任何反动派也不许他再欺负我们了。"

这时，一片"东方红，太阳升……"歌声响彻天际。远远好像一片麦浪波动，近来一看原来是戴着皮帽子的人民骑兵来到了。人们叫呀，鼓掌呀，把五彩的纸旗都抛上天空。嘚嗒嘚嗒的马蹄踏着柏油马路，那样整齐、雄壮，骑兵们手上的马刀闪着寒光。骑兵后面就是英雄的步兵。三时，作为前导的军乐队一出现，人民的欢腾达到了顶点的时候了。英雄的部队一支从永定门进城，一支从西直门进城，一个是被敌人称作"暴风雨式的军队"，一个"塔山英雄部队"。在一九四六年冬季，那天空似乎是黑暗的时代，他们在长白山下四保临江，并肩作战。这两支英雄部队从艰难到胜利，在这里得到了人民的热爱、狂爱，这是解放军的光荣，也是中国人民的夸耀。战士们在千万只热爱的眼光下前进。一个胸前挂着六个奖章的战斗英雄，被人们热烈地围着、拉着。一个女学生跑上去摸摸那个光荣的毛泽东奖章。这时，欢迎的人们已经站了整整一天，忘记了寒冷，忘记了饥饿，依恋地舍不得这些英雄，他们与行进的队伍汇合起来，高唱“我永远跟着你前进”，昂然通过一向为帝国主义禁地的东交民巷。

将近下午五时的时候，夕阳照进了广安门，在高大的城门前有无数人群欢送钢铁机械部队。在驶行一整日的战车上、坦克上，飘闪着无数小红旗，战士们手上还捧着人民献给他们的一束束鲜花，这时虽然暮色苍茫，可是整个北平还到处充满愉快的歌声。北平是真正沸腾了。

（刊发于 1949 年 2 月 18 日《人民日报》文艺副刊）

我热爱新北京

老　舍

北京是美丽的。我知道，因为我不单是北京人，而且到过欧美，看见过许多西方的名城。假若我只用北京人的资格去赞美北京，那也许就是成见了。

我知道北京美丽，我爱她像爱我的母亲。因为我这么爱她，所以才为她的缺点着急，苦闷。我关切她的缺欠正像关切一个亲人的疾病。是的，北京确是有缺欠。那些缺欠是过去的皇帝、军阀与国民党政府带给北京的。他们占据着北京，也糟踏北京。

在过去，举例说吧，当皇帝或蒋介石出来的时候，街道上便打扫干净，洒上清水；可是，他们的大轿或汽车不经过的地方便永远没见过扫帚与水桶。达官贵人住着宫殿式的房子，而且有美丽的花园；穷人们却住着顶脏的杂院儿。达官贵人的门外有柏油路，以便疾驶他们的汽车；穷人的门前却是垃圾堆。

一九四九年年尾，我回到故乡北京。我已经十四年没回来过了。虽然别离了这么久，我可是没有一天不想念着她。不管我在哪里，我还是拿北京作我的小说的背景，因为我闭上眼想起的北京，是要比睁着眼看见的地方，更亲切，更真实，更有感情的。这是真话。

到今天，我已在北京住了一年。在这一年里，我所看到听到的都证明了，新的政府千真万确是一切仰仗人民，一切为了人民的。只就北京的建设来说，证据已经十分充足了。让我们提出几项来说吧：

（一）下水道：北京的下水道已年久失修，每逢一下大雨，就应了那句不体面的话："北京，刮风是香炉，下雨是墨盒子。"北京人民政府自从一成立就要洗刷这个由反动政府留下的污点，一方面修路，一方面挖沟。我知道，在十几年抗日与解放战争之后，百废待举的时候，政府的财力是不怎么从容的。可是，政府为了人民的福利，并不因经济的困难而延迟这重大的任务。各城的暗沟都挖了，雨水污水都有了宣泄的路子。北京不再怕下雨；下雨不再使道路成为墨盒子。

最使我感动的是：这个为人民服务的政府并不只为通衢大路修沟，而是也首先顾到一向被反动政府所忽视的偏僻的地方。在以前，反动政府是吸去人民的血，而把污水和垃圾倾倒在穷人的门外，教他们"享受"猪狗的生活。现在，政府是看哪里最脏，疾病最多，便先从哪里动手修整；新政府的眼是看着穷苦人民的。

在北京的南城，有一条明沟，叫作龙须沟。多么美的名字啊，龙须沟！可是，实际上，那是一条最臭的水沟。沟的两岸密匝匝地住满了劳苦的人民，终年呼吸着使人恶心的臭气。多少年了，这条沟没有人修理过，因为这里是贫民窟。人民屡次自动地捐款修沟，款子却被反动的官吏们吞吃了。去年夏初，人民政府在明沟的旁边给人民修了暗沟，秋天完工；填平了明沟。人民怎样的感戴是可以想象到的。我亲自去看过这条奇臭的"龙须"，和那新的暗沟，并且搜集了那一带人民的生活情形，与他们对政府给他们修沟的反映，写成一出三幕话剧，表示我对政府的感激与钦佩。

这话剧或者将在北京解放二周年纪念日演出。

（二）清洁：北京向来是美丽的，可是在反动政府下并不处处都清洁。是的，那时候人民确是按期交卫生费的，但是因为官吏的贪污与不负责，卫生费并不见得用在公众卫生事宜上。现在，北京像一座古老美丽的雕花漆盒，落在一个勤黾的人的手里，盒上的每一凹处都收拾得干干净净，再没有一点积垢。真的，北京的每一条小巷都已清清爽爽，连人家的院内也没有积累的垃圾，因为倾倒秽土的人员是那么勤谨，那么准时必来，使人们都愿意逐日把院里和院外收拾清楚。美丽是与清洁分不开的。以前，只为北京的美丽我已感到骄傲，现在我又多了一分骄傲，看，这人民的古城也多么清爽可喜啊！我可以想象到，在十年八年以后，北京的全城会成为一座大的公园，处处美丽，处处清洁，处处有古迹，处处也有最新的卫生设备。

（三）灯水：北京，在解放前，夜里常是黑暗的。她有电灯，但灯光是那么微弱，以至于似有若无。而且，时时长时间的停电。政治的黑暗，使电灯也无光。那时候，水也是那样：夏天水源枯竭，便没有水用；即在平日，也是有势力的拼命用水，穷人住的地带根本没有自来水管。他们须喝井水。这七百年的古城，在反动政府的统治下，灯水的供应似乎还停留在七世纪前的光景。

北京解放了，人的心与人的眼一齐见到光明。北京的电灯，由于电厂有了新的管理法，由于工人的进步与努力，真像电灯了。工人们保证不缺电，不停电。这古老的都城，在黑夜间，依然露出她的美丽。那金的绿的琉璃瓦，红的墙，白玉石的桥，都在明亮的灯光下，显现出最悦目的颜色。而且，电力还够供给各工厂的，使北京也会生产啊！同样的，水也够用了。而且就是住在龙须沟的人们也有了自来水吃啊。

我爱北京，我更爱今天的北京——她是多么清洁，明亮，美丽！我怎能不感谢毛主席呢？是他，给北京带来了光明，和说不尽的好处啊！我只提到下水道与灯水什么的，可是我的感激是无尽的，因为我在这里所提到的不过是新北京建设工作的一部分啊。

（刊发于 1951 年 1 月 25 日《人民日报》文艺副刊）

归 来

徐 迟

山城重庆，重重叠叠的屋宇。它披着一层薄纱似的轻雾，美丽得像在画中一样！在它的背后，耸起了多么熟悉的山峰和山峰上一圈花边似的淡淡的树木剪影。多么熟悉，因为曾经朝夕相对啊！轮船渐渐驶近了朝天门，却又一个拐弯，进入秀丽的嘉陵江。

一连几天在船身震动之中的乘船人，终于感到船停止它的震抖了。出现了一种奇异的安静。然而，这安静并不长久。另一种震抖传动而来。我全身感到了这震抖，我成了一根被拨动的琴弦。十年，整整十年，没有看见你了！整整十年，没有在你的怀抱中了。现在我回来了。

一辆车已在码头上等候我们。我们穿过一条新辟的马路，经临江门一带，疾驰前进。我又认得又不认得重庆的街道了！重庆的街道啊，我多么愿意下车来，停留在街头，细细看你，摸你。在这里我们曾度过了我们的历史中最艰苦的年头。难道不是在这里，我们半夜惊跳起来，把睡得香甜，连警报汽笛也唤不醒的孩子粗暴地摇醒，然后掮着包，提着箱，踉跄奔进防空洞；难道不是在这里，美国兵坐在吉普车里横冲直撞，奴颜婢膝的国民党西崽向他们打躬作揖，而我们用以维持生活的，我们口袋里的钱币却每时地被一种奇怪的妖法盗窃了去？难道不是在这里，除了太阳给我们一个影子之外，反动统治者也给了我们一个尾随不舍的魔影——我们在这里被折磨过，被侮辱过！

然而，现在不用说这一切了。你已经完全变了样，变得使游子归来，都不认识自己的家园了。

头一天晚上，朋友们招待我去重庆市川剧院看戏。我正听着抑扬的高腔音乐，突然从舞台和剧场的某些暗示中发现了：这可不是“青年馆”吗？是的，这正是当年的“青年馆”。记忆立刻涌了上来。在这台上，有人曾朗诵过《狂人日记》，马思聪曾弹奏过他的《剑舞》，大乐队曾以贝多芬的《英雄》祭奠过罗曼·罗兰老人，郭沫若先生曾站在那个失地千里的何应钦面前，痛骂了他几个小时。骂一句，台下鼓一次掌。而且，就是在这台上，十年前，在《双十协定》签订前夕，毛泽东主席曾经大声疾呼地呼吁和平，他说：“和为贵。”

第二天，我一清早就去寻找故居，没有想到所在地已变成一个公园，原来是草堂，现在矗立着一座楼房。我访问了张家花园，战时的作家协会，不能相信我们的作家曾住过这样破烂、这样湫隘的房子。我寻找紫薇村，没有找到，寻找红球坝，发现从前的一片菜园上，布满房屋，成为热闹的市区。我寻找大田湾，突然发现我已回到人民礼堂那天坛似的大建筑物面前了。在这里耸起宏伟的三层翠绿的圆顶，它在一刹那之间改变了山城的面貌。

我到处寻找，寻找沧白堂前的砖头，较场口的血迹和泪痕。博物馆派来的女同志，带领我们参观曾家岩五十号。我们曾在它的楼下听过政治报告，在小屋中看过秧歌舞剧。可是，这是多么奇怪的一幢房子啊！中国共产党的领导同志和国民党特务同住在一个屋顶下面。在二楼，周恩来和董必武同志的两间卧室之旁，特务占了五个房间。当年的斗争是多么激烈，敌人已楔入到这座房子里来了。可是，现在，我们站在五十号的大门口，照起相来了。

重庆，有多少可回忆，可纪念的事物啊！可是，两天后，怀旧的心情很快消失。满眼是新事物。第三天，就觉得这种心情有点迂。第四天，我自己也简直不能忍受它了！

滑竿没有了。人力车也看不见了。电车满城飞，爬坡比起汽车来还快。缆车上上下下，往来于两路口菜园坝之间。菜园坝车站是四十年愿望的终点，成渝路的起点。现在，人们正在等待着宝成路通车的佳音。川黔路已经在兴建之中，将要跨越长江和嘉陵江的两座江桥开始钻探了。山城重庆还将是我国最早修建地下铁道的一座城市，一条地下铁道线从牛角沱通往大溪沟，另一条线从菜园坝通往朝天门。让我们采大理石来修造车站，用最美丽的名字给它们命名。

美丽的城市啊！我曾从朝天门出发，穿过繁荣的市区，到两路口参观体育馆，然后经过大坪，向着杨家坪而去。新建的一排排的工人宿舍，洁白的墙，绿的窗户，门前的小花圃，新建的电影院。未来的重庆正在这里劈开山头填平山谷，建设起来。我们又从这靠长江的一面横插到嘉陵江的一面去，于是看到了沙坪坝、磁器口的一片巨大的市区。一处是工业区，另一处是轻工业和文化区。

伟大的城市啊。一条宽阔的沿江码头将要像腰带似的怀抱这座山城。三峡水库将水位提高后，从上海来的万吨大轮船将要泊在这拥有一切现代化设备的大港。围绕着重庆钢铁公司的将是许多机器制造工业。重庆还是一座巨大的煤炭工业之城。蕴藏在长江和嘉陵江水波里的巨大的电力，则将推动这些工业。

富饶的城市啊！多少果树迎着阳光？多少果实使枝头下垂？去年的广柑还没有吃光，今年的又挂在树上了！为什么大自然对这里如此厚道？这里用不到绿化，四季都是绿的。绿化在这里只是绿的规划化：这几座山是广柑，那几座是柚子，等等。

看啊，百花满地，蝴蝶满园。还不知是蝶多，花多？还不知是花多，蝶多？看啊，四只抖动的蝴蝶在争夺一朵西番莲的花蕊。山城的气候特点使山城的花比哪儿的花都更香，这儿是我们的一个香水工厂所在地。

夜晚，站在枇杷山公园的高处往下望，山下是几十万家灯火。你可以用一张黑纸，在上面刺着无数针眼，然后放到灯前看一看，这就是夜重庆，而我是回来了。

（刊发于 1956 年 7 月 4 日《人民日报》文艺副刊）

天安门前

沈从文

近几年来，我因工作关系，无论风晴雨雪，每天早晨、晚间都得进出天安门几次。可是试想拿起笔来写写天安门，倒不知从何说起了。

三十年前到北京来观光的人，在城郊各处都常有机会看见成串的骆驼队伍，从容不迫地在灰尘扑扑的道路上前进。每只骆驼背上必驮载两大袋杂粮或煤块。末尾照例还有只小骆驼押队，颈脖下悬个筒子形大铁铃，走动时当当地响。这些铃铛大致是世代相传，经历了许多年月风霜，声音有些已经哑沙沙的了。若机会凑巧，还可看到一种用两只骆驼组成的驼轿，一前一后斜斜地排着，抬着个大木轿笼，摇摇晃晃地走着，它也许正从蒙古、热河长途远道前来，恰好停顿在城外一个店铺前边。那店铺门口屋檐前挂有一块“某某镖局”的招牌。原来《七侠五义》《小五义》中提起的镖客，还有人在继承事业，又还有主顾上门求教。这个古老城市里，当时就还留下许多这类古老社会的标本。有的属于两百年前的，有的属于七八百年前的。骆驼队本来是沙漠中的舰队，在市中心的天安门前发现时，就更加显得这个城市的古老。当时北京电车开行还不多久，若遇骆驼队伍横贯马路时，电车司机照规矩还得暂时停车，等待一会儿，像是人人都得承认这是八百年前北京建都以来的成员，对待它们应当表示一点客气或尊重。

在天安门前的，还有青年学生、工人、市民，在这里举行示威游行前的集会。“五四”“三一八”“五卅”“九一八”……除了这些大的登报上书的集会以外，还经常有小规模的，每次虽然不过两三千人，或七八百人，已使得旧军阀官僚感到头疼心烦不好办。因此天安门前有一时曾经各处都种满了白丁香和黄刺玫，不知道的还以为军阀官僚在美化旧都，事实上原来只是有意把广场面积缩小，消极防止爱国青年的示威活动。

三十年来，北京城经历过了许多重大事变，终于解放了。天安门成了人民争取持久和平的象征，共同努力走向幸福美好生活的象征。每逢节日，几十万群众集会游行已成平常事情。时代不同了，骆驼队伍再不容易在这里出现了。现在什么人想看看这种神气庄严、体魄壮伟、耐劳负重的生物，大致得到南口居庸关一带，才有机会偶然碰上。至于住在北京市的小朋友们呢，将来只有到动物园或地志博物馆去，才有希望知道真正的骆驼究竟是什么样子，并且明白成串骆驼由长城外来到北京的种种情形。北京动物园如今还没有骆驼的位置，我建议不妨加入两三只，并且把它们祖先两千年前就经常载运了各种重要物资，横贯西北大沙漠，对于沟通中原和西域各民族关系，以及在中西文化交通史方面所作的伟大贡献，和二千年来在华北一般交通运输中所起的重要作用，加以适当的说明。更好的自然是将来地志博物馆陈列中表现城乡关系时，能够把三十年前成串骆驼在暮色沉沉时通过天安门前的景象，和解放后几十万群众在这里看五色焰火上冲霄汉、歌舞狂欢的景象，作一个显明对比，可见出两个时代，两种社会，如何截然不同。

天安门前大路上，成串骆驼迈着大方步过路，这种古色古香的，同时也是暮气沉沉的时代，已经完全结束了。代表今天、象征明天的各种新事物，却在不断出现。天安门大白石桥、石狮子前边，我们经常都可发现一群群年纪四五岁的小朋友，两颊红嘟嘟的，双双拉着手排队上公园去，随着阿姨的指点，一齐暂时停下来欣赏面前那个高大的天安门楼，欣赏毛主席六年前站到那上面向中国人民、向全世界宣布“中国人民站起来了”的那个地方。这个庄严壮丽的大门楼背后，正衬着一片透蓝的天空，一群白鸽子和银星点子一样，在这个蓝空天幕下绕着门楼回旋飞翔。回过头向南边望望，人民英雄纪念碑大棚架已经撤去，全部工程过不久就要完成了。要使得这个纪念碑更加庄严好看一些，扩大四周空地，更新的待施工的建筑群蓝图，应当已经在准备中。

前一代的流血牺牲，为这一代青年学习和工作开辟了无限广阔平坦的道路，这一代的勤劳辛苦，又正在为幼小一代创造更加幸福美好的环境，全中国人民——老年、壮年、青年和儿童，就活在这么一个新的社会中。革命纪念碑全部落成后，夏天黄昏时节，会经常有各种音乐团体，来在纪念碑前边石台上；向市民举行公开演奏会，在这里我们不仅可听到热情优美的民间音乐，还有希望可听到世界各国伟大作曲家最健康悦耳的音乐。到三个五年计划完成时，天安门前的广场，可能已经完全改变了样子，所有看台都用汉白玉石作得整整齐齐，纪念碑附近已展开极宽，四周六七层高的新建筑物群，也大部分用汉白玉石装饰，作得十分华美。这里是革命博物馆，那里是祖国自然资源馆，第三是民族文化馆，第四是工业建设馆，第五是……到晚上，这些大型建筑物里边，都光亮得和大白天一般，有万千游人进出。纪念碑前却有了二十丈大的巨型新式银幕，用电视方法，放映国家歌舞剧院正在上演的音乐舞蹈节目，免费供给三万市民群众欣赏。也还会看见成串骆驼正在慢慢地从天安门前边走过，而且押队那支小骆驼，颈脖下那个铃铛，依旧当当地响着，把多数人暂时都吸引到半世纪前北京旧风景画中去，原来这是历史博物馆在用电视教育回述天安门前的种种历史！

（刊发于 1956 年 7 月 9 日《人民日报》文艺副刊）

初冬过三峡

萧　乾

一

听说船早晨十点从奉节入峡，九点多钟我揣了一份干粮爬上一道金属小梯，站到船顶层的甲板上了。从那时候起，我就跟天、水以及两岸的巉岩峭壁打成一片，直直伫立到天色昏暗，只听得见成群的水鸭子在江面上啾啾私语，却看不见它们的时候，才回到舱里。在初冬的江风里吹了将近九个钟头，脸和手背都觉得有些麻木臃肿了，然而那是怎样难忘的九个钟头啊！我一直都像是在变幻无穷的梦境里，又像是在听一阕奔放浩荡的交响乐章：忽而妩媚，忽而雄壮；忽而阴森逼人，忽而灿烂夺目。

整个大江有如一环环接起来的银链，每一环四壁都是蔽天翳日的峰峦，中间各自形成一个独特天地，有的椭圆如琵琶，有的长如梭。走进一环，回首只见浮云衬着初冬的天空，自由自在地游动，下面众峰峥嵘，各不相让，实在看不出船是怎样硬从群山缝隙里钻过来的。往前看呢，山岚弥漫，重岩叠嶂，有的如笋如柱，直插云霄，有的像彩屏般森严大方地屹立在前，挡住去路。天又晓得船将怎样从这些巨汉的腋下钻出去。

那两百公里的水程用文学作品来形容，正像是一出情节惊险、故事曲折离奇的好戏，这一幕包管你猜不出下一幕的发展，文思如此之绵密，而又如此之突兀，它迫使你非一口气看完不可。

出了三峡，我只有力气说一句话：这真是自然的大手笔。晚餐桌上，我们比过密西西比，也比过从阿尔卑斯山穿过的一段多瑙河，越比越觉得祖国河山的奇瑰，也越体会到我们的诗词绘画何以那样俊拔奇伟，气势万千。

二

没到三峡以前，只把它想象成岩壁峭绝，不见天日。其实，太阳这个巧妙的照明师不但利用出峡入峡的当儿，不断跟我们玩着捉迷藏，它还会在壁立千仞的幽谷里，忽而从峰与峰之间投进一道金晃晃的光柱，忽而它又躲进云里，透过薄云垂下一匹轻纱。

早年读书时候，对三峡的云彩早就向往了，这次一见，果然是不平凡。过瞿塘峡，山巅积雪跟云絮几乎羼在一起，明明是云彩在移动，恍惚间却觉得是山头在走。过巫峡，云渐成朵，忽聚忽散，似天鹅群舞，在蓝天上织出奇妙的图案。有时候云彩又呈一束束白色的飘带，它似乎在用尽一切轻盈婀娜的姿态来衬托四周叠起的重岭。

初入峡，颇有逛东岳庙时候的森懔之感，四面八方都是些奇而丑的山神，朝自己扑奔而来。两岸斑驳的岩石如巨兽伺伏，又似正在沉眠。山峰有作蝙蝠展翅状，有的如尖刀倒插，也有的似引颈欲鸣的雄鸡，就好像一位魄力大、手艺高的巨人曾挥动千钧巨斧，东砍西削，硬替大江斩出这道去路。岩身有的作绛紫色，有的灰白杏黄间杂。著名的“三排石”是浅灰带黄，像煞三堵断垣。仙女峰作杏黄色，峰形尖如手指，真是奇丽动人。

尽管山坳里树上还累累挂着黄澄澄的广柑，峰巅却见了雪。大概只薄薄下了一层，经风一刮，远望好像楞楞可见的肋骨。巫峡某峰，半腰横挂着一道灰云，显得异常英俊。有的山上还有闪亮的瀑布，像银丝带般蜿蜒飘下。也有的虽然只不过是山缝儿里淌下的一道涧流，可是在夕阳的映照下，却也变成了金色的链子。

船刚到夔府峡，望到屹立中流的滟滪滩，就不能不领略到三峡水势的崄巇了。从那以后，江面不断出现这种拦路的礁石。勇敢的人们居然还给这些暗礁起下动听的名字，如“头珠石”“二珠石”。这以外，江心还埋伏着无数险滩，名字也都蛮漂亮。过去不晓得多少生灵都葬身在那里了。现在尽管江身狭窄如昔，却安全得像个秩序井然的城市。江面每个暗礁上面都浮起红色灯标，船每航到瓶口细颈处，山角必有个水标站，门前挂了各种标记，那大概就相当于陆地上的交通警。水浅地方，必有白色的报航船，对来往船只报告水位。傍晚，还有人驾船把江面一盏盏的红灯点着，那使我忆起老北京的路灯。

每过险滩，从船舷下望，江心总像有万条蛟龙翻滚，漩涡团团，船身震撼。这时候，水面皱纹圆如铜钱，乱如海藻，恐怖如陷阱。为了避免搁浅，穿着救生衣的水手站在船头的两侧，用一根红蓝相间的长篙不停地试着水位。只听到风的呼啸，船头跟激流的冲撞，和水手报水位的喊声。这当儿，驾驶台一定紧张得很了。

船一声接一声地响着汽笛，对面要是有船，也鸣笛示意。船跟船打了招呼，于是，山跟山也对语起来了，声音辽远而深沉，像是发自大地的肺腑。

三

最令人惊心动魄的是激流里的木船。有的是出来打鱼的，有的正把川江的橘麻下运。剽悍的船夫就驾着这种弱不禁风的木船，沿着嶙峋的巉岩，在江心跟汹涌的漩涡搏斗。船身给风刮得倾斜了，浪花漫过了船头，但是勇敢的桨手们还在劲风里唱着号子歌。

这当儿，一声汽笛，轮船眼看开过来了。木船赶紧朝江边划。轮船驶过，在江里翻滚的那一万条蛟龙变成十万条了，木船就像狂风中的荷瓣那样横过来倒过去地颠波动荡。不管怎样，桨手们依旧唱着号子歌，逆流前进。他们征服三峡的方法虽然是古老失时的，然而他们毕竟还是征服者。

三峡的山水叫人惊服，更叫人惊服的是沿峡劳动人民征服自然，谋取生存的勇气和本领。在那耸立的峭壁上，依稀可以辨出千百层细小石级，交错蜿蜒，真是羊肠蟠道三十六回。有时候重岩绝壁上垂下一道长达十几丈的竹梯，远望宛如什么爬虫在巉岩上蠕动。上面，白色的炊烟从一排排茅舍里袅袅上升了。用望远镜眺望，还可以看到屋檐下晒的柴禾、腊肉或渔具，旁边的土丘大约就是他们的祖茔。峡里还时常看见田垅和牲口。在只有老鹰才飞得到的绝岩上，古代的人们建起了高塔和寺庙。

船到南津关，岸上忽然出现了一片完全不同的景象：山麓下搭起一排新的木屋和白色的帐篷。这时候，一簇年轻小伙子正在篮球架子下面嘶嚷着，抢夺着。多么熟稔的声音啊！我听到了筑路工人铿然的铁锹声，也听到更洪亮的炸石声。赶紧借过望远镜来一望，镜子里出现了一张张充满了青春气息的笑脸。多巧啊，电灯这当儿亮了。我看见高耸的钻探机。

原来这是个重大的勘察基地，岸上的人们正是历史奇迹的创造者。他们征服自然的规模更大，办法更高明了。他们正设计在三峡东边把口的地方修建一座世界最大的水电站，一座可以照耀半个中国的水电站。三峡将从蜀道上一道崄巇的关隘，变成为幸福的源泉。

山势渐渐由奇伟而平凡了，船终于在苍茫的暮色里，安全出了峡。从此，漩涡消失了，两岸的峭岩消失了，江面温柔广阔，酷似一片湖水。轮船转弯时，衬着暮霭，船身在江面轧出千百道金色的田垄，又像有万条龙睛鱼在船尾并排追踪。

江边的渔船已经看不清楚了，天水交接处，疏疏朗朗只见几根枯苇般的桅杆。天空昏暗得像一面积满尘埃的镜子，一只苍鹰此刻正兀自在那里盘旋。它像是寻思着什么，又像是对这片山川云物有所依恋。

（刊发于 1956 年 12 月 16—17 日《人民日报》文艺副刊）

南国花市

秦　牧

“春风摇荡自东来，折尽樱桃绽尽梅。”暖融融的春风一吹，大地上就到处花开了。这时节，很使人想起中国古代那些“一县花”“芙蓉城”之类的传说。广州春节前夜的花市，比历史传说的境界还要美些。这些年我住在广州，每年一度的花市，总是非得去挤一挤流几滴汗不可。这一夜，似乎许多广州人都有佛教所说的那种“拈花微笑”的风度了。

广州是一个终年都有花开的城市。木本中的紫荆，草本中的剑兰，我真不知道它们究竟什么时候不开花。小小的花摊平时是到处密布的，但是大规模的花市却只是一年一度。唯其是一年一度，气派可就更好看啦。地理环境使广州最先地迎接春风，在全国各个城市中最先地成为花团锦簇的城市。因为那道使人想起了温暖的北回归线就在广州北面不远穿过！记得苏联文学作品中曾经提到他们那里有一种花叫作“报春花”(和中国一些地方称为“报春花”的木兰不同)，开的是一个个小铃似的花朵。俄国民间传说认为春风一吹，这些田野的小铃就摇起头来，呼唤大地道：“开花啦，开花啦，春天来了。”广东有一种特产的名花叫作“吊钟花”，每一个花蕊里面能长出十个左右的倒吊的小钟儿似的花朵来。仿佛它们也是春天的使者，敲着它们的小钟儿报告春讯，于是，鹅黄嫩绿、万紫千红都苏醒过来，倏忽间大地就披上花巾了。

广州的花市共有三个地方，把它们前后连接起来，恐怕有几里路长。这些成为花市的地方，是很有点历史渊源的。例如在中国近代史上很著名的“十三行”附近，在古代放置“铜壶滴漏”的双门底（现在的永汉北路一带），在从前朱门大户集中区的西关，就每每有一个花市。在临近春节的三两天，这些地方沿街搭起了花架，那模样儿很有点像马戏的看台。沿架置满花卉果树，使这些竹架一列列变成了“花墙”。街道也就一条条变成了“花街”。人流就在这些花街中穿来穿去。春节的前夜，即所谓农历的除夕，花市的热闹景象达到了高潮。这一夜，看花的，买花的，摩肩接踵，一直闹到天亮。几乎全城的大多数人，像乡村人家赶集似的，都跑来看花了。

从前的人们曾经叹惜过“种花一年，看花十日”。在《今古奇观》中，古代文人借小说里人物之口，说过这样的话：“凡花一年只开得一度，四时中只占得一时，一时中又只占得数日。它熬过了三时的冷淡，才讨得这数日的风光……况就此数日间，先犹含蕊，后复零残，盛开之时，更无多了。”这些话是说得不错的。就正因为这样，广州的花市更加使人像踏进一个梦幻的境界似的，感到格外迷恋和赞叹。因为在这个花市里，同时陈列的盛开的花总有好几十种。原来在秋天开的，花农使它延迟在这一两天开。原来在暮春开的，花农又催它提前在这一两天开。那景气，颇使人想起中国神话中的“司花使者”一夜中使群花尽开的杰作。在花市里，“幽香淡淡影疏疏”的梅花、“卧丛无力含醉妆”的牡丹、“丰肌弱骨要人医”的芍药、“毫端蕴秀临霜写”的菊花，有“凌波仙子”美号的水仙、“淡染胭脂”的桃花、古雅一如宋画的茶花、摇着许多小钟的吊钟花、香得离奇的“含笑”、从下端开花开到顶端的剑兰彩雀、端庄的玉簪、妖冶的玫瑰……花样儿真是多极了。南国花市的另一个特色是有许多结实累累的果树同时陈列着。这就是金橘、橙子、朱砂桔、人心果之类。种得好的金橘，有一株结果在百枚以上的。花花卉卉排列得多，使人想起各种各样的花卉似乎也各有性格，它们有刚强的，有软弱的，有庄重的，也有撒娇卖俏的，它们给人的幻想不一定和少女们联系在一起，他们也使人想起其他的人们。小葵树使人想起恬静严肃的中年人，仙人掌类植物使人想起饱历风霜的铁汉。剑兰像是女体育家、鸡冠像是摇大葵扇插大红花的媒婆……

在花市挤来挤去，那风趣是很难形容的。对春节这一类的节日，一种古老的美妙的感觉似乎一直钻进我们的微血管里。那种气氛是我们全民族所共同感受的。表面上，人山人海在看花，而在人丛中似乎总有一个声音在响着，那是迎春的声音，互相祝贺的声音，那是背诵唐诗或者先哲格言（例如“一年之计在于春”之类）的声音。它使人在这种气氛中唤起一种强烈的民族感情。年轻时代一到春天来了、人家燃爆竹、插梅花就有一种暖融融的感觉。从前以为这不过是春天来了，爱情的酵母在血管里作怪的缘故，其实这是不尽然的。那是节日唤起的民族生活感情。在花市里，一个人对周围的一切，是显得多么地熟悉和水乳交融啊。

在这样的日子里，同时有许多卖古董的、卖瓷器的、卖字画的、卖金鱼的摊子一齐出现了。品种纷繁的花，品种纷繁的金鱼，哥窑、均红、天青、粉彩……的瓷器，一起给人贺节来了。那是多少人在多少世代中劳动的结晶，一种多么深厚的文化积累啊！在花市里，举着一束花、肩着一枝吊钟慢慢走回家去是悠闲享福不过的事。这些年来看到大家都能够这样做，更是一种快乐的事。在那场合，人是很容易想到诗的，我就写了这么几句：

银夜花街十里长，满城男女鬓衣香。
人潮灯下浑如醉，争看春秾初上妆！

（刊发于 1957 年 2 月 14 日《人民日报》文艺副刊）

我们把春天吵醒了

冰　心

季候上的春天，像一个困倦的孩子，在冬天温暖轻软的绒被下，安稳地合目睡眠。

但是，向大自然索取财富、分秒必争的中国人民，是不肯让他多睡懒觉的！六亿五千万人商量好了，用各种洪大的声音和震天撼地的动作来把他吵醒。

大雪纷飞，砭骨的朔风，扬起大地上尖刀般的沙土……我们心里带着永在的春天，成群结队地在祖国的各个角落里，去吵醒季候上的春天。

我们在矿山里开出了春天，在火炉里炼出了春天，在盐场上晒出了春天，在水坝上砌起了春天，在纺机上织出了春天，在沙漠的铁路上筑起了春天，在汹涌的海洋里捞出了春天，在鲜红的唇上唱出了春天，在挥舞的笔下写出了春天……

春天揉着眼睛坐起来了，脸上充满了惊讶的微笑："几万年来，都是我睡足了，飞出冬天的洞穴，用青青的草色，用潺潺的解冻的河流，用万紫千红的香花……来触动你们，唤醒你们。如今一切都翻转了，伟大呵，你们这些建设社会主义的人们！"

春天，驾着呼啸的春风，拿起招展的春幡，高高地飞起了。

哗啦啦的春幡吹卷声中，大地上一切都惊醒了。

昆仑山，连绵不断的万丈高峰，载着峨峨的冰雪，插入青天。热海般的春气围绕着它，温暖着它，它微笑地欠伸了，身上的雪衣抖开了，融化了；亿万粒的冰珠松解成万丈的洪流，大声地欢笑着，跳下高耸的危崖，奔涌而下。它流入黄河，流入长江，流入银网般的大大小小的江河。在那里，早有亿万个等得不耐烦的、包着头或是穿着工作服的男女老幼，揎拳掳袖满面春风地在迎接着，把它带到清浅的水库里、水渠里，带到干渴的无边大地里。

这无边的大地，让几千架的隆隆的翻土机，几亿把上下挥动银光闪烁的锄头，把它从严冬冰冷的紧握下，解放出来了。它敞开黝黑的胸膛，喘息着，等待着它的食粮。

亿万担的肥料：从猪圈里，牛棚里，工厂的锅炉里，人家的屋角里……聚集起来了，一车接着一车，一担连着一担地送来了。大地狼吞虎咽地吃饱了，擦一擦流油的嘴角和脸上的汗珠，站了起来，伸出坚强的双臂来接抱千千万万肥肥胖胖的孩子，把他们紧紧地搂在怀里。

这些是米的孩子，麦的孩子，棉花的孩子……笑笑嚷嚷地挤在这松软深阔的胸膛里，泥土的香气，熏得他们有点发昏，他们不住地彼此摇撼呼唤着叫："弟兄们，姊妹们，这里面太挤了，让我们出去疏散疏散吧！"

隐隐地他们听到了高空中春幡招展的声音；从千万扇细小的天窗里，他们看到了金雾般的春天的阳光。

他们乐得一跳多高！他们一个劲地往上钻，好容易钻出几尺深的泥土。他们站住了，深深地吸了一口春天的充满了欢乐的香气，悠然地伸开两片嫩绿的翅叶。

俯在他们上面，用爱怜亲切的眼光注视着他们的，有包着花布头巾笑出酒窝来的大姑娘，也有穿着工作服的眉花眼笑的小伙子，也有举着烟袋在指点夸说的老爷爷……

原来他们又已经等得不耐烦了！

春天在高空中把这一切都看在眼里。他笑着自言自语地说：“这些把二十年当作一天来过的人，你们在赶时间，时间也在赶你们！……”

春天掮上春幡赶快又走他的云中的路。他是到祖国的哪一座高山，哪一处平原，或是哪一片海洋上去做他的工作，我们也没有工夫去管他了！

横竖我们已经把春天吵醒了！

一九五九年二月六日

（刊发于 1959 年 2 月 8 日《人民日报》文艺副刊）

荔枝蜜

杨　朔

花鸟草虫，凡是上得画的，那原物往往也叫人喜爱。蜜蜂是画家的爱物，我却总不大喜欢。说起来可笑，孩子时候，有一回上树掐海棠花，不想叫蜜蜂螫了一下，痛得我差点儿跌下来。大人告诉我说：蜜蜂轻易不蜇人，准是误以为你要伤害它，才螫。一螫，它自己耗尽生命，也活不久了。我听了，觉得那蜜蜂可怜，原谅它了。可是从此以后，每逢看见蜜蜂，感情上疙疙瘩瘩的，总不怎么舒服。

今年4月，我到广东从化温泉小住了几天。四围是山，怀里抱着一潭春水，那又浓又翠的景色，真是一幅青山绿水画。刚去的当晚，是个阴天，偶尔倚着楼窗一望：奇怪啊，怎么楼前凭空涌起那么多黑黝黝的小山，一重一重的，起伏不断。记得楼前是一片较比平坦的园林，不是山。这到底是什么幻景呢？赶到天明一看，忍不住笑了。原来是满野的荔枝树，一棵连一棵，每棵的叶子都密得不透缝，黑夜看去，可不就像小山似的。

荔枝也许是世上最鲜最美的水果。苏东坡写过这样的诗句："日啖荔枝三百颗，不辞长作岭南人"，可见荔枝的妙处。偏偏我来的不是时候，满树刚开着浅黄色的小花，并不出众。新发的嫩叶，颜色淡红，比花倒还中看些。从开花到果子成熟，大约得三个月，看来我是等不及在从化温泉吃鲜荔枝了。

吃鲜荔枝蜜，倒是时候。有人也许没听说这稀罕物儿吧？从化的荔枝树多得像汪洋大海，开花时节，满野嘤嘤嗡嗡，忙得那蜜蜂忘记早晚，有时趁着月色还采花酿蜜。荔枝蜜的特点是成色纯，养分大。住在温泉的人多半喜欢吃这种蜜，滋养精神。热心肠的同志为我也弄到两瓶。一开瓶子塞儿，就是那么一股甜香；调上半杯一喝，甜香里带着股清气，很有点鲜荔枝的味儿。喝着这样的好蜜，你会觉得生活都是甜的呢。

我不觉动了情。想去看看自己一向不大喜欢的蜜蜂。

荔枝林深处，隐隐露出一角白屋，那是温泉公社的养蜂场，却起了个有趣的名儿，叫“蜜蜂大厦”。正当十分春色，花开得正闹。一走近“大厦”，只见成群结队的蜜蜂出出进进，飞去飞来，那沸沸扬扬的情景，会使你想：说不定蜜蜂也在赶着建设什么新生活呢。

养蜂员老梁领我走进“大厦”。叫他老梁，其实是个青年人，举动很精细。大概是老梁想叫我深入一下蜜蜂的生活，小小心心揭开一个木头蜂箱，箱里隔着一排板，每块板上满是蜜蜂，蠕蠕地爬着。蜂王是黑色的，身量特别细长，每只蜜蜂都愿意用采来的花精供养它。

老梁叹息似的轻轻说：“你瞧这群小东西，多听话。”

我就问道：“像这样一窝蜂，一年能割多少蜜？”

老梁说：“能割几十斤。蜜蜂这物件，最爱劳动。广东天气好，花又多，蜜蜂一年四季都不闲着。酿的蜜多，自己吃的可有限。每回割蜜，给它们留一点点糖，够它们吃的就行了。它们从来不争，也不计较什么，还是继续劳动、继续酿蜜，整日整月不辞辛苦……”

我又问道：“这样好蜜，不怕什么东西来糟害吗？”

老梁说："怎么不怕？你得提防虫子爬进来，还得提防大黄蜂。大黄蜂这贼最恶。常常落在蜜蜂窝洞口，专干坏事。"

我不觉笑道："噢！自然界也有侵略者。该怎么对付大黄蜂呢？"

老梁说："赶！赶不走就打死它。要让它待在那儿，会咬死蜜蜂的。"

我想起一个问题，就问："可是呢，一只蜜蜂能活多久？"

老梁回答说："蜂王可以活三年，一只工蜂最多能活六个月。"

我说："原来寿命这样短。你不是总得往蜂房外边打扫死蜜蜂吗？"

老梁摇一摇头说："从来不用。蜜蜂是很懂事的。活到限数，自己就悄悄死在外边，再也不回来了。"

我的心不禁一颤：多可爱的小生灵啊，对人无所求，给人的却是极好的东西。蜜蜂是在酿蜜，又是在酿造生活；不是为自己，而是在为人类酿造最甜的生活。蜜蜂是渺小的；蜜蜂却又多么高尚啊！

透过荔枝树林，我沉吟地望着远远的田野，那儿正有农民立在水田里，辛辛勤勤地分秧插秧。他们正用劳力建设自己的生活，实际也是在酿蜜——为自己，为别人，也为后世子孙酿造着生活的蜜。

这黑夜，我做了个奇怪的梦，梦见自己变成一只小蜜蜂。

（刊发于 1961 年 7 月 23 日《人民日报》文艺副刊）

可贵的山茶花

邓　拓

我生平最喜欢山茶花。前年冬末春初卧病期间，幸亏有一盆盛开的浅红色的“杨妃山茶”摆在床边，朝夕相对，颇慰寂寥。有一个早上，突然发现一朵鲜艳的花儿被碰掉了，心里觉得很可惜。我把她拾起来，放在原来的花枝上，借着周围的花叶把她托住。经过了二十天的时间，她还没有凋谢。这是多么强烈的生命力啊！当时我写了一首小诗，称颂这朵山茶花：

红粉凝霜碧玉丛，
淡妆浅笑对东风。
此生愿伴春长在，
断骨留魂证苦衷。

她的粉红色花瓣，又嫩又润，恍惚是脂粉凝成的；衬着绿油油的叶子，又厚又有光泽，好像是用碧玉雕成的；一株小树能开许多花朵，前后开花的时间，可以连续两三个月。她似乎在严寒的季节，就已经预示了春天的到来；而在东风吹遍大地的时候，她更加不愿离去，即便枝折花落，她仍然不肯凋谢，始终要把她的生命献给美丽的春光。这样坚贞优美的性格，怎能不令人感动啊！

今年春节，我有机会在云南的昆明和大理等地，看到各色各样的山茶花。特别是在大理，不但所有的公共场所都遍栽山茶花，而且许多居民的庭院中也尽是山茶花。在这个古老的小县城里，春节前夕的街头，到处摆满了小摊，出售野生的山茶花。我当时看到这番情景，马上产生一个强烈的印象，觉得这个小巧玲珑的古城，把它叫作“茶花城”，一点也不过分。美丽的山茶花，使这里的山水人物，全都变得那么娇艳可爱了。仰望苍山，俯瞰洱海，听着五朵金花公社的歌声，看着金花银花姐妹们热情的笑脸，人们的生活更显得丰富而美满，如诗如画，永不凋谢，永远繁荣！

这样美丽的山茶花乃是我国西南地区的特产，而以云南、四川为最。明代的王世懋，在他的著作《学圃杂疏》的“花疏”中写道：

> 吾地山茶重宝珠。有一种花大而心繁者，以蜀茶称，然其色类殷红。尝闻人言，滇中绝胜。余官莆中，见士大夫家皆种蜀茶，花数千朵，色鲜红，作密瓣，其大如杯。云：种自林中丞蜀中得来，性特畏寒，又不喜盆栽。余得一株，长七八尺，舁归，植淡园中，作屋幕于隆冬，春时撤去。蕊多辄摘却，仅留二三花，更大绝，为余兄所赏。后当过枝，广传其种，亦花中宝也。

王世懋是江苏太仓人，为明代著名诗人王世贞的弟弟。从他的这一节记载中，我们可以看出，明代嘉靖年间，江苏等地的山茶花，大概都由四川和云南移植过去的。王世懋在书中还介绍了黄山茶、白山茶、红白茶梅、杨妃山茶等许多品种。在他以后，到明代万历年间，王象晋写了一部《群芳谱》，其中对山茶花又作了详细的介绍：

山茶一名曼陀罗，树高者丈余，低者二三尺，枝干交加。叶似木樨，硬有棱，稍厚；中阔寸余，两头尖，长三寸许；面深绿，光滑；背浅绿，经冬不脱。以叶类茶，又可作饮，故得茶名。花有数种，十月开至二月。有鹤顶茶，大如莲，红如血，中心塞满如鹤顶，来自云南，曰滇茶。玛瑙茶，红黄白粉为心，大红为盘，产自温州。宝珠茶，千叶攒簇，色深少态。杨妃茶，单叶，花开早，桃红色，焦萼。白宝珠，似宝珠而蕊白，九月开花，清香可爱。正宫粉、赛宫粉，皆粉红色。石榴茶，中有碎花。海榴茶，青蒂而小。菜榴茶、踯躅茶，类山踯躅。真珠茶、串珠茶，粉红色。又有云茶、磬口茶、茉莉茶、一捻红、照殿红。

作者在这里介绍了许多种山茶花的名目和特点，很有参考价值。但是，他说山茶又叫作曼陀罗，后来其他作者也这么说，这一点我却有另外的解释。曼陀罗显然是梵语的译音，并非我国原有的名称。而山茶花的原产地的确是我们中国，所以介绍她的本名只能用中国原有的名称，而不应该采用外来的名称。

唐代段成式的《酉阳杂俎》，早已肯定了山茶花的名称和基本特征。他说：“山茶，叶似茶树，高者丈余，花大盈寸，色如绯，十二月开。”到了宋代，范成大在《桂海虞衡志》中，更把山茶花分为南北两大类，一类是以当时的中原，即所谓中州所产的为代表；另一类则是南山茶，就是我们现在所说的云南四川等地的山茶花。估计自古迄今南北各地山茶花的种类，总在 ·百种上下。正如明代的李时珍在《本草纲目》中所说的，“山茶之名，不可胜数”。这就好比菊花的名目一样，随着人工栽培技术的不断进步，她们的花色品种也必然会越来越多。李时珍在《本草纲目》中还介绍了山茶花的许多用途和医药价值。这就证明，她不但可供人们欣赏，而且是人们养生祛病的良友啊！

虽然，最珍贵的山茶花品种，目前还只能在南方温暖的地带有繁殖的条件，但是也可以断定，只要培植得法，她同样可以适应北方的气候和土壤，而逐渐繁殖起来。而且只要条件适宜，山茶花的寿命可以延续很久。据明代隆庆年间冯时可写的《滇中茶花记》所说：“茶花最甲海内……寿经三四百年，尚如新植。”看来在我国南北各地，如果经过植物学家和园艺技师的共同研究，完全有可能把昆明、大理等处最好的山茶花品种，普遍移植，决无问题。这比起在欧洲、美洲各国种植山茶花，条件要好得多了。人们都知道，法国人加梅尔，在十七世纪的时候，曾将中国的山茶花移植到欧洲，后来又移植到美洲。难道我们要在国内其他地区移植还不比他们更容易吗？

但是，无论天南海北的人，每当欣赏山茶花的时候，都不应该忘记她还有一段动人的传说。这是流传在云南白族人民中的一个神话故事。它告诉我们：古代有个魔王，嫉恨人间美满的生活，他用魔法把大地变成一片惨白的世界，不让有红花绿叶留在人间。但是，人们是爱惜自己的美好生活的。一位白族的少女，毅然决然地献出了不朽的青春，献出了宝贵的生命，用自己的鲜血，重新染红了山茶花，用自己的胆汁重新染绿了花叶。从那以后，山茶花才更加娇艳地出现在大地上。

怪不得历来有无数的诗人，写了无数的诗篇，一致赞赏山茶花的高贵品质。

这里应该首先提到宋代苏东坡歌咏山茶花的一首七绝。他写道：

山茶相对阿谁栽？
细雨无人我独来。
说似与君君不会，
烂红如火雪中开。

宋代另一个著名诗人范成大，也写了许多赞美山茶花的诗，其中有一首绝句是：

折得瑶华付与谁？
人间铅粉弄妆迟。
直须远寄骖鸾客，
鬓脚飘飘可一枝！

特别应该记住，爱国诗人陆放翁，因为看到花园里有“山茶一树，自冬至清明后，著花不已”，曾经写了两首绝句，大加赞扬：

东园三日雨兼风，
桃李飘零扫地空。
惟有小茶偏耐久，
绿丛又放数枝红。

雪里开花到春晚，
世间耐久孰如君？
凭栏叹息无人会，
三十年前宴海云。

在宋代的诗人中，就连曾子固素来被认为不会写诗的人，也都写过几首诗，尽情歌唱山茶花的秀艳和高尚的性格。曾子固的诗中有些句子也很动人。比如，他说：“为怜劲意似松柏，欲攀更惜长依依。”他把山茶花和松柏相比，可算得估价极高了。

后来元、明、清各个朝代都有许多著名的诗人和画家，用他们的笔墨和丹青，尽情地描绘这美丽的山茶花。如今，我们生活在东风吹遍大地的新时代，我们要让人民过着日益美满幸福的生活，我们对于如此美丽而高贵的山茶花，怎么能不加倍地珍爱呢！

（刊发于 1962 年 3 月 25 日《人民日报》文艺副刊，署名：左海）

天下第一山

吴伯箫

这里说说井冈山。

井冈山是中国无产阶级革命的摇篮，是革命队伍的集合点，立脚点，出发点。在这里，一峰一岭，都长存着革命斗争的史迹；一树一竹，都饱受过革命雨露的滋润；一工一农，都经历过革命风暴的锻炼和考验。在这里，每一步路，都会踏着革命前辈坚实的脚印；每一呼吸，都会感觉出革命的艰苦、乐观、胜利的气息。作井冈山人，战斗在井冈山，建设井冈山，是无上的光荣；访问井冈山，重温革命的历史，接受革命的传统教育，是莫大的幸福。

“这座山是革命的山”。[①]

井冈山在罗霄山脉中段。“北麓是宁冈的茅坪，南麓是遂川的黄坳，两地相距九十里。东麓是永新的拿山，西麓是酃县的水口，两地相距八十里”。[②] 到处是耸峙的峰峦，险峻的崖壁。满山松、杉、毛竹和知名不知名的杂树，一片接一片，一丛连一丛，葱茏，苍翠，盖地遮天，从山麓一直拥上山顶。站在高处眺望，林海波涛，汹涌起伏，一浪高过一浪，一层叠上一层，那气势壮阔极了。在漫天云雾，伸手不见五指的时候，深厚，迷蒙，天地成为浑然的一体，会使人感到像翱翔在云里，潜游在海里。歌谣说：“千山

---

① 朱良才：《这座山，它革命》，记一九二八年毛主席的话。

② 毛泽东：《井冈山的斗争》。

竹，万山木，走路不见天，烧火不见烟。”那还只是描绘了井冈山山高林密的一个方面。

井冈山以茨坪为中心，方圆五百五十里，五大哨口像五尊顶天立地的巨人守卫着雄关要隘。八面山的羊肠小道是湘赣两省的分界线，人们说，走路不小心跌一跤，就会从江西跌进湖南。双马石艰险陡峭，胆小的人不敢从双马石下过。黄洋界，海拔一千六百米，“黄洋界上炮声隆，报道敌军宵遁”。这是一声炮响吓退敌人的地方。另外，一个朱砂口，一个桐木岭，也称得是：一夫当关，万夫莫开。

就是在这样的地方，井冈山，毛泽东同志在三十八年前率领第一支工农革命军亲手建立了第一个红色政权，把这里作为革命根据地，进行武装斗争，土地革命。“天欲堕，赖以拄其间”。大革命失败后，支撑住革命天下的正是这建立在井冈山上的红色政权。广大的工农群众衷心地拥护这个政权，把根据地看作自家的江山，大家歌唱：“行州府，茨坪县，大小五井金銮殿。”歌唱里充满了自豪的感情，表现出工农革命必将席卷天下的气概。

当年，根据地的生活是艰苦的。虽然说井冈山地区，茶，油，木材，毛竹，药材，出产都极丰富，但是“人口不满两千，产谷不满万担”，[①] 再加敌人严密封锁，产品运不出去，丰富的资源不容易发挥作用，根据地里食盐、布匹、药品都很缺乏。在井冈山革命博物馆里陈列着一罐老游击队员当时不舍得吃为红军一直保

① 毛泽东：《井冈山的斗争》。

存下来的硝盐，尝一粒，又苦又涩，一点咸味都没有。但是那时的红军，就连这样的硝盐也不是经常能够吃到的。粮食要到几十里以外的宁冈去挑。毛泽东同志在茨坪的旧居里，除了三屉桌，木板床、条凳，几件简单朴素的家具之外，就有斗笠和扁担。去黄洋界的路上，五里横排那里，有一棵槲树，当年毛泽东同志同战士一道挑粮，从小路盘山上来，曾在那棵树下歇肩。现在那棵树依旧叶密荫浓，挺拔旺盛，屹立在宽阔的盘道旁边石垒的平坛上，成为这段光辉历史的见证。艰难困苦并没有难倒革命的战士，当时战士们是乐观的，愉快的。“红米饭，南瓜汤，秋茄子，味好香，餐餐吃得精打光”。简单几句话生动地描写了他们饮食的情况。说到穿衣，《井冈山的斗争》里写着：“这样冷了，许多士兵还是穿两层单衣。”在茅坪，一位姓谢的革命老人也回忆说：“毛委员把棉袄送给我穿，他自己却只穿两层单衣。我不过意地说：‘毛委员你冷啊！’毛委员说：‘不要紧，习惯了。’‘解衣衣人，推食食人’。”正是领袖跟战士、群众同甘共苦的这种崇高的感情，亲密的关系，团结了革命队伍，克服了重重的物质困难，战胜了残暴的敌人。

武装起来的工农，进行人民的解放战争，那是必然胜利的。井冈山很多地方就记载着一曲又一曲革命的凯歌。旗锣坳伏击，一战消灭了反动地主武装尹道一，为改造两支旧军队开辟了道路。宁冈的龙市，是一九二八年四月二十八日朱德同志率领的部分南昌起义军跟毛泽东同志胜利会师的地方，横跨龙江的大桥就叫会师桥。这个历史性的会晤，奠定了中国革命胜利的基础。在永新县的新老七圾岭，红军击溃了敌人七个团，消灭了一个团左右，创造了机智和勇敢相结合的战斗范例。直到现在群众还这样传颂着：“不费红军三分力，打垮江西两只羊。”①

在井冈山，红军接二连三地打胜仗，革命根据地的各项军事政策，各种组织形式、战斗形式，都逐渐基本形成。像“分兵以发动群众，集中以应付敌人”的作战原则，像“敌进我退，敌驻我扰，敌疲我打，敌退我追”的十六字诀，像革命军人如何对待人民群众的“三大纪律，六项注意”②，都是毛泽东同志在那个时候总结了革命战争的宝贵经验，用最具体、最生动、最简要的语言固定下来的。像军队是战斗队又是工作队；“支部建在连上”，党始终是军队的领导者、组织者和鼓舞者，没有党的领导，就没有革命的军队；依靠农村建立革命根据地，借此积蓄和发展革命力量，逐渐包围城市并最后夺取城市；……这些也都是伟大的毛泽东思想的体现。《中国的红色政权为什么能够存在？》是在茅坪的八角楼写的。楼上住室的桌子上现在还保存着圆形辟雍式石砚；《井冈山的斗争》是在茨坪一幢向东的平房里写的，屋里桌子上也还放着一盏生了锈的马灯。当年石砚的墨渍，不是还散发着浓郁的芳香吗？马灯的焰火，不是还闪耀着灼灼的光芒吗？三十八年的历史证明，这些辉煌的文献所指引的井冈山的道路，正是中国革命前进的道路、胜利的道路啊！从井冈山举起来的红旗，曾经

① 消灭敌人朱培德的杨如轩、杨池生两个主力师。

② 后来是八项注意。

沿着这条道路，举到瑞金，举到延安，举到北京。眼看亚洲、非洲、拉丁美洲，凡是要革命、要解放的地方，都将高高地举起这样鲜明的旗帜。

战斗在井冈山的人，用自己大公无私、光明磊落的行动告诉人们什么叫全心全意为革命。他们不为名：多少英勇牺牲的同志，在白色恐怖的环境里闹革命，曾必须隐姓埋名，有的到现在查不出真实的名字；巍然屹立在茨坪中心山上的革命烈士纪念塔，纪念在小井医院被敌人杀害的伤病员，就都是无名英雄。他们不为利："从军长到伙夫，除粮食外一律吃五分钱的伙食"，冬天穿两层单衣，不讲享受，不置私产。他们为什么呢？就是为了世界的革命，为了人类的解放，为了没有人剥削人、没有人压迫人的共产主义。把自己的生命同无产阶级的革命事业结合起来，以此为光荣，以此为幸福，丝毫不计较个人的利害得失，他们怎么能不全心全意！

站在井冈山上，望望寥廓的世界，人们的心里会涌起无限肃穆景仰的感情。

世界上有什么山能够跟井冈山比拟呢？珠穆朗玛峰，海拔八千八百八十二米，是世界上最高的山峰了；但是它的意义在于地理、地质和冰川，人只能在那峰顶上作短暂的停留。奥林匹斯，据说是众神所居，古代希腊人视为神山；但是那是神话，谁也没法知道它的奥秘。谈到人间，谈到革命，谈到无产阶级的不朽的事业，人们首先想到的是井冈山。井冈山，在陈旧的地图上，也许没有它的位置，在帝王将相的历史里，它也不会占什么篇幅；

但是，自从毛泽东同志率领中国工农革命军在那里建立了革命根据地的那一天起，井冈山要用耀眼的红星标志在世界的地图上，要用瑰丽的篇章记载在人类的历史里。它将震撼寰宇，长青万古。

通往井冈山的路，当年崎岖狭窄，现在是平坦宽阔的。汽车在山道上迂回盘旋，进山可以到茨坪，大井，茅坪……载送旅客瞻仰各处的革命胜迹；出山更畅行无阻，可以驶向无限广阔辽远的地方。

井冈山是天下第一山。

一九六五年八月十五日

（刊发于 1965 年 10 月 26 日《人民日报》文艺副刊）

挖荠菜

张　洁

我对荠菜，有着一种特别的感情……

小的时候，我是那么馋！刚抽出嫩条还没打花苞的蔷薇枝，把皮一剥，我就能吃下去；刚割下来的蜂蜜，我会连蜂房一起放进嘴巴里；更别说什么青玉米棒子、青枣、青豌豆啰。所以，只要我一出门儿，碰上财主家的胖儿子，他就总要跟在我身后，拍着手、跳着脚地叫着："馋丫头！馋丫头！"羞得我连头也不敢回。

我感到又羞恼，又冤屈！七八岁的姑娘家，谁愿意落下这么个名声？可是有什么办法呢？我饿啊！我真不记得什么时候，那种饥饿的感觉曾经离开过我。就是现在，每当我回忆起那个时候的情景，留在我记忆里最鲜明的感觉，也还是一片饥饿……

吃那些没收进主人家仓房里的东西，我还一次也没有被人家抓到过。倒不是因为我的运气格外好，而是人们多半并不想认真地惩罚一个饥饿的孩子。可有一次，我在财主家的地里掰玉米棒子，被他的大管家发现了，他立刻拿着一根又粗又直的木头棒子，毫不留情地紧紧向我追来。

我没命地逃着。我想我一定跑得飞快，因为风在我的耳朵旁边呼呼直响。不知是我被吓昏了头，还是平时很熟悉的那些田间小路有意捉弄我，为什么面前偏偏横着一条小河？追赶我的人越来越近了。我害怕到了极点，便不顾一切地纵身跳进那条河。

河水并不很深，但是足以没过我那矮小的身子。我一声不响地挣扎着、扑腾着，身子失去了平衡。冰凉的河水呛得我好难受，使我几乎背过气去，而河水却依旧在我身边不停地流着、流着……在由于恐怖而变得混乱的意识里，却出奇清晰地反映出岸上那个追赶我的人的残酷的笑声。

我简直不知道我怎么样才爬上对岸的。更使我丧气的是脚上的鞋子不知什么时候掉了一只。我实在没有勇气重新回头去找那只丢失了的鞋子，可我也不敢回家。我怕妈妈知道。不，我并不是怕她打我。我是怕看见她那双被贫困的生活折磨得失去了光彩的、哀愁的眼睛。那双眼睛，会因为我丢失了鞋子而更加暗淡。

我独自一人游荡在田野上。太阳落山了。琥珀色的晚霞渐渐地从天边退去。远处，庙里的钟声在薄暮中响起来。羊儿咩咩地叫着，由放羊的孩子赶着回圈了，乌鸦也呱呱地叫着回巢去了。夜色越来越浓了。村落啦，树林子啦，坑洼啦，沟渠啦，好像一下子全都掉进了神秘的沉寂里。我听见妈妈在村口焦急地呼唤着我的名字，只是不敢答应。一种比饥饿更可怕的东西平生头一次潜入了我那童稚的心……

说过了这些，人们也许会理解我为什么对荠菜有着那么特殊的感情。

经过一个没有什么吃食可以寻觅、因而显得更加饥饿的冬天，大地春回、万木复苏的日子重新来临了！田野里长满了各种野菜：雪蒿、马齿苋、灰灰菜、野葱……最好吃的是荠菜。把它下在玉米糊糊里，再放上点盐花，真是无上的美味啊！而挖荠菜时的那种坦然的心情，更可以称得上是一种享受：提着篮子，迈着轻捷的步子，向广阔无垠的田野里奔去。嫩生生的荠菜，在微风中挥动它们绿色的手掌，招呼我，欢迎我。我再也不必担心有谁会拿着大棒子凶神恶煞似的追赶我，我甚至可以不时地抬头看看天上叽叽喳喳飞过去的小鸟，树上绽开的花儿和蓝天上白色的云朵。那时，我的心里便会不由地升起一个热切的愿望：巴不得这个世界上的一切，都像荠菜一样是属于我们每一个人的。

解放以后，我进了城。偶然，在大菜场里，也可以看到人工培植的荠菜出售。长得肥肥大大的，总有半尺来长，洗得干干净净，水灵灵的。一小扎，一小扎，码得整整齐齐地摆在菜摊子上，价钱也不贵。可我，总还是怀念那长在野地里的荠菜，就像怀念那些与自己共过患难的老朋友一样。

多少年来，每到春天，我总要挑个风和日丽的日子，带上孩子们到郊区的野地里去挖荠菜。我明白，孩子们之所以在我的身旁跳着，跑着，尖声地打着呼哨，多半因为这对他们来说，是一种有趣的游戏——和煦的阳光，绿色的田野，就像一幅优美的风景画似的展现在他们面前，使他们的身心全都感到愉快。他们长大一些之后，陪同我去挖荠菜，似乎就变成了对我的一种迁就了，正像那些恭顺的年轻人，迁就他们那些因为上了年纪而变得有点怪僻的长辈一样。这时，我深感遗憾：他们多半不能体会我当年挖荠菜的心情！

等到我把一盘用精盐、麻油、味精、白糖精心调配好的荠菜放到餐桌上去的时候（小的时候，我可是做梦也没有想到我那可爱的荠菜会享受到今天这样的“荣华富贵”），他们也还是带着那种迁就的微笑，漫不经心地用筷子挑上几根荠菜……看着他们那双懒洋洋的筷子，我的心里就像翻倒了五味瓶，什么滋味都有。因为我知道，这种赏光似的迁就，并不只是表现在对挖荠菜这一桩事情上。它还表现在对我们这一代人的一些见解和行为上。在他们看来，我们的有些见解和行为，都像陈列在博物馆里的出土文物——离他们的现实生活太远了，不顶用了。自然，我也并不认为我们的见解和行为就完全正确。只要他们不觉得厌烦，我甚至愿意跟他们谈谈我们在探索人生方面所曾经走过的弯路，以便他们少付出一些不必要的代价。我真希望我们之间不是各自站在各自的那个圈子里的两代人，而是心心相通的朋友。

孩子，让我们多谈谈心吧，让妈妈多讲讲当“馋丫头”时的故事给你们听吧。想想你们妈妈当年挖荠菜的情景，你们就会珍爱荠菜，珍爱生活。你们就会懂得什么是幸福，怎样才会得到幸福。

（刊发于 1979 年 5 月 16 日《人民日报》文艺副刊）

花　雨

王宗仁

花雨?

哪里有?

戈壁滩上。你看，烈日像只火轮子，高悬在头顶，喷射着热流，把个戈壁烤得都“开锅”了。连空气都是滚烫滚烫的，人站着都要大汗直冒。就在这时候突然自晴空降下一阵雨来。那雨丝有绿的、黄的、红的、蓝的、粉的……像朵朵花儿拍抚着戈壁，三拍两拍，就把干巴巴的沙地拍得湿润润，每颗冒火的沙粒都浸出了水珠!

照着太阳下雨本来就够新奇了，又是花雨，真乃奇上加奇。那落地的雨点很快就汇起一个个小窝儿，水窝又串成一条条小溪，小溪呀横流、竖流、斜流，最后归拢在一起，蹦蹦跳跳地跑进了戈壁菜园，去拥抱那饥渴的青苗。

密密的雨丝给戈壁滩编织起一个老大的雨帘，就在这雨帘里面，镶嵌着色彩斑斓的戈壁菜园。啊，那是一幅幅水彩画，那是一幅幅丰收景：白菜已卷心，青椒吊绿钟，茄子棵上结紫桃，西红柿满架挂红彩。还有那萝卜、韭菜、大葱、豆角、丝瓜、菠菜……铺一层银，压一层金，展一层翠，叠一层绿，把昔日贫瘠的戈壁打扮得多么富有!各种各样的蔬菜用它们艳丽的花朵、鲜嫩的叶子、肥壮的果实，把雨帘染成了五色线、七彩帘。啊，花雨就是这样而来!

其实，花雨并非从天降，它攥在治沙人的手心。

一根铁管上插着一长溜人工喷雨器，启开开关，银珠子喷呀金豆子洒。合闭开关，烟消云散，雨过天晴。

铁管通到何处？巧染花雨的人们，你在哪里？

看见了，深山的黑龙潭边，有一间茅屋，一台机器正唱着欢歌，旁边坐着一个军垦战士。正是他操纵着这个降雨机器，把这潭千百年来的死水，变成了戈壁花雨。

此刻，他正在聚精会神地作画。面前放着调色盘，一个一个色碗像一排排酒盅，里面盛满了各色水彩，满溢溢的，仿佛随时都会流淌出来。双膝上放着一张未完成的画。他用饱蘸色彩的大笔挥画着，我看见那横的竖的、粗的细的各色线条，像一道道河流，淌进了戈壁，冲毁了东岗的沙丘，淹没了西岭的沙丘，染绿了南坡的沙山……

噢，我终于明白了！世上哪有什么花雨？它原来是从战士的调色盘里溢出来的？

调色盘，明日你又将给戈壁带来什么新奇的色彩？

（刊发于 1980 年 8 月 28 日《人民日报》文艺副刊）

鼎湖山听泉

谢大光

江轮挟着细雨，送我到肇庆。冒雨游了一遭七星岩，走得匆匆，看得蒙蒙。赶到鼎湖山时，已近黄昏。雨倒是歇住了，雾漫得更开。山只露出窄窄的一段绿脚，齐腰以上，宛如轻纱遮面，看不真切。眼不见，耳则愈灵。过了寒翠桥，还没踏上进山的石径，泠泠淙淙的泉声就扑面而来。泉声极清朗，闻声如见山泉活脱迸跳的姿影，引人顿生雀跃之心。身不由已，循声而去，不觉渐高渐幽，已入山中。

进山方知泉水非此一脉，前后左右，草丛石缝，几乎无处不涌，无处不鸣。山间林密，泉隐其中，有时，泉水在林木疏朗处闪过亮亮的一泓，再向前寻，已不可得。那半含半露，欲近故远的娇态，使我想起在家散步时，常常绕我膝下的爱女。每见我伸手欲揽其近前，她必远远地跑开，仰起笑脸逗我；待我佯作冷淡而不顾，她却又悄悄跑近，偎我腰间。好一个调皮的孩子！

山泉作娇儿之态，泉声则是孩子如铃的笑语。受泉声的感染，鼎湖山年轻了许多，山径之幽曲，竹木之青翠，都透着一股童稚的生气。使进山之人如入清澈透明的境界，身心了无杂尘，陡觉轻快。行至半山，有一补山亭。亭已破旧，无可驻目之处，唯亭内一楹联：“到此已无尘半点，上来更有碧千寻”，深得此中精神，令人点头会意。

站在亭前望去，满眼确是一片浓碧。远近高低，树木枝缠藤绕，密不分株，沉甸甸的湿绿，犹如大海的波浪，一层一层，直向山顶推去。就连脚下盘旋曲折的石径，也印满苔痕，点点鲜绿。踩着潮润柔滑的石阶，小心翼翼，拾级而上。越向高处，树越密，绿意越浓，泉影越不可寻，而泉声越发悦耳。怅惘间，忽闻云中传来钟声，顿时，山鸣谷应，悠悠扬扬。安详厚重的钟声和欢快清亮的泉声，在雨后宁静的暮色中，相互应答着，像是老人扶杖立于门前，召唤着嬉戏忘返的孩子。

钟声来自半山上的庆云寺。寺院依山而造，嵌于千峰碧翠之中。由补山亭登四百余阶，即可达。庆云寺是岭南著名的佛教第十七福地，始建于明崇祯年间，已有三百多年历史。寺内现存一口“千人锅”，直径近 2 米，可容 1100 升，颇为引人注目。古刹当年的盛况，于此可见一斑。

晚饭后，绕寺前庭园漫步。园中繁花似锦，蜂蝶翩飞，生意盎然，与大殿上的肃穆气氛迥然相异。花丛中，两棵高大的古树，枝繁叶茂，绿荫如盖，根部护以石栏，显得与众不同。原来，这是二百多年前，引自锡兰国（今名斯里兰卡）的两棵菩提树。相传佛祖释迦牟尼得道于菩提树下，因而，佛门视菩提为圣树，自然受到特殊的礼遇。

鼎湖山的树，种类实在太多。据说，在地球的同一纬度线上，鼎湖山是现存植物品种最多的一个点，现已辟为自然保护区，并被联合国教科文组织选作生态观测站。当地的同志告诉我，鼎湖山的森林，虽经历代变迁而未遭大的破坏，还有赖于庆云寺的保护。而如今，大约是佛法失灵的缘故吧，同一个庆云寺，却由于引来大批旅游者，反给自然保护区带来潜在的威胁。

入夜，山中万籁俱寂。借宿寺旁客房，如枕泉而眠。深夜听泉，别有一番滋味。泉声浸着月光，听来格外清晰。白日里浑然一片的泉鸣，此时却能分出许多层次：那柔曼如提琴者，是草丛中淌过的小溪；那清脆如弹拨者，是石缝间漏下的滴泉；那厚重如倍司轰响者，应为万道细流汇于空谷；那雄浑如铜管齐鸣者，定是激流直下陡壁，飞瀑落入深潭。至于泉水绕过树根，清流拍打着卵石，则轻重缓急，远近高低，各自发出互不相同的音响。这万般泉声，被一支看不见的指挥棒编织到一起，汇成一曲奇妙的交响乐，在这泉水的交响之中，仿佛能够听到岁月的流逝，历史的变迁，生命在诞生、成长、繁衍、死亡，新陈代谢的声部，由弱到强，渐渐展开，升腾而成为主旋律。我俯身倾听着，分辨着，心神犹如隔于水中，随泉而流，游遍鼎湖。又好像泉水汩汩滤过心田，冲走污垢，留下深情，任我品味，引我遐想。啊，我完全陶醉在泉水的唱歌之中。说什么“山不在高，有仙则名”，我却道，“山不在名，有泉则灵”。孕育生机，滋润万木，泉水就是鼎湖山的灵魂。

这一夜，只觉泉鸣不绝于耳，不知是梦？是醒？

梦也罢。醒也罢。我愿清泉永在。我愿清泉常鸣。

（刊发于1982年12月24日《人民日报》文艺副刊）

万户春声里

杨羽仪

珠江岸边的一个小村庄。

仰望连绵不尽的果林，红一树，白一树，金一片，香满园。这时，果林一片寂静，你的耳朵里响着不可捉摸的沙沙的音响，原来在层层叠叠的果林里，尽是蜜蜂的世界。

这是大地的春声。

黎明，透过窗户，一盏盏电灯亮了，接着响起了水桶的轻轻碰击声，往小河汲水的脚步声，奶牛的吆叫声，小艇解缆响着咿呀咿呀的橹声，人们撑艇时的笑语欢声……像风雨中一曲岭南轻音乐。昨晚，刚开过社员大会，宏伟的进军规划摆在前面，撩拨得人人心里痒痒的，谁有闲心等到天大明呢？就在昨晚，五户社员盖了大红印，签订了合同书，要开发一个荒了几千年的河心洲，办一个三百头奶牛的小联合公司，他们买了一艘机船，运载着一批石料，突突突地从小河出发了。另三户社员挑着旗子，把自筹资金买的拖拉机开上一片杂高地，在那里安营扎寨，建一座小砖厂……风稍停，小河里万艇竞发，社员到大河滩上罱泥积肥，河滩上还冒着一层薄薄的冷气，他们觉得罱泥太费事了，干脆脱了衣服跳进河里，把黑泥戽进艇舱。这种拼搏的劲儿为啥？因为开春后，队里要新种十万棵果苗，在这碧绿的村野，建筑一座立体的果树庄园。

这是一幅不可比拟的进军图景！它再也不是“吃大锅饭”年

代那种劳民伤财的“大兵团作战”。它是分散的，好像八仙过海，各显神通，看起来有点“小气”，可是，它使每一个家庭细胞发生深刻的变化，使社员从心底里焕发出了从未有过的拼搏劲儿。

这是田野的春声。

然而，再仔细想想，春声好像蕴藏在人们的心里。

有一件事，像春幡撩动了千家万户的心。一个满月夜，支书夜巡果园，月色朦胧，黑黝黝的荔枝林落下参差斑驳的黑影，幽暗中，支书看见林中有一间果寮，坐着一个老人，孤灯孑影，心里不免升起薄薄的凄凉。他问：“永开伯，你一个人看果园？”老人勉强一笑说：“不，一家子都来了。”说着，眼睛直瞪瞪地望着果林原野，默不作声。支书看见四下无人，只有果寮下拴着一只大黄狗。第二天，他叫儿子阿满替老人修了老屋，里外粉刷一新，把零乱的杂物拾掇得整整齐齐；夜里还替老人看果园。后来为了照顾老人，他搬进老人的家。村里人说：“永开伯晚年得福，拾到一个好孙子。”阿满带了头，村里的孤寡老人陆续“飞”来了不少儿孙，拂掉了仅存的一丝淡淡的哀愁。

这些都是村间的寻常事，但它像春天的雷在村庄、田野擂响了。春天拂着绿色的翅膀在大地漫游，万户陶醉在春声里……

（刊发于 1983 年 1 月 21 日《人民日报》文艺副刊）

洗桃花水的时节

铁　凝

一场场黄风卷走了北方的严寒，送来了山野的春天。这里的春天不像南方那样明媚、秀丽，融融的阳光只把叠叠重重的灰黄色山峦，把镶嵌在山峦的屋宇、树木，把摆列在山脚下的丘陵、沟壑一股脑都融合起来，甚至连行人、牲畜也融合了进去。放眼四望，一切都显得迷离，仅仅像一张张错落有致、反差极小的彩色照片。但是寻找春天的人，还是能从这迷离的世界里感受到春天的气息。你看，山涧里、岩石下，三两树桃花，四五株杏花，像点燃的火炬，不正在招唤着你、引逗着你，使你不愿收住脚步，继续去寻找吗？再往前走，还能看见那欢笑着的涓涓流水。它们放散着碎银般的光华，奔跑着给人送来了春意。我愿意在溪边停留，静听溪水那热烈的、悄悄的絮语。这时我觉得，春天正从我脚下升起。

这样的小溪我见过不少，却不知有哪一条比温泉镇村边这条溪水更招人喜爱。虽然它流经的地方是那样偏僻，那样贫瘠，每到春天，还是吸引着那么多人。

温泉镇的溪水是条热水，温泉镇也是因此而得名。一座几省闻名的温塘疗养院就设在这里。我就是在春天，去那里看望一位住院的亲人。

一路上我设想过它的容貌。温泉，你是条泼辣的瀑布从高处一泻而下，还是一股柔软的热流从地下缓缓升起？水有多大？温度有多高？那些身患宿疾的人们是怎样接受它的治疗的；对健康人，温泉的意义到底又在哪里？长途汽车跑了一段柏油路，开始进入丘陵地带。冀中平原被抛到车后，一张张反差小的“照片”又扑了过来。拔地而起的灰黄色山峦，像近在咫尺，又像远在天边，叫你怎么也摸不清它们的距离。我凭着对春天的感觉，感觉着它们的所在。很长时间，窗外的景致变化不大。乏味的景色甚至使我产生了倦意。

“别闭眼，别磕着哪儿。”一位老大爷吆喝着小姑娘。

小姑娘抬起头四下望望，有些不好意思地眨着眼睛，脸上泛起一阵阵绯红。这使我又想起了山野里点燃起来的那些桃花、杏花，刚才的倦意也顿时消散。

“去温塘治病？”我问大爷。

“去洗桃花水。”大爷告诉我，一面攥起拳头捶打自己的膝盖。

桃花水？我虽不理解大爷的意思，却骤然感到大爷的话是那么新鲜、怡人，比刚才小姑娘的脸色所给予我的还要浓烈、美好。

我不愿再去追问洗桃花水意味着什么，也许这只是洗温泉澡的一种夸张了的形容吧，难道水里真会掺进什么桃花不成？我从这简单的话语里领略到美的享受已经足够，说穿了，单从自然科学的角度去加以注解，也许反而会失去它美好的韵致。

正午上车，黄昏前到达温泉镇。下车后，果然同车人大都走进了这座有着现代化规模设施的温塘疗养院。办完探视手续，我才想起寻找我的邻座大爷。但拥在住院处窗前的人群中却没有大爷和那位小姑娘，只有“桃花水”的声音越来越清晰地在我耳边

“流动”起来……

第二天我概览了这座疗养院的全貌，也懂得了并意外地享受了温泉澡的妙处。原来那是高压水泵把地下含有氡气的温泉抽进高入云霄的水塔，再从水塔内引进各治疗室。细腻、滑爽的温泉水注入洁白的澡盆，清澈见底。入浴时，如果不是耳边那涟涟的水声，你会觉得自己是坐在一团绵软的、暖融融的气体上，你失去了体重，你正无所依托地向一个地方上升……

这就是桃花水吧？它应该是。你看那水中泛起的一朵朵小浪花，恰似桃花开放——人们总是按照自己的臆想，去把那些美好的事物想象、形容得更美好，更理想化。否则，怎么还会有诗、演义和传奇？可我怎么也不相信自己的主观臆想，我又想到了那位同车大爷，他显然不是这座现代化疗养院的病人。桃花水一定还蕴含着别的奥妙。

紧挨疗养院是真正的温泉镇，这是个200来户的山村。一条陷在干燥黄土里的红石板小路顺坡而下，街里几家旧板搭门脸，和门内作为营业标志的幌子，装点了这座旧镇的古风。尤其一家理发店内伸出的白布牙旗，更能使人想到古代那些古道驿站。几家烧饼铺是近两年新开张的，门上大都用店主人的姓氏写着“王记烧饼铺”“何记烧饼铺”……有的挂出一只柳条笊篱，意思是店内还兼营炒、焖、烩饼。不论新店老店，门框上都贴着吉祥的对联：“生意兴隆通四海，财源茂盛达三江”。这些属于生意经的传统对联，现在不知为什么似也有了新的立意。新店和老店很容易区别：新店的绿油漆、玻璃门窗不仅有别于旧式板搭门，木风箱旁边还接上电动吹风机。顾客进门一坐，只消一拉开关，三两分钟之内你就可以吃上油汪汪的炒饼、味道浓郁的豆腐汤，而那木风箱只是偶尔遇上停电时才有用场。一位姓邢的掌勺大爷，一边提刀切着饼丝，一边告诉我，半小时之内他做过四十份炒饼、四十碗豆腐汤，速度和质量都得到顾客的盛赞。这样好的生意，可惜一个倔儿子不愿接班，愿意买台小拖拉机往附近水库大坝送沙子。一天两个来回，一趟收入五块半。就这样，扔下烧饼炉走啦。

“四十份炒饼，有那么多吗？”我问。

“怎么没有？眼下正洗桃花水。”

“桃花水？在哪儿？是不是疗养院？”我一连串地追问着，虽然早已意识到我理解上的错误。

“那算什么桃花水，把水抽上天再放下来，没劲。你顺街往西走走。”

吃完大爷的炒饼，我出门一直向西走去，不多远已是村口。土山脚下那是什么？似霞，似雾，似流动着的火焰，莫不是一片桃林？我终于又看见了那点燃在北国春天里的燥红，这才是春的信息。可桃花和水又有什么关系呢？我决定再向前走。不断有三三两两的行人迎面而来，有男有女，但大都是腿脚不利索的老人。老人们边走边用精湿的毛巾擦着脸，拧出毛巾中的水珠。他们腿脚虽欠佳，个个面容却很舒展。水，水，我好像闻到了水的芬芳。

一条坚硬、光明的小路直通桃林，原来桃林的那一边才是温泉的源头。刚才远处所见并非雾，那是温泉源头的蒸汽。那些面容舒展的老人便是从这里走出来的。穿过桃林，那边果然是一片温暖的浅滩，金黄色沙粒上蒸腾着热气。洗桃花水的人们都聚集在这里。人们在浅水里围着一个个涌出地面的泉头，高挽起裤腿，双膝跪入水中，默默地接受着大自然的陶冶。人们没有言语，只有对水的虔诚。

热爱自然，也许是人类的天性。大自然有时热烈，有时冷漠；有时温存，有时残忍。但它带给人的永远是生机，是生命的延续再延续。大自然孕育了人类，在物质文明和精神文明高度发达的今天，人们更加渴求大自然的抚慰。

对于这个温泉的记载是从战国开始的。一年一度的桃花水，千百年来你抚慰过多少黄帝的子孙，又有多少人向往着你的抚爱。但在二十世纪八十年代，几个小小的温泉源头，一片浅浅的温沙滩，已经远远不能满足人们的需求。温泉镇的小伙子和姑娘们，就更愿走出浅滩去享受那淋漓尽致的温泉浴。那座设备可观的温塘疗养院虽和他们没有缘分，两座温泉浴室却又出现在温泉镇的红石板街上。属于公社的那座规模虽不小，但附近三乡五村、山前山后的农民，还是愿意到一座新建的男女温泉浴室入浴。这里一切免费。连存车处都免费。因为它是靠几家个体户自愿资助兴办的，据说还有卖炒饼的大爷那位“倔儿子”一份。单看浴室门前那黑压压的一片自行车，就知道里面的盛况了。

女浴室里，姑娘们那一阵阵无所顾忌的嬉水声互相碰撞着溢出窗外，吸引我走了进去。我忽然想起格拉西莫夫那幅油画《农庄浴室》。画面上是一群集体农庄的健壮妇女，钻在浴室里，在淋漓尽致地享受热水沐浴。她们的兴致是那样高涨，体态是那样无拘无束。但和这些相比，画面上的小木屋就显得太低矮、太拥挤了。低矮的木屋，狭窄的水池，它好像包容不了这群人体的青春光华……温泉镇的女浴室可不是一座低矮的小木屋，这是一座墙壁镶有洁白瓷砖的水泥建筑。水池足有半个游泳池大，水也是饱满、充裕的。姑娘、媳妇们就在这里脱掉穿了一冬的厚棉衣，潜入水池，尽情享受水的抚爱。对，是抚爱。不然她们的身体为什么会那样丰硕、那样光彩照人；她们的面孔为什么会那样滋润、那样容光焕发？她们走出浴室，大度地走过男浴室门口，信手拨弄着披在肩上的湿漉漉的长发，骄傲地接受着小伙子们远远投来的目光。

温泉镇人用桃花来形容春天。我注意到，他们不仅爱种桃花，剪桃花窗纸、桃花门挂来装点春天，连娶进家门的新娘子也用桃花来形容。新房炕头上，新娘所坐之处都用红纸墨笔写上：桃花女在此。然而，这才是真正的桃花水。是水，是春天的水洗开了一树树面容姣好的桃花。

出浴的姑娘们扬着头走在古镇的红石板街上，走过那些挂着幌子的饭馆、店铺。她们的面容使这座古朴的温泉镇变得滋润了。

（刊发于 1983 年 6 月 3 日《人民日报》文艺副刊）

太阳的香味

叶文玲

没有去过青海，我却早早有了从古诗中获得的认识：“青海长云暗雪山，孤城遥望玉门关”“青海戍头空有月，黄沙碛里本无春”。

青海高原，你难道真是这样春无春，秋非秋，荒漠、苍凉，令人听而生畏的吗？

不是亲聆目睹，我总疑信参半，没有去过的地方，又特别想去闯一闯。

我终于去青海了。

沿着青藏线的兵站，我们走了整整一个月，朝行夜宿，四千里路云和月，自以为快走出“界”了呢，细看地图，嘿，只不过沿着柴达木走了多半圈！

但我还是异常兴奋：那变幻着奇光异彩的青海湖，那有着神话般传说的日月山，那有着无穷珍藏的“聚宝盆”，那如白银铺地的察尔汗……哦，高原、高原，你绝不像古人咏叹的那般萧索荒凉，更不像我原先揣想的那样单调刻板。

七、八、九三个月是青海高原的黄金季节。这时的高原，风和气爽、万物向荣，金色的太阳日日高悬，光照的时间特别长。这时的高原，天是那么湛蓝湛蓝，云朵是那样雪白雪白，峰巅山峦绵延，湖畔草原无边，天与地的相接处，分不清云似羊群还是羊群如云。这一派景象，这一派风光，在内地，在终日被灰蒙蒙的烟气浓浓笼罩的大城市，你是无论如何也难得想象出这样清朗幽蓝的晴空的。

我向来只知咏叹故乡江南，如处处可观的花红柳绿，如村村都有的小桥流水，也如四季可尝的鲜韭嫩蔬，可我万万没想到：形貌严峻的高原，也有许多称奇称美的事物和风光教人惊叹的哩！

未上高原前，我们都做了“艰苦”上路的思想准备：不是吗，人都说高原寒冷、缺氧，沙漠中除了红柳、骆驼刺，便不见一点绿色，要能吃苦耐劳，还要准备过一过十天半月吃不着一点新鲜蔬菜的生活呢！人都说，西宁以西都是海拔三千三以上，在那片牧草都稀少的高寒地区，你难道还想尝尝青菜黄瓜西红柿吗？收起贪馋的口水吧！细心的同行者老程还揣了几瓶维生素 C 片，真的，有备无患，到时候说不定就用得着呢！

谁知道，越往西行越往高处走，我们这小心翼翼的“准备”就越发显得多余和可笑了，在江西沟、诺木洪、格尔木，甚至在人烟稀少的那赤台兵站，我们的饭桌上一次又一次地出现了奇迹：芹菜绿、黄瓜脆，红嘟嘟的番茄，两个就切一大盘！快尝一尝呵，唷，好鲜甜！

我们呆了。要知道，诺木洪四周几百里都是滚滚黄沙，沙漠绿洲格尔木，在 1954 年还只有几顶牧羊人的破帐篷，而那赤台，即使是现在这“黄金季节”，许多人一到这里，只能张嘴喘气，连呼吸都感到困难呢！

是的，这都不假。以前，这些地方光见黄沙不见绿，要吃菜只能从几千里外的兰州往这里运，虽然只能运冬瓜、土豆这些大头货，但到了这里，还是烂掉百分之八十，而青芹白菜呢，连想也不要想！

那么，现在这鲜灵的青菜红番茄，难道是王母娘娘送来的神物吗？

“自己动手样样有嘛，我们靠的是蔬菜‘大棚’呵！”说话的是一个陕西口音的战士。黧黑的面孔，一排白牙齿扇贝似的闪着光，“开始，我们盖这大棚真叫艰难呵，光那墙基就得掘下几尺深。种菜要有土，这里光有沙，就是没有土，没有，那就动手搬呗！我们挖走一车车沙，运来一筐筐土，那土坷垃全是从几百里外运来的，真是比银豆金蛋蛋还珍贵呵！好不容易铺好了‘地’，立好了‘墙’，盖好了‘棚’，浇了水、撒了种，嘿，还没等大伙儿高兴完呢，一阵大风铺天盖地，一场冰雹子噼里啪啦，好家伙，不到几分钟，我们的‘家当’立时就稀里哗啦了！真叫人哭都来不及……你们不知道，这格尔木的老天常犯神经，动不动就刮这样的大风，一抱粗的铁烟囱说倒就倒，那天，我们的排长在棚外被刮出去十几丈远，眼睁睁就在跟前，可就趴着一动也不动，后来大家才知道，原来他怀里抱着一瓦罐菜籽！……”

棚子垮了，不怕，只要大伙儿的决心不垮就从头来，重新干！

这回有教训了，塑料布不行，干脆换成玻璃的，玻璃怕砸，再加上一层厚毡！有志者，事竟成。海拔四千多米的高原上，终于有了一畦畦碧绿的蔬菜！

当他们的饭桌上竟然有香喷喷热气腾腾的青椒炒肉片、豆角烧茄子，当他们干裂的双唇喝上这鲜嫩翠绿的菠菜汤时，又怎不笑逐颜开，饭没进口心自甜哟！

高原的兵站上，一个比一个漂亮的“大棚”星罗棋布，一个比一个有趣的“故事”到处传闻……在西宁兵站部，格尔木指挥所的展室，当一个个重达6斤半的茄子、一根根2斤多重的黄瓜、一根根7厘米粗、77厘米长的莴苣等一大批“展品”赫然出现在我们面前时，我不能不又一次为亲眼所见的高原神话所迷醉！

“吃嘛，快尝尝嘛！这里的瓜是特别特别好吃呐！”热情劝说的是一个四川籍的战士，粗糙的双手、黧黑的脸，和先前那位一样，他也是兵站蔬菜大棚的辛勤栽培者。

我们接了过来，“嘣”的咬了一口……“喂，你吃出有股特别的味了没有？”同行的老程，忽然眯起双眼，饶有兴味地问。

特别的味道？我一愣，马上会意了：是的，是有股特别的味道，高原的蔬菜瓜果哟，不但十分脆甜，而且分外芬芳，因为它融和着高原战士的万千汗水，因为它饱含着太阳的香味哪！

（刊发于1983年10月25日《人民日报》文艺副刊）

五台山随感

叶君健

因为有好长一段时间缺雨，时令虽然已经进入了五月，而且也过了“立夏”节，但五台山下仍然未曾出现应有的绿色。这里是黄土高原，随着五台山脉的地势逐渐上升，高原也逐渐隆起，成为丘陵地带。一般说来丘陵地带的特点是灌木多，花草多，在这个季节，也应该是色彩多。但展现在我们眼前的却只是一片单调的黄土。在周围一些不毛的山上，附近的农民开辟了一些无规划的梯田，但梯田上也是黄土，只不过比山下要薄得多。

汽车在土筑的公路上奔驰，紧跟在后面的是一股一股的黄色的云层。这单一的色调不仅加强了干燥感，也使人觉得荒凉。我记得在印度和非洲某些地区曾经看到过类似的景象：伴随着这景象的总是生活的艰苦，斗争的严酷与大自然不时送来的饥荒。学院派的政治经济学家们大概很难想象，这里曾经是中国人民解放战争历史上起过非常重要作用的摇篮。从理论上讲，无产阶级革命应该是在资本主义发展到了一定程度才发生。从生产力实际情况而言，这里应该说是处于资本主义前期。但也正是在这个阶段，八路军于 1937 年初开进太岳和太行山区，把它们改变成为革命的根据地——事实上，中国早期的革命根据地没有哪一个不是在贫瘠地带建立起来的；这正是殖民地和半殖民地的人民革命的规律，它成为农村包围城市的起点。

一二九师在太行山发动群众，开展游击战争，创造了晋冀豫抗日根据地。五台山这一带便成了一个中心。这里新发展起来的人民自己的武装，以这个中心为基地，又逐渐扩散开来，向察南冀西挺进。在挺进的过程中他们也一面发动群众，一面开展游击战争，又创立了北岳根据地。这里的人民，在自然条件苛刻、生存斗争尖锐、穷得无可奈何的情况下，还得腾出最强壮的劳动力去参加抗日军队，保卫国家；同时又要建立政权，推进革命。这是一种几乎不可能的事，但这里的人民却把它变为真实。他们的努力、决心和所经受的苦难，现代发达国家的人民恐怕做梦也不敢相信。

前些时美国剧作家阿瑟·米勒（我国上演过他的剧作《推销员之死》），在读了我描写 1926—1927 年大别山区农民革命的小说《山村》后，给我来信说："在那场革命的进程中该是有多少的大动乱啊！人们怎么活过来，这真是一桩奇迹。"当时大别山农民所面临的敌人只是土豪劣绅和反动军队，但五台山下的人民所要对抗的，除了当地的反动势力以外，还有用现代化武器装备起来的日本侵略军。这里的人民不仅奇迹般地活下来了，而且还越战越强，建立起了边区政府和边区银行这类的正规行政设施，还推行了中国历史上从没有过的真正民主制度"三三制"，实行了减租减息，开展了生产运动和经济文化建设。我走过设置在一个小村里的边区政府旧地，又来到五台山麓一个名叫"石咀中学"的处所。教师在介绍到当时山区的情况时说，旧边区银行就在隔壁。这样近，我当然要去看一下。

这是一个比较空旷的农家院子，在一座山的脚下。它现在已经成了附近庄稼人存放粮食和农具的公房。这里有一家作为看守的住户。户主——一个老年农民——告诉我，这里还留下一件银行的遗物，并且主动地领我去参观：就在他住房的上首，立着一扇宽阔的木门——其厚度约有四五寸；门上扛着一条又长又粗的横木，上面挂着两把大锁。主人把锁打开，花了一些气力才把那扇厚门挪动。门下约有一个十级的台阶，引向下面一个约十米见方的地下室。这就是银行的金库，是存放作为边区纸币储备金的地方。现在是空无一物，并没有什么特别引起人的注意的东西，但它坚固的墙壁和干燥的地面却引起我许多联想：在当时那么艰苦的环境下，边区政府却是这样重视金融工作和边区纸币的威信，把储备金就像保护眼珠似的在这样一个安全的处所保护起来。可以想象，当初对这个金库的保卫也一定是很严密，而那时却是一个那么兵荒马乱的时刻！

在边区银行和边区政府之间有一个叫作耿镇的村子。当年曾设立过一个医院，就是“白求恩医院”。事实上它不过是一个村屋，所谓“医院”的设备真是简陋得可怜！——也可以说是根本没有。但许多受了伤的战士却曾不断地从前方被转移到这里来，接受急救的手术，而且大多数战士都是很快地得到恢复，又回返前线。这里的治疗在当时是“现代化”的，因为白求恩是个“现代化”的医生，在美国和加拿大的大医院里负责过医疗工作。但他所使用的“现代化”医疗手段，从附近由一个村屋改装成的“白求恩纪念馆”里所陈列的一些照片看来，大多数是白求恩大夫用当地的木头制成的。所以这位原加拿大蒙特利尔皇家维多利亚医院胸外科医师和圣心医院胸外科主任，一方面在用最新式的近代技术做手术，一方面又使用中国最古老的农村木料制成的医疗器械。我望着这些照片，也禁不住惊叹。

离这个医院不远，一个叫作松岩口的小村里，还有一个“模范病室”。那也是白求恩大夫主持的。他不仅对那里附近的老乡们进行最精心的治疗，还在那里训练成批的、称职的、具有高度责任感的医务人员。这些医务人员都是从参加八路军的、出身于贫困家庭的、文化上原属于半文盲的农家子弟中挑出来的。看了纪念馆里白求恩用以编教材和向八路军领导写汇报时用的英文打字机，再看看他把着手教的那些年轻农民，又向窗外望望那象征着荒凉和贫困的黄土高原，我真不敢相信这就是当时的现实——那抗击现代化的日本军队和在中国土地上进行的、作为国际反法西斯战争一个组成部分的战争。

我的视线从窗外的黄土高原又折回来，落到白求恩在加拿大安大略州故居的那张照片上。那是一幢幽静、漂亮的现代洋房，位置在一个典型的整洁的西方环境里。看来白求恩的家庭条件是比较好的，他一定曾经在那里度过愉快和舒适的童年和少年时代——他后来得以受到高等医学教育也证明了这一点。但在中国河北的完县，当他的生命快要结束、聂荣臻同志站在他所躺着的农家的病榻旁时，他却还在全神贯注地惦记中国和这贫瘠的黄土高原上所进行的斗争：这里的农民战士需要大量的医药，而香港和上海的医药价格太贵，八路军负担不起，他建议设法从美国和加拿大去弄来。他甚至还想自己亲自去完成这个计划。他当然没有能完成，因而他的这个临终前的计划，正像他自己的躯体和心灵一样，只有永恒地留在中国，在这落后和原始的中国土地上——和他出生的地方相比，从物质条件上讲，差距该是多大！

这又使我想起当时战火纷飞的三十年代——世界性的民主与法西斯、文明与野蛮搏斗的三十年代。这场大搏斗是由日本军阀于1931年“九·一八”在我国东北发动的，接着就蔓延到了欧洲，以西班牙战争为焦点。白求恩的首次行动就是参加这场搏斗，地点就正是在西班牙。他接着来到中国，参加八路军的工作，也正是这个行动合乎逻辑的发展。它是由当时在世界知识界中涌起的一股澎湃的浪潮所推动的——一股保卫人类文明、民主和自由的浪潮。具有进步倾向的知识分子，放弃自己优越的生活条件，几乎都投身进去了。在作家中我们所知道的就有美国的海明威、法国的马尔洛、美国的斯本德、印度的安纳德。他们有些名著，如海明威的《战地钟声》和马尔洛的《希望》，就是他们参加这次战争的作品——当然还有许多人没有来得及写出作品就在西班牙前线夭折了，我所知道的就有“意识流”大师佛吉妮娅·吴尔夫的侄子、诗人朱理安·贝尔，生物学家达尔文的曾外甥、诗人康福德，牛津大学的高才生、评论家福克斯。他们都出身于望族，但是当人类文明和正义遭到严重威胁的时候，他们都毫不犹豫地投入战斗，正如拜伦当年奔赴希腊参与那里的独立战争一样。

这些人——当时正处于创造力最旺盛的时期，代表一个知识分子的优良传统：勇于为正义、为人类的进步而斗争，在必要时，宁可付出自己的生命。这个传统，在世界的范围内，当人类文明面临着毁灭的挑战；在一个国家的范围内，当民族的命运到了危急的关头，就爆发成为改变历史进程的行动。这种例子，在我国的近代史上，已经是屡见不鲜：当列强在凡尔赛和约会上拿我们的主权做交易的时候，在我国北京就爆发了“五四运动”；当日本帝国主义正在掐我们脖子的时候，同样在北京就展开了“一二·九”运动；当“四人帮”为非作歹，把我们的国民经济推向崩溃的边缘的时候，再度在北京出现了“天安门事件”。现在，人类文明和世界和平又面临着核超级大国在“竞赛”中所掀起的战争危机。一些具有世界眼光的知识分子，如诺贝尔文学奖的获得者帕得里克·怀特就勇敢地行动起来，大声疾呼，号召世界知识分子为保卫世界和平而奋斗，甚至暂时停止自己的写作也在所不惜（请参看《译林》今年第一期中的《新年祝词》）。

我们现在整个国家也正在致力于保卫世界和平的工作。我们所进行的四个现代化，就是一种从正面加强世界和平所作的努力。我们不称霸，我们在国内需要安定团结，在国际上需要世界和平，因此维护世界和平是我们全体人民的意愿和决心。一个现代化、富强的中国将更是世界和平的一个坚强保证。“现代化”，一个多世纪以来，就一直是我国知识分子所奋斗的目标。经过了许多年的风浪和起伏，这个目标现在终于有了条件实现。对中国的知识界说来，这也是一股浪潮，一股激动人心的浪潮和灵感，它将推动我们向更广阔的天地飞腾。

我想，我现在正在凝望着的这片五台山的黄土高原，在现代化的过程中，也一定会很快改变面貌，换上新的颜色——郁郁葱葱的绿色。但今天的这个局面与当年像八路军这样的革命队伍在这里所展开的艰苦工作分不开——其中当然也有白求恩的一份，因而与国际进步知识界的支援也分不开。所以这个黄土高原，现在看来虽然仍很偏僻，但却是联系着整个世界，与现代世界的历史进程也分不开的。

（刊发于 1985 年 7 月 24、25 日《人民日报》文艺副刊）

野性的湖

柯　蓝

一

铁锈般乌漆的云，在等待我。还有无影的痛苦的风，为我吹着口哨。只有那密密的堤岸上一排不透气的小椴木林，拥挤在一块，在小心翼翼地为我担忧受怕。这一望无边际的湖中的海啊，你充满野性，我就这么悄悄地来到了你的身边。

此刻，你冲击沙岸的堤涛；此刻，你在原野上颤动的水光，以及你呼啸在广阔湖面的傲慢和粗野，都在我心中引起了难以抑制的思念。

是一对恋人粗暴争吵后，双方在任性怨恨，相对沉默吗？

是一个长途跋涉者在夜宿的小店中，孤寂地沉思吗？

是在分离的时刻，那无法约束的阵阵难以平息的风暴，在心中撞击着脆弱的堤岸吗？

你还使我想起，这也许是一群野牛野马居住的所在。只有那远处的一点黑色的归船，在看不见的飘荡中，才令人想起这是一个野性的湖，一个湖中的海。

二

黄昏前的一阵暴雨，像是前来问候我的过客，匆匆地来，又匆匆地走了。我接受了湖风的邀请，来到松软寂寞的沙滩。

午后那些红男绿女把欢笑带走了，把迪斯科的乐曲带走了，只留下一些杂乱不清的脚印在松软美丽的沙滩。这是一些没有思念，没有依恋的符号。只有那几条深深压下的车辙，才使我想起这野性的湖，有了它自己的生命——这是人赋予它的生命呵。于是，我静静地谛听这不断传来的湖涛声。为什么听不出它的痛苦和欢乐呢？也许是它太广阔难驯，太严峻莫测……难道你的野性，把痛苦和欢乐都吞没了吗？

三

野性的湖，半夜猛然推开我的窗户，抛进一道闪电，和雷声中的雨点。我立即站在窗前，接受你这意外的情意。我知道，这是你对我的呼唤。这是你用刚毅的微笑，在我柔软的土壤中，种下坚强的果实。呵，野性的湖，你也许来得突然，也许我还不习惯你这野性的抚慰。但，我的心却为你颤动了。

四

从湖上走来的野风呵，你要猛烈地横扫你心中的闷郁吗？你摇晃着一切树木和整个原野，你吹起寒冷和沙石，袭击着我的手和脸。你掀起了整个湖面的波涛，放出一层一层跳起又倒下的白浪，向我扑来。野性的湖上的野风呵，你的豪迈，你的雄壮，使我忘记了我的渺小，我的脆弱，和我的一切不足。远道南来的游子，知道一个从零下四十度严寒中获得生命的兴凯湖，一个从几千年民族灾难中挣扎的兴凯湖——这野性的湖，这湖中的海，给予我的全部的爱的意义。

（刊发于 1986 年 5 月 12 日《人民日报》文艺副刊）

安　居

陆文夫

我年轻时对住房的大小好坏几乎是没有注意，大丈夫志在千里，一席之地足矣，何必斤斤计较几个平方米？及至生儿育女，业余创作，才知道这居房的大小好坏可是个厉害的东西！

50年代一家四口，住了大小两个房间，20多个平方米，这在当年也不算是最挤的。可那房间只有西北两面有窗户，朝东朝南都是遮得严严实实的，冬日不见阳光，西北风却能从窗缝里钻进来，那呼呼的尖叫声听了使人心都发抖。晚上伏案写作，没有火炉，更没有暖气，双脚和左手都生了冻疮，只有右手不生冻疮，因为右手写字，不停地动弹，这也和拉黄包车的人一样，拉车的人脚上是不会生冻疮的。当然，防寒还是有些办法的，后来我曾经生过炭火盆，差点儿把地板烧个洞；后来又用一个草焐窝，窝里放一只汤婆子，再盖上棉花，双脚放在棉花上，再用旧棉衣把四面塞严。寒打脚上起，只要脚不冷，心就不颤抖，那炮制出来的小说也就有点热情洋溢。

一到夏天就难了，西晒的太阳是无情的，它把房间晒得像个刚出完砖头的土窑，一进门便是热浪扑面；夜晚的凉风吹不进，到清晨刚有点凉意，那一轮火红的太阳又从东方升起！再加上三年困难之后自家举炊，一个煤球炉子就在房门口，24小时在不停地加热，热得孩子们都是睡在汗水里；热得我也无法炮制小说了，因为燠热会使人心烦意乱，手腕上的汗水会把稿纸湿透，炮制出来的小说不美……我深深地体会到了作家和房子的关系。

80 年代我在国内跑来跑去，和我的同时代的同行们相会时，一个个都在为住房的问题而叫苦不迭，他们的书桌都在床头边，原稿和书籍是塞在床底下的。作家作家，他是坐在家里作的，坐在宾馆里作终非长久之计，还得有单位愿意为你付房钱，你一天作出来的几页纸，值不值那点儿钱？所以那年头我和朋友们相见时都要问一句：“你的房子解决了没有？”

那一年中国作家协会的主席团开会，讨论作家如何评级。我开始时坚决反对，我觉得作家评级有点儿滑稽，伟大的作家和不大的作家怎么能都评一级？二级作家的作品也许比一级作家写得更好点；他今天是三级作家，明天出了一部作品很伟大，你作家协会能不能及时地加以调整呢？后来有一位年轻的作家对我提意见了：“老陆，你不能反对，作家如果没有职称的话，他就分不到房子，长不了工资，你也得为我们考虑考虑。”

我闻此言如雷贯耳，对对，作家要评级，一定要评级，工资还是小事，他们有稿费，这房子可是真家伙，没有级别是分不到的。作家虽说是人类灵魂的工程师，可他又没有工程师的职称；说是可以相当于教授或副教授，高教部却又不承认这一点。不是教授不是工程师，没有职称和级别，你叫人家分给你什么样的房子呢？记得有一年，我的一位老友去为我争取住房，那位管房子的领导问道：“他是什么级别？”我那位老友有点支支吾吾：“他……他是作家，需要一间书房。”“我们只管住房，不管书房，是作家去找作家协会。”我的天，作家协会的和尚自己还没有禅房呐，哪里能顾得上你们这些挂单的。好好，我举双手赞成作家都要评级，而且要尽可能评得高一点，评个一级相当于高级工程师，也许能分到三室一厅，一室作书房，一室给孩子，还有一室住你们患难夫妻，也尝尝这苦尽甘来的甜蜜味。

忽忽又过了十多年，我还在国内跑来跑去，同行们见了面时，再也听不到“房子问题解决了没有？”倒是常听到：“你来玩，就住在我家里。”能说“住在我家里”，那可了不起，这句话我以前只听到外国作家对我说过，听到之后羡慕不已，感慨万千，因为能说这句话的人，决不是那种把书籍和原稿都是塞在床底下的。如今却也有中国作家能说这句话了，而且还不是个别的人，据我所知，凡是有了级别的作家目前都已经有了房子，少数人的情况有些特殊，但也在解决之中。所谓的解决也是提高的问题。再也听不到有谁还是把书籍塞在床底下了，书籍也分到了房子，都上了架子，进了柜子。有些人家的房子还令人刮目相看，简直够得上豪华二字。那无房的痛苦和有房的激动好像都已经过去了，记得有些人在初分到房子的时候反而写不出文章来，老是惦记着那楼梯上还要装一盏壁灯，那墙纸是用黄的还是绿的……那……那个穿尖跟皮鞋的女人又来了，柳桉地板要被她踩出麻子来的！这正应了当年农村里的一句老话，叫穷人发财如受罪。当年还有人因此而得出结论，说是作家们还是没有房子的好，许多人都是在艰难困苦之中才写出不朽之作来的，叫“文穷而后工”。文穷而后工恐怕不是说文人要穷得当当响才能写出好文章来吧，中国字一字多义，穷有探索、追求、推敲、彻底之意，不完全是指贫穷而言。如果作家们都要穷得家徒四壁，穷得无立锥之地才能写得出好文章来，那还有谁愿意来干这种痛苦的事业？我们的前辈作家们虽穷，可是他们的故居还是可以供人瞻仰的。

如今我还在国内跑来跑去，怪了，我发现那些过去被我认为是住得较好，被人羡慕的人家，相比之下倒又显得寒碜而逼仄，真是老的不如少的，先来的不如后到的。我想，这也很自然，没有什么可以造成心理不平衡的，如果是一代不如一代的话，那就说明上一代的人出了什么差错，或者是吃干饭的。不过，有时候也有些恍惚，如今坐在明亮的、宽敞的、有着吧台的客厅里闲聊时，老是要纠缠着什么现代主义，后现代主义，想当年在奔走呼号解决房子问题时，谈论的倒都是现实主义……

（刊发于 1997 年 3 月 6 日《人民日报》文艺副刊）

凝望雕像

周大新

当大团的乌云携着冰冷的风雨朝我们乘坐的汽车扑来，氧气的稀薄使得我的呼吸更加困难时，我意识到车子已近唐古拉山口，前边就是我渴望看到的西藏的土地——藏北草原了。

这是 1996 年的 7 月，西行中的我正坐在一辆大巴车里。

车子吃力地拨开风雨，在曲折盘旋的青藏公路上艰难地前进着；风声雨雾里，一座巨大的军人雕像渐渐出现在我的眼里。

我的精神一振。

那是一个持枪的战士，在风雨中目不转睛地盯着面前的青藏公路，盯着朝他驶近了的汽车和汽车上的我们，盯着连绵的群山和群山远处的天空。

车在雕像前停下，我下车对他凝望。

他那粗糙的面孔上，浮现着一种柔和的温情，似乎在向每一个走过青藏线最高点的路人表示着亲切的问候。他那奇大的双眸里，有一丝淡淡的笑容，极像是在鼓励着面前的行人：不用担心，你一定会抵达你的目的地！他那紧抿着的双唇间闪现出一缕坚毅，仿佛是在向行人们担保：只要我站在这里，什么危险都不可能发生。我倏然间明白，一座好的雕像，虽然固定的只是人一瞬间的神态，但却可以让看见他的人，生出无数的猜想来，这就像一本好书，会让人产生很多美好的联想。

我注意到他的胳膊上被过往的藏族同胞披上了黄色的经幡。

看来，这个战斗在青藏线上的通信兵、汽车兵、管线兵的代表，在藏族同胞眼里，已经是平安的象征；他那花岗岩的躯体，已经变得轻柔可触，成为可以为人们提供保护的“神灵”了。

沉重的石质的雕像，可以转换成一种轻盈的精神的东西。

我忽然意识到，人类学会雕像并不是无缘无故，人类是用这种方法，来提供观察自己的范本，来寄托自己寻求保护的愿望，来记录自己当下的生存境况，来表达自己想要抒发的感情。

雕像是人完成的，但反过来又可以对人自身发生影响。

那一刻，我对这个军人雕像的作者生出了一种深深的敬意。

会雕像的人多么幸运！

当重又上车和雕像挥别时，我忽然想到，作家其实也是一种雕像制作者，只不过作家雕像时不用雕刀而用笔。作家用笔雕出的雕像虽不能立在路边立在庙宇立在殿堂立在广场上，但却可以活在人们的心里。活在人们心里的雕像不是也好？不是可以保存得更加久长？贾宝玉和宋江这些由作家完成的雕像，不是已经在人们心里保存许多个年月了？

既然作家可以雕像，那生活在世纪交替时代的吾辈作家，面对我国人民在改革开放旗帜下建设中国特色社会主义的伟大实践，面对世界人民在和平发展口号下建设新生活的努力，面对整个人类改善自己生存环境的共同行动，当然应该挥起笔来，去雕塑出崭新的文学形象，以使文学的人物画廊更加五彩缤纷。

去雕塑出一个少女，使她比简·爱、比苔丝、比林黛玉更让人们喜欢。

去雕塑出一个少妇，使她的命运比包法利夫人、比安娜·卡列尼娜、比爱米丽、比窦娥更能拨动人们的心弦。

去雕塑出一个男子汉，使他比加缪笔下的莫尔索、比肖洛霍夫笔下的葛利高里、比加西亚·马尔克斯笔下的霍塞·阿卡迪奥·布恩地亚、比罗贯中笔下的曹操更让人们惊叹。

去雕塑出一个老人，使他比海明威笔下那个打鱼的桑提阿果老汉、比雨果笔下的冉阿让、比巴尔扎克笔下的高老头，更让人们的心灵受到震撼。

许多年后，当人们看到我们这一代作家完成的崭新雕像时，他们一定会惊呼：哦，那是一个多么辉煌而伟大的年代！

汽车继续向西藏的腹地进发，唐古拉山口的那座雕像离我也越来越远，但在那一刻关于雕像的思索，却一直保存在我的记忆里。直到今天，只要一闭上眼睛，我还能在记忆里找到那尊雕像，找到当时涌起的那个愿望：完成一座文学雕像，以不辜负这个伟大的时代！

（刊发于 1997 年 4 月 3 日《人民日报》文艺副刊）

清塘荷韵

季羡林

楼前有清塘数亩。记得三十多年前初搬来时，池塘里好像是有荷花的，我的记忆里还残留着一些绿叶红花的碎影。后来时移事迁，岁月流逝，池塘里却变得“半亩方塘一鉴开，天光云影共徘徊”，再也不见什么荷花了。

我脑袋里保留的旧的思想意识颇多，每一次望到空荡荡的池塘，总觉得好像缺点什么。这不符合我的审美观念。有池塘就应当有点绿的东西，哪怕是芦苇呢，也比什么都没有强。最好的最理想的当然是荷花。中国旧的诗文中，描写荷花的简直是太多太多了。周敦颐的《爱莲说》读书人不知道的恐怕是绝无仅有的。他那一句有名的“香远益清”是脍炙人口的。几乎可以说，中国没有人不爱荷花的。可我们楼前池塘中独独缺少荷花。每次看到或想到，总觉得是一块心病。

有人从湖北来，带来了洪湖的几颗莲子，外壳呈黑色，极硬。据说，如果埋在淤泥中，能够千年不烂。因此，我用铁锤在莲子上砸开了一条缝，让莲芽能够破壳而出，不至永远埋在泥中。这都是一些主观的愿望，莲芽能不能长出，都是极大的未知数。反正我总算是尽了人事，把五六颗敲破的莲子投入池塘中，下面就是听天由命了。

这样一来，我每天就多了一件工作：到池塘边上去看上几次。心里总是希望，忽然有一天，“小荷才露尖尖角”，有翠绿的莲叶长出水面。可是，事与愿违，投下去的第一年，一直到秋凉落叶，水面上也没有出现什么东西。经过了寂寞的冬天，到了第二年，春水盈塘，绿柳垂丝，一片旖旎的风光。可是，我翘盼的水面上却仍然没有露出什么荷叶。此时我已经完全灰了心，以为那几颗湖北带来的硬壳莲子，由于人力无法解释的原因，大概不会再有长出荷花的希望了。我的目光无法把荷叶从淤泥中吸出。

但是，到了第三年，却忽然出了奇迹。有一天，我忽然发现，在我投莲子的地方长出了几个圆圆的绿叶，虽然颜色极惹人喜爱，但是却细弱单薄，可怜兮兮地平卧在水面上，像水浮莲的叶子一样。而且最初只长出了五六个叶片。我总嫌这有点太少，总希望多长出几片来。于是，我盼星星，盼月亮，天天到池塘边上去观望。有校外的农民来捞水草，我总请求他们手下留情，不要碰断叶片。但是经过了漫漫的长夏，凄清的秋天又降临人间，池塘里浮动的仍然只是孤零零的那五六个叶片。对我来说，这又是一个虽微有希望但究竟仍是令人灰心的一年。

真正的奇迹出现在第四年上。严冬一过，池塘里又溢满了春水。到了一般荷花长叶的时候，在去年飘浮着五六个叶片的地方，一夜之间，突然长出了一大片绿叶，而且看来荷花在严冬的冰下并没有停止行动，因为在离开原有五六个叶片的那块基地比较远的池塘中心，也长出了叶片。叶片扩张的速度，扩张范围的扩大，都是惊人地快。几天之内，池塘内不小一部分，已经全为绿叶所覆盖。而且原来平卧在水面上的像是水浮莲一样的叶片，不知道是从哪里聚集来了力量，有一些竟然跃出了水面，长成了亭亭的荷叶。原来我心中还迟迟疑疑，怕池中长的是水浮莲，而不是真正的荷花。这样一来，我心中的疑云一扫而光：池塘中生长的真正是洪湖莲花的子孙了。我心中狂喜，这几年总算是没有白等。

天地萌生万物，对包括人在内的动、植物等有生命的东西，总是赋予一种极其惊人的求生存的力量和极其惊人的扩展蔓延的力量，这种力量大到无法抗御。只要你肯费力来观察一下，就必然会承认这一点。现在摆在我面前的就是我楼前池塘里的荷花。自从几个勇敢的叶片跃出水面以后，许多叶片接踵而至。一夜之间，就出来了几十枝，而且迅速地扩散、蔓延。不到十几天的工夫，荷叶已经蔓延得遮蔽了半个池塘。从我撒种的地方出发，向东西南北四面扩展。我无法知道，荷花是怎样在深水中淤泥里走动。反正从露出水面的荷叶来看，每天至少要走半尺的距离，才能形成眼前这个局面。

光长荷叶，当然是不能满足的。荷花接踵而至，而且据了解荷花的行家说，我门前池塘里的荷花，同燕园其他池塘里的，都不一样。其他地方的荷花，颜色浅红；而我这里的荷花，不但红色浓，而且花瓣多，每一朵花能开出十六个复瓣，看上去当然就与众不同了。这些红艳耀目的荷花，高高地凌驾于莲叶之上，迎风弄姿，似乎在睥睨一切。幼时读旧诗：“毕竟西湖六月中，风光不与四时同。接天莲叶无穷碧，映日荷花别样红。”爱其诗句之美，深恨没有能亲自到杭州西湖去欣赏一番。现在我门前池塘中呈现的就是那一派西湖景象。是我把西湖从杭州搬到燕园里来了。岂不大快人意也哉！前几年才搬到朗润园来的周一良先生赐名为“季荷”。我觉得很有趣，又非常感激。难道我这个人将以荷而传吗？

前年和去年，每当夏月塘荷盛开时，我每天至少有几次徘徊在塘边，坐在石头上，静静地吸吮荷花和荷叶的清香。“蝉噪林逾静，鸟鸣山更幽。”我确实觉得四周静得很。我在一片寂静中，默默地坐在那里，水面上看到的是荷花的绿肥、红肥。倒影映入水中，风乍起，一片莲瓣堕入水中，它从上面向下落，水中的倒影却是从下边向上落，最后一接触到水面，二者合为一，像小船似的漂在那里。我曾在某一本诗话上读到两句诗：“池花对影落，沙鸟带声飞。”作者深惜第二句对仗不工。这也难怪，像“池花对影落”这样的境界究竟有几个人能参悟透呢？

晚上，我们一家人也常常坐在塘边石头上纳凉。有一夜，天空中的月亮又明又亮，把一片银光洒在荷花上。我忽听扑通一声。是我的小白波斯猫毛毛扑入水中，她大概是认为水中有白玉盘，想扑上去抓住。她一入水，大概就觉得不对头，连忙矫捷地回到岸上，把月亮的倒影打得支离破碎，好久才恢复了原形。

今年夏天，天气异常闷热，而荷花则开得特欢。绿盖擎天，红花映日，把一个不算小的池塘塞得满而又满，几乎连水面都看不到了。一个喜爱荷花的邻居，天天兴致勃勃地数荷花的朵数。今天告诉我，有四五百朵；明天又告诉我，有六七百朵。但是，我虽然知道他为人细致，却不相信他真能数出确实的朵数。在荷叶底下，石头缝里，旮旮旯旯，不知还隐藏着多少，都是在岸边难以看到的。

连日来，天气突然变寒。池塘里的荷叶虽然仍然是绿油一片，但是看来变成残荷之日也不会太远了。再过一两个月，池水一结冰，连残荷也将消逝得无影无踪。那时荷花大概会在冰下冬眠，做着春天的梦。它们的梦一定能够圆的。“既然冬天到了，春天还会远吗？”

我为我的“季荷”祝福。

（刊发于1997年11月13日《人民日报》文艺副刊）

花　事

柳　萌

我头次走进这家位于胡同口的花店，是在一年春天。那时刚搬来这里不久，有朋友见我家的阳台比较大，劝我不妨养点花儿，我一想可也是，只是不知养什么花好，就走进了这家花店。花店的老板是位南方人，高高大大的个头儿，说话也还算和气，他听完我说的情况，很客气地说："您不会养花儿，我看还是养点皮实的，像吊兰，像蔓萝，只管到时浇水，别的就不必操心啦。"花店老板的实在，很让我感动，就跟他聊起养花的事，我们也就有了共同的话题。

像我这样年纪的人，竟然不会养花儿，他觉得有点不可思议，就问："您是城里人，怎么就不会养花儿呢，我真有点不明白。"我笑了笑说："不明白吧，其实你应该明白，从你的长相猜测，你也就是四十几岁。"他说："您说对了，我今年四十八岁，是老三届的。"我说："这就对了吧。那你应该是红卫兵。怎么就忘记了呢？'文化大革命'那会儿，我也才三十几岁，想养花儿让养吗，不让养呵。养花是要挨斗的，只能种庄稼。"他冲我笑了笑，表情上略显沉闷，低声说："您说的是。那会儿不知怎么啦，人们简直像吃错了药，什么事情好，就糟蹋什么，还美其名曰革命……"于是他跟我讲了一件关于花的往事。

他家在南方一个小县城，那里的人们都喜欢花草，用他的话说"无花不成家，无院没有花"，这江南小城美在花丛中。

他的家乡有一户陆姓人家，祖祖辈辈都喜欢花，尤其是这家的大儿子，是个技艺高超的花匠。无论多么难侍弄的花，只要经他的手一摆弄，都会欢欢实实地长，开出鲜鲜艳艳的花，他的花艺在当地很有名，十里八乡的养花人，谁遇到什么难题，都来找他讨教。可是就是这样一个本分的花匠，在“文革”疯狂破坏的年代，却因为有这样的手艺而罹难。

事情的起因是一位远方亲戚，在国民党时期做过小官儿，被当作特务揪斗，实在忍受不了折磨，就开始胡说八道。在造反派的逼供下，他说自己有本名单，放在了陆家的花盆里，于是造反派的大队人马，浩浩荡荡开到陆家，不问青红皂白，进院就砸花盆，没有多久，几百盆花儿便散落在院中。根本不存在的名单，当然不会找到，于是就开始拷问花匠陆家长子。陆家长子本来视花如命，花被糟蹋了且不说，又无端地被加害，连气带吓的大病一场，没过多久便离开了人世。他离世前的一刻，拉着他侄子的手，说的最后一句话是：“这样的世道，不会长，将来年月太平了，你还是要养花儿，没有花儿，那还有什么意思。”说完也就闭了眼睛。

说完这件往事，我看见花店老板的眼睛湿润了，声音也略显哽咽，我也就不便再往下询问什么。等待了好长时间，他喝了一口水，然后告诉我说，胡说八道的那个人，得知陆家长子悲愤辞世的消息，他受不住家人的责难也自杀而死。这样一件普通的事情，竟然断送了两条人命，给爱花的人们以震惊，从此养花的人就少了。直到改革开放以后，美好的事物又回到人间，人们才又渐渐养起了花儿，他家乡的花事才重新兴旺。

听了他这一番悲惨的叙述，我的心里很不好受，“文革”中那些可怕的往事，一股脑儿地拥到眼前。可是，我还是想知道陆家后代的情况，就试探着对他说：“这陆姓人家太可怜了，爱花的人都是善良人，那么好的一家人，我相信不会永远倒霉。”花老板沉吟了片刻，好像从悲痛中解脱了出来，低声说：“是呵，您说的对，他们一家人，这会儿生活得很好，几个弟兄办起了几个花店，每天把花送给别人，他们自己也生活在花中。”“那陆师傅的侄子，后来怎么样了？”我急着这样问。只见花店老板快乐的眼神里，流露出诡秘的微笑，只是不说话；好像一说话，什么美好的东西，就要消失了似的……

（刊发于 1998 年 6 月 5 日《人民日报》文艺副刊）

家在辽源

韩静霆

当年我穷困潦倒的外祖父母，率五女一子，走遍东三省打短工和讨饭。行至东辽河的源头，他们眼睛都亮了，说这儿地挺平的，就安家扎寨。彼时，冥冥中为一种缘分驱使，父亲也日夜兼程从山东高唐逃难而来。不久，我的父母亲经人撮合，经营起了一个兼容苦难和温暖的巢，我也有了“投胎落草”的机遇。我的童年就生活在一座透风透雨的老屋里。

老屋在小城城东，龙首山之下。那座龙头似的小山，是俯首吸饮辽河水的样子。小城坐落在龙角上面，很有点诗意。我家老屋可说不上什么诗不诗的，从根儿上说是一座“血碑”。这得追溯到哥哥韩伟廷。他在四平战役的枪林弹雨中背出了负伤的营长。四野南下之前，立了功的哥哥获假回家看看。伟廷回到家，父母均患伤寒，病倒在冷屋凉炕上。他只好下矿井去挖几天煤，换药换饭。不料，哥下去了就没上来。四平战役的连天炮火没伤着他，矿井巷道的瓦斯爆炸要了他的命。父亲领了矿上发的有限的一点抚恤金，盖了两间简陋的房子。我从小就睡在哥哥伟廷带血的抚恤金上。

天知道老屋为什么一直下陷？年深日久，屋地比外面要低下一尺半还多，我每天放学回家都要跳大坑。很难说这与惨死在地下的伟廷有关系，可现在一想，浑身的汗毛还要立起来，童年却不懂胡思乱想。老屋四季阴森森的，门总是关不严。最讨厌的是雨天，无论雨大雨小，家里都是水灾。外面的水破门入“井”，棚上滴水如注，鞋子和盆盆罐罐都在水里漂荡，这时候，母亲就率领我们用盆用锅向外泼水……我终于懂得父亲母亲为什么依恋那两间“水窑”了，他们看这破房子的时候，肯定看到的是血肉模糊的伟廷大哥。老屋没时没日地修修补补，墙塌了重砌，窗子散了重钉，纸棚掉了重糊，烟囱倒了扶起来……现在我想起母亲爬上房脊去修房的样子，心里就酸酸的。我的母亲，老人家！两手紧紧抓着摇摇晃晃的破梯子，脚颤抖着去找梯子横木。木梯吱吱乱叫，母亲和梯子一起颤抖。她那一头花白头发，一点一点地升到房脊上去。她太要强，一定要自己去苫草，糊泥，铺瓦，才放心。

故乡辽源，龙角上的小城，从前小到什么程度呢？人说，一家酿酒，满城皆醉；一人打喷嚏，全市流感，这有些夸张。不过，数得上的街道，的确只有三条，顺着的一条，横的两条，最繁华的街面就属“大十字街”与“小十字街”了，这是千真万确的。我在那大小十字街头长大了，到了北京，念了书又当了兵。离家三十余载，小城渐渐膨胀，探家看到的生脸越来越多。到了改革开放的八十年代初，我家老屋不堪修缮，不行了，父亲母亲这才商议搬家。双亲看了许多处房子都不满意，折腾了很久，才搬了家。父亲在离开老屋不久，就撒手人寰，走了，到伟廷那里去了。新搬的家略有改观，一间半低矮的房子，外间漏雨，里间不漏。小房在半坡处，再没有水淹锅灶、浪打鞋子了，下雨天只听“飞瀑”跌落门前，轰然作响。一辈子含辛茹苦的母亲，在这里为我妹妹带孩子，很快就住惯了。我离家在外，夜里，一闭上眼睛就能看到母亲忙里忙外的样子。她老人家佝偻着腰，不停地剁鸡食，或是里里外外搬弄花盆。母亲在小院子里养了金盏草，指甲花，石榴花，茉莉花，还养着几只鸡。只要我探家，就有我爱吃的“小鸡炖蘑菇”上餐桌。

物换星移，龙角上的小城变化很快。立交桥架起来，坦荡的马路开出来，新楼群一不留神就嗞嗞地往外冒。转眼工夫，在家乡做事的同学和老友，都分到了供热的楼房，简陋的平房渐成“古董”了。去年和今年的夏天，我备好款子，两次回家乡，张罗为母亲买一套楼上的房子，同时为父亲扫墓。母亲似乎是依恋那些花草和炕柜什么的，又似乎是不愿意我为她花那么多钱，眼睛红红的，惶惑地望了我半天，嗫嚅地说：“这里住惯了，也挺好。”

我湿漉漉的眼睛里，母亲的白发在跳。我想说，儿子无能，不孝，从前让您到房脊上去修缮老屋，现在还能让您拎了水找不到下水道，在烧煤的炉子前边咳嗽吗？不，不能。您应该端坐在阳光里，您的住房条件应当“步步高”。当年的老屋，是用哥哥伟廷的抚恤金换的，现在用不着那样了，相比之下，何其轻松？刚好，小城的安居工程即将竣工，我就定了光线好的一套二楼房子。安居工程楼群的风水环境很好，门前东辽河的支流蜿蜒流过，窗后是龙山余脉。多大风雨母亲也不用愁了，依凭楼窗，隔着细密的雨，朦朦胧胧的半城风光在眼前铺开，看那些楼房正如春笋般地向天边拓展，很有意思。

终于在这个世纪的末尾，母亲快搬家了。

奇怪的是她老人家对于我和朋友们商议如何装修，定制什么家具，不大感兴趣。她佝偻着腰，只管去浇她的花草，白发在红的花绿的叶之间闪闪熠熠。

离开家乡小城的那天，我多喝了几杯酒，不由得泪眼模糊了。我又想起了哥哥伟廷，想起了用他血肉之躯换得的那两间老屋。老屋早就不在了，那儿是一片居民住宅楼群，楼前有一群孩子在跳橡皮筋。

（刊发于 1998 年 12 月 26 日《人民日报》文艺副刊）

绝版的周庄

王剑冰

你可以说不算太美，你是以自然朴实动人的。粗布的灰色上衣，白色的裙裾，缀以些许红色白色的小花及绿色的柳枝。清凌的流水柔成你的肌肤，双桥的钥匙恰到好处地挂在腰间，最紧要的还在于眼睛的窗子，仲春时节半开半闭，掩不住招人的妩媚。仍是明代的晨阳吧，斜斜地照在你的肩头，将你半晦半明地写意出来。

我真的不知道，你在那里等我，等我好久好久。我今天才来，我来晚了，以致使你这样沧桑。而你依然很美，周身透着迷人的韵致。真的，你还是那样纯秀、古典。只是不再含羞，大方地看着每一位来人。周庄，我呼唤着你的名字，呼唤好久了，却不知你在这里。周庄，我叫着你的名字，你比我想象的还要动人。我真想揽你入怀。只是扑向你的人太多太多，你有些猝不及防，你本来已习惯的清静与孤寂被打破了。我看得出来，你已经有些厌倦与无奈。周庄，我来晚了。

有人说，周庄是以苏州的毁灭为代价的。眼前即刻闪现出古苏州的模样。是的，苏州脱掉了罗衫长褂，苏州现代得多了。尽管手里还拿着丝绣的团扇，已远不是躲在深闺的旧模样。这样，周庄这位江南的古典秀女便名播四海了。然而，霓虹闪烁的舞厅和酒楼正在周庄四周崛起，周庄的操守能持久吗？

参加“富贵茶庄”奠基仪式。颇负盛名的富贵企业与颇负盛名的周庄联姻。而周庄的代表人物沈万三也名富，真是巧合。代表富贵茶庄讲话的，是一位长发飘逸的女郎，周庄的首席则是位短发女子，又是巧合。富贵、茶、周庄、女子，几个字词在春雨中格外亮丽。回头望去，白蚬湖正闪着粼粼波光。

想起了台湾作家三毛，三毛爱浪游，三毛的足迹遍布全世界，三毛的长发沾得什么风都有。三毛一来到周庄就哭了，三毛搂着周庄像搂着久别的祖国。三毛心里其实很孤独。三毛没日没夜地跟周庄唠叨，吃着周庄做的小吃。三毛说，我还会来的，我一定会来的。三毛是哭着离去的，三毛离去时最后亲了亲黄黄的油菜花，那是周庄递给她的黄手帕。周庄的遗憾在于没让三毛久久留下，三毛一离开周庄便陷入了更大的孤独，终于把自己交给了一双袜子。三毛临死时还念叨了一声周庄，周庄知道，周庄总这么说。

入夜，乘一只小船，让桨轻轻划拨。时间刚过九点，周庄就早早睡了，是从没有电的明清时代养成的习惯？没有喧闹的声音，没有电视的声音，没有狗吠的声音。

周庄睡在水上。水便是周庄的床。床很柔软，有时轻微地晃荡两下，那是周庄变换了一下姿势。周庄睡得很沉实。一只只船儿，是周庄摆放的鞋子。鞋子多半旧了，沾满了岁月的征尘。我为周庄守夜，守夜的还有桥头一株灿然的樱花。这花原本不是周庄的，如同我。我知道，打着鼾息的周庄，民族味儿很浓。

忽就闻到了一股股沁心润肺的芳香。幽幽长长的经过斜风细雨的过滤，纯净而湿润。这是油菜花。早上来时，一片一片的黄花浓浓地包裹了古老的周庄。远远望去，色彩的反差那般强烈。现在这种香气正氤氲着周庄的梦境，那梦必也是有颜色的。

坐在桥上，我就这么定定地看着周庄，从一块石板、一株小树、一只灯笼，到一幢老屋、一道流水。这么看着的时候，就慢慢沉入进去，感到时间的走动。感到水巷深处，哪家屋门开启，走出一位苍髯老者或纤秀女子，那是沈万三还是迷楼的阿金姑娘？周庄的夜，太容易让人生出幻觉。

（刊发于 1999 年 5 月 22 日《人民日报》文艺副刊）

西湖知多少

李国文

中国有多少个名叫西湖的湖，很难说得出准数。有人做过统计，大约有十七个，或者还要多一些。凡大小城市，只要城西有一片水者，无不以西湖名之。仅加进一个字，如西丽湖，西林湖，西下湖，或瘦西湖，遂弄到西湖处处有，真假莫能辨的地步。而这也表明，在中国人的心目中，西湖风光通常都被视作美的所在。形成这样一个看法，很大程度上是受杭州西湖的影响。不管有多少西湖，杭州西湖永远是湖中之冠。但这一片湖光山色，为什么独占鳌头，享誉不衰千百年？很大程度上得益于文人的鼓吹。近人郁达夫先生有诗“江山也要文人捧”，大概就是这份意思了。

唐宋以来，究竟有多少诗人，写了多少首杭州西湖的诗，若是统计出来，那数量一定相当惊人。但其中，最出色，最有名，莫过于宋代苏东坡。他写西湖的名篇《饮湖上，初晴后雨》，“水光潋滟晴方好，山色空蒙雨亦奇。欲把西湖比西子，淡妆浓抹总相宜。”仅仅二十八个字，就把西湖永远定格在这种至美的境界之中。只要一提西湖，就必然会想到这几句诗。这与他写庐山的名篇《题西林壁》一样：“横看成岭侧成峰，远近高低各不同。不识庐山真面目，只缘身在此山中。”也是二十八个字，也达到了同样的艺术效果，游庐山者，稍有一点文化的，心里面都会有这首诗的。所以，走在杭州西湖苏堤上，赏玩景色之余，淡妆浓抹之句，就会从心中油然而出。

杭州的西湖，与苏东坡这位大师的名字，紧紧相连，不知是西湖使苏轼名垂万世呢？还是苏轼使西湖更加风光呢？真是难下判断。更不知是西湖与他有缘呢，还是他与西湖有缘，凡他出仕过的州县，都有西湖，除了这个大名鼎鼎的杭州西湖外。广东惠州的西湖，安徽颍州的西湖，都是苏东坡流连忘返过的地方。因此，古人诗云："东坡原是西湖长"，就是这个出典了。

也许钟灵毓秀的湖光山色，给了诗人灵感，写出名诗名句；也许由于脍炙人口的佳作，而使这一碧万顷的绿水青山，与那些名不见经传的西湖区分开来，而闻名遐迩。于是，大师笔下的西湖，便成为游客心向往之的去处。这就是山水以文人名，文人以山水存的中国文化特色了。谁来到这些西湖，能不对这位中国文学史上的大家巨匠肃然起敬呢？

从苏东坡对这三个西湖的咏哦，几乎能隐隐约约地看出他生命的全部。《陪欧阳公燕西湖》："城上乌栖暮霭生，银缸画烛照船明。不辞歌诗劝公饮，坐无桓伊能抚筝。"这个西湖是颍州西湖，此时，王安石实行新法，将欧阳修排斥，诗中所引用的"桓伊抚筝"一典，一方面表明了他与欧阳修的同声共气的政治态度，一方面也表现了他那不苟时不阿附的人格力量。正因如此，仕途险恶、多次流放的命运，伴随了他的大半生。

随后，苏东坡来到了杭州的西湖，这个杭州太守的职务，倒是他自己一再申请去的。他之所以选择离开都城开封，到外省做官，是厌倦了朝廷里那种倾轧险恶的政治环境。而江浙一带，在北宋时期，是离战乱较远的富饶地区，他也早已属意这风光秀丽人文荟萃的杭州，希望在这里安顿下来。所以，在平静如愿的心态下来描绘西湖，自然是诗情从容自如的展露。

再以后，他终于逃脱不了小人的算计，连续谪贬，远放岭南，落脚在惠州。他写惠州西湖的诗：“花曾识面香仍好，鸟不知名声自呼。梦想平生消未尽，满林烟月到西湖。”诗前的序中说：“惠州近城数小山，类蜀道。春与进士许毅野步，会意处饮之且醉，作诗以记。适参寥专使欲归，使持此以示西湖之上诸友，庶使知余未尝一日忘湖山也。”那时的惠州，可不像今天这样生气勃勃，是道路不通，人迹罕至，闭塞偏鄙，隔绝阻难的不毛之地。被放逐到这里，绝对是一种政治迫害。但大师即使在这样艰窘的条件下，仍充满着乐山乐水的乐观主义，自然也是山美水美给予他的灵感了，尽管那时他活得并不是很开心的。那首著名的《食荔枝》：“罗浮山下四时春，卢橘杨梅次第新。日啖荔枝三百颗，不辞长作岭南人”，也是在惠州所作。从这首赞美南国的诗中，从那“长作岭南人”的自负情态中，不也令后人读出来对他的政敌的轻蔑和抗争吗？

如今，时过而境不迁，人去而景长存，哲人其萎，西湖依旧，无论走在哪个西湖的长长堤岸上，望着那莺飞草长，杂花生树，绿水凝碧，青山苍翠的景色；无论是在夕阳西坠，渔舟唱晚，鸦噪归林，行客稀落，独享清静的时刻；无论是在春雨飘忽，雾凇扑面，水天一色，孤舟湖上，于似乎无垠的空间之中；无论那波光粼粼的水，草木葱茏的山，绿柳夹道的堤，红墙绿瓦的屋，在在令人生发出思古的幽情……那些属于历史上众说纷纭的攘争，烦恼，长短，是非，统统在时间的长河里沉淀下来，于是便只有山水的美，文人的魂，以及那像璎珞串似的晶莹剔透的诗句，长存在记忆之中。

这大概就是永恒，就是真正的不朽。

（刊发于 2000 年 7 月 15 日《人民日报》文艺副刊）

乌江的诉说

张雨生

乌江的流响，是高昂的歌唱，也是低沉的呜咽。乌江的江风，是呼啸的雄风，也是萧瑟的悲风。如歌如泣，亦壮亦悲，皆为着两千年前楚汉相争的那场风云。

这里是西楚霸王项羽的自刎之地。

后人走近乌江，凭吊这位末路英雄，听流响，听江风，一种豪壮与悲怆交织着的复杂情感，便在胸中强烈涌动，久久激荡。这种情感之所以强烈，往往与凭吊者自身的命运相关联。是英雄，是曾经称霸诸侯的大英雄，但却是失败的，穷途末路的，从这里走进黄泉的。这种壮烈的悲剧最能引发联想和感叹。

脚下的这座山岗，叫凤凰山，是个很平缓的小山包。后人围住山包修起了祠庙，成了项羽的祭奠之地。

歪斜着几棵柏树，显得很苍老。也许，山包上曾有过茂盛的林子，历经毁坏，只剩下这几棵，可谓劫后余生。近年绿化，新栽下的还是些小树棵子，不足让凤凰山葱郁起来。秃山包上，祠庙依然显得孤独而苍凉。

来这里凭吊的人们，见到这位失败的大英雄，都会油然生出一番感慨。胸无墨水的，只是口头说说，议论一番了事；略通文墨的，便是吟诵几句，乃至挥毫弄墨。项羽是个武人，喜好在战场上卷起风云。死后，却让他静静地坐在祠庙里，倾听这等没完没了的诉说。这是他根本不会想到的，也未必是他乐意的。不过，悼念项羽的诗词联，挂满了殿堂和展厅，如此泱泱大观，可以说是一种特殊的文化现象。

拜读之后，我觉得，颂的，唯有李清照颂出了英雄的灵魂；哀的，唯有杜牧哀出了英雄的眼泪。“生当作人杰，死亦为鬼雄。至今思项羽，不肯过江东。”句句落地有声。李清照不顾及成功与失败，只顾及人物的内在气质。政权得失放到一边，突出的是英雄本色。渡江躲避一时，那还算得上是楚霸王吗？应该说，诗人写出了一个真实的项羽，一个洋溢着大丈夫气魄的霸王。什么叫不以成败论英雄。李诗之论算得上经典。

极力赞扬项羽不肯过江，诗人有着鲜明的现实目的。她所处的那个时代，金兵入侵，高宗赵构带着臣僚逃到江南，把江北的大好河山统统丢掉了。诗人的家在山东济南，不得不夹在落难的人群中逃到江南。背井离乡的悲痛里，充满了对北宋政权的强烈愤恨。宁死不肯过江的项羽，在她的心目中也就更为崇高。诗人的高歌，实际是当哭的。

“胜败兵家事不期，包羞忍耻是男儿。江东子弟多才俊，卷土重来未可知。”这首名为《题乌江亭》的诗，是杜牧出任池州刺史的时候，路过乌江，想到霸王而写下的。杜牧认为，胜败乃兵家常事，问题在于如何对待。若真正的男儿，应该忍辱负重，不争一时之豪，不赌一口之气。项羽英雄盖世，却是匹夫之勇。

过江与不过江之争，透过李清照与杜牧的诗，可以看出，完全是争者各取所需。

毛泽东对项羽的自刎显然有过思索。他将自己的思索注入神采飞扬的毛体书法中，书写了杜牧的《题乌江亭》。如今，这幅挥洒自如、气韵贯通的书法作品，高高地挂在项羽祠里，使这位失败的英雄更显悲壮。上个世纪四十年代末，蒋介石见大势已去，仍然想保住半壁江山，提出划江而治。毛泽东一句“不可沽名学霸王”，鲜明地表达了他对项羽的看法和态度。

怀古和评说，总要掺入个人的影子。面对不舍昼夜的江流，悲凉寂寞的古庙，兔走雉飞的荒冢，想到末日英雄，就以为找到了最好的倾诉场所，遇上了知己的倾诉对象，便将一腔感慨喷发出来。我揣摩，怆然泪下的，仰天长叹的，沉思低吟的，说是凭吊末路英雄，莫如说是凭吊自己的灵魂。

进入享殿，当中是西楚霸王的高大神像。抬头仰视，他真的有举鼎之威势，拔山之气概。然而，这威势，这气概，又让人感觉出他的另一面，那么悲凉，那么萧瑟。神像面部，是哭是笑，是悲是乐，是怒是喜，我看不出来，仔细观察，似乎样样都有。他的内心在思索什么，没有人能猜得透吧。

如今的霸王祠很兴旺。悼念建筑物建在山岗上，商业建筑物建在山岗下，越建越多，还大有发展之势。从外地赶来的同胞，从地球那边赶来的异胞，摩肩接踵，络绎不绝。凤凰山热闹了，乌江镇也热闹了。这得益于市场经济时代的到来。

豪壮与悲壮之气，在渗入过项羽的鲜血的土地上，永不消失地回荡着。

（刊发于 2003 年 4 月 17 日《人民日报》文艺副刊）

远　山

严　阵

在我的窗口的远方，有一片远山。

晴朗的日子，当我在晨光澄明间第一次打开窗子，我会发现，它是在一片无边的浅蓝中的一缕静悄无声的黛青，而在黄昏，当我最后一次把窗子关上以前，映入我眼帘的它，却是一道朦胧的神秘的金紫。

当风雨如晦云飞雾涌时，我虽然看不见它的影子，但我知道，此时此刻，它依旧守在那儿，默默地静静地无怨无悔地守在那儿，因此在看不到它的时候，从一直涌到我窗口的风云的气息中，我却能感受到它的另一种美，那种既无黛青又无金紫而却是不用任何一种颜色表达的看起来并不存在而实际上却分明存在着的令人只能无穷的意会到的那种美，那种并不为人发现的美。

我惊异于初冬季节的一个早晨，当一夜小雪过后，在片云不见的蓝空的边际出现一弧柔美的银色曲线的时候，我真的惊愕于它的绝妙，那在万花纷谢千树凋零的季节显现出的那种无与伦比的淡薄和不可思议的清远。

我曾到过黄山。我曾不止一次地领略过它的奇松，怪石，云海，温泉。但当我在天都峰上远眺的时候，我只感觉到它的高峻；当我在百步云梯上攀援的时候，我只感觉到它的险峭；当我在散花坞前徘徊的时候，我只感觉到它的秀奇；当我在桃花溪畔漫步的时候，我也只能感觉到它的晶莹而又婉转的匆匆。

我曾到过泰山。我曾膜拜过它的古老和庄严。但当我进入经石峪的时候，我只感觉到它的至尊。当我看到壶天阁历代刻石的时候，我只感觉到它的至显。在我很小的时候，我就记得，在我出生的那个小山村里，人们筑屋，必定要在一块泰山石上刻上“泰山石敢当”几个大字，并将它砌在新屋的石墙上，因而当我穿过中天门看到那组成泰山的每一座巨大的石壁时，我只能很自然地感觉到它的至贵。而当我登上日观峰一览众山的时候，我也只能感觉到它在千古冥冥之中的那种至高。

我曾到过庐山。我曾欣赏过牯岭的亦山亦市。我曾流连过花径的亦画亦诗。我曾在它的仙人洞纵览云飞，倾听那来自锦绣谷的悠悠天籁之音。我也曾登上含鄱亭，看鄱阳湖光苍茫秋水。

我曾到过峨眉。我曾在清音阁的月光下凭栏静听那泉水的如泣如诉。我曾在万年祠的秋林中看那白云的忽近忽远。我曾在洗象池的山道上看山花的自开自落。我也曾直薄峨眉金顶，观蜀汉之浩荡烟云。

可是，我所有见到的，却只能是见到，我所有登临的却只能是登临。于是我在兴高采烈过后，渐渐感悟到：人生的一览无余是多么地让人追索永世，而又是多么令人感到可怕，那种终会演变为幻灭的可怕。

而远山却不。

它永远不会让那一抹黛青变成真实的绿树芳草，它永远不会让那一道金紫变成具体的茅屋桑田，它也不会让那迷蒙的烟雨变成可以听得到可以看得见的小溪和池塘，它同样也不会让那一弧银白变为峻嶒岩石和凋落的园林。

那是你吗？我从我的打开的窗口远远地望着它。没有握手。没有面对面的看清脸上的每一条深深纹络。它给予我的，只是一个遥远的模糊的微笑，只能靠朝思暮想去补充的微笑。

那是你吗？它有时只是蓦然一现随之便销声匿迹。我知道它是在它在的地方，但我希望那云，那雨，那雾，那雪，一直笼罩着它，只给我留下一个第六感觉的空间。

那是你吗？只和我隔着一扇门，只和我隔着一条路，只和我隔着一个季节，只和我隔着一片云也似的流年。我依稀地看到你。没有点头，没有摇头。没有承袭，也没有许诺。那是永远的不缺陷的缺陷。那是永远的不圆满的圆满。

我曾经试图走近你，可是我又不能走近你，因为，当我真的走近你，真的走进你的你，我便会失去你留给我的那一缕黛青，那一缕永远无法解释的黛青。我也会失去你展示在我视觉里的那一抹金紫，那一抹永远无法猜测的金紫。同时，我也会永远失去你隐入轻云薄雾中留给我的那种感觉，那种虚虚的无比神秘的，仿佛在初雪轻掩的荒原上留下的一行似曾相识的时而消失时而复现的脚印的感觉。我也会失去你出现在天际线上的那一弧银白，那永远也无法代替的至纯至圣的梦影。

我曾经试图走近你，可是我又不能走近你，因为，当我真的走近你，你那远山的所有的魅力，便会在了无距离了无界限之间顷刻消失，而与此同时，你便不再是我的远山，而却是别人的远山了。

距离是什么？距离是一个空间。距离是什么？距离是一个时间。因此，人只有在一定的时空之外，才有可能领略到某种真正的完美，并有可能将它永远收入你终生的美丽的珍藏之中。

不要攫取。攫取会使你失落。失落你要攫取的东西和你的自我。不要占有。占有会使你虚无。你得到的将不再是你所需要的，而你也不再是过去的你。

永远可望而不可即。永远可想而不可依。永远可疏而不可密。永远可寄而不可系。

在我的窗口的远方，有一片远山。

尽管流年似水，世事沧桑，各种各样的时尚的追求，穿梭于朝朝暮暮的红灯绿酒之间，我却越来越感到，我那一片远山的美丽和我那一片远山的富有。

（刊发于 2003 年 12 月 6 日《人民日报》文艺副刊）

阳光与手

雷抒雁

每到今天，我的眼前，总会浮现出一幅画：

一轮太阳，鲜红的、巨大的太阳，喷薄而出。迎着太阳，正有千百双手高高地举起来，挥动着。

那手，使你想起森林。无数株树木沐浴着阳光，在晨风中轻轻摇曳。期盼、欢呼与拥戴，都洋溢在那些手臂中。这画面使人感受到力量与坚定！一种恒久不变的忠诚，幻化成让人心动的旋律。

那手，还使你想起海浪。无数推涌着的浪涌，向初升的太阳滚动过去。在阳光的照耀下，那浪涌又像鲜红的彩带，炽烈的铁水，同样使人感到力量，但却是前进的、动态的，展示着一种不可阻挡的趋势。

多么让人兴奋、让人激动的图画啊！

自然，这是一幅充满了象征意味的图画。你可以将那太阳想象成光荣的党、伟大的领袖、崇高的事业，甚至一个正确的、英明的决策。总之，它可以代表着光明、信心、希望和未来。

也许，正因为如此，许多年前，又有人将这画意命名了“托起未来的太阳”。让千百双手以同样的姿态伸向同一颗太阳。那太阳叫“孩子”，当然是未来的象征。那手，是在召唤全社会的支援与扶持。是的，我们同样把手伸出来，因为我们是伸向希望的。希望，便是我们的未来，我们的理想，寄托着我们全部的热情与信念。

我得回到文章的开头，再说那阳光与手。那些海浪一般滚动着的手，那些树林一般摇曳着的手，其实并非全是象征。那手就是一种代表！代表着：千百双握着枪杆的士兵的手，千百双握着笔杆的知识分子的手，千百双握着铁锤或锄头的工人与农民的手；甚至，还代表着一些软弱的，并未投入革命，但却真心实意拥护新制度、新事业的人们的手。

我想起我的父亲，一个饱受过苦难与贫困的农民，一个曾经目睹了新旧生活发生变化的文盲。他的一双手，除了劳动，对于政治永远是一种“举手拥护”的姿态。他不曾对任何一项政策与法令怀疑过、抵制过或不满过。有些政策事实证明对他有过伤害，他仍然不曾改变过举手拥护的姿态。他固执地认为，希望在前边，光明在前边，太阳会喷薄而出。这是一种信念，也是一种安慰。他的手是粗糙的，但却是明亮的、干净的；是一双简单的，却让人永远信任的手。把手举在阳光下，他敢！

我们重读这一幅太阳与手的画或许会有一些新的感想：仍然是那一轮太阳，一轮鲜红的喷薄而出的太阳；仍然是千百双手，千百双海浪一般涌动或森林一般摇曳的手。

如果，那太阳象征的是共产党人“为人民服务”的信念，是共产党人不变的宗旨；那千百双手是你是我是他，是数以千万计的共产党员的代表。让我们真心实意地举起手来，拷问心灵，在这明亮的阳光下，我们会不会汗颜？我们曾经举起过手，在加入共产党时，在鲜艳的党旗下，那时，我们感受的是光荣和骄傲！

但是，此后，对于责任和使命，我们的意识会不会有如森林一般坚定？对于前进和奋斗，我们会不会有如海浪一般有力？

还有，如果，那太阳是人民，是包括像我的父亲在内的那样一些盲目生活着的人，你该怎样举起自己的手，共产党员们！事实上，他们灼灼的目光，亦如一轮太阳，每时每刻都照耀着我们，温暖着我们，鼓舞着我们，同时也在监督着我们。面对这阳光一样的目光，已是伟人的共产党员说：我是中国人民的儿子。他以一种恭敬和谦诚，展示了自己品格的高尚和纯净。

面对人民的目光，这一轮灼热的太阳，共产党人伸出手来吧！让人民检验：这是一双干净的手，一双真心实意为人民奉献劳作的手。正像人民坦诚地把手伸出来，面对太阳，挥动着拥护和爱戴，表达着真诚！

太阳和手，一幅画，一幅多么生动而又意味深长的画！

（刊发于 2004 年 7 月 1 日《人民日报》文艺副刊）

三线老屋

张　炜

现在的年轻人已经没有多少知道什么是“三线”了。我也难以准确地解释，只知道这是三十年前那段特殊时期的产物，是修在山地或偏远地区的一些重要工程，它们可能会应付一些不时之需，也许关系到未来的国计民生。几十年过去，时局形势以及思想都松弛下来，这些工程也就没有了用场，再加上管理和维护费用巨大，所以如今大部放弃不用，呈现半废状态。

然而那是多少人的血汗，并且是智慧的结晶，力量和意志的结晶。有些工程极其完美，至今让人叹为观止。还由于当年的选址都是荒远僻静之地，所以今天看往往免不了山清水秀。我在城东的山隙里就找到了这样一处不小规模的建筑，它在一个山谷中开垦整理出一处大大的院落，盖了一大排宽敞结实的房子，院子里还有三个大水池，其中的一个有标准的游泳池那么大。如今这一切都被一扇大铁门给锁在里面，当然是荒废不用，所以空地上已是丛林茂密，一片蓊郁，合抱粗的梧桐和苦楝树槐树榆树不少于二十株。更壮观的是四周山坡上的大树，它们呈合围之势挤向这个山谷中的院落，看去就像齐心守护一个山里的珍奇一样。这里一片沉寂，只有几条铺得极为讲究的甬道在诉说当年的繁华。我一直搞不明白的是那几个奢侈的大水池，它们是真的泳池还是养鱼池、防火水池？都不像。

这是我在山里游荡时的发现。从此我不再忘记，并且时不时地就要转到那儿，从山坡，从大门，从不同的角度去看它。无论是择址还是建筑，它都是一个了不起的山中杰作。有一条弯曲的道路通向山外，现在大部都被葛藤覆盖，就像一场绿雪封了山路一样。这里可能已被遗忘，尽管它无论从哪个角度看都称得上是一笔了不起的财富。我当时就在心里想象，一个人如果得以在此安居，哪怕仅仅是短期的借住或一段时间的滞留，那都将是怎样的一份福气。当然，这又是一个现代人的梦想，它切近而又遥远，只是不近情理。

可是我开始把它挂在心上，常常为它的美丽惊叹，为它的闲置抱屈。是的，它这会儿只好在山中冷寂，因为它与灯红酒绿的现代城市显得太隔膜了。然而它毕竟近在咫尺，它真正安静的时间也许不会留下太多了，因为说不定什么时候有人就会把它记起，适时派上一个时髦的用场。我后来了解到它属于“三线”时期的一处工程，早在十几年前就放弃了，当年是一处特殊的电力设施，至今还归属电业系统。我多想躲到这个闲置的地方，如果如愿，将获得一段多么好的工作时间和工作环境。从此我的心里就有了一个放不下的念头。

我于是想努力争取一下。结果当然是颇费周折。令我大喜过望的是，半年之后真的成功入住了。

一番折腾开始了，劳累然而超出了一般的快乐。我与几位朋友动手整过了年久失修的屋顶，挖出了大小水池中的淤泥和腐殖，又把院内的甬道清理出来，再从荒地上开出两块菜园。从入住大院的第一天开始，我们就没有间断地迎接起林中的野物，它们是拖着长尾的大鸟，窜来窜去的野兔，还有站在一角注视的草獾。野鸽子的声音就在头顶的大榆树上响起，它们与远处山隙传来的啼鸣呼叫应答。

一切都收拾停当，有了被褥和炊具之类，有了越冬的火炉，有了书籍和笔墨纸张。这里旷敞得可以住得下一个连队，于是几乎每个星期天都有一些朋友来到这里，他们总是携来一些吃物。大家都说，如果能在这儿安安稳稳住上一年，那真是值得庆幸的事了。是的，对于一个来自闹市的人来说，这里真是过于奢侈了。

可当时怎么也想不到的是，我竟然能够在此一住两年多。于是即便在很久以后，我都为曾经拥有这样的一段幸运时光而心怀感激，并一直记住了这种赐予。

山中的夜晚对我来说是不陌生的。然而这里空旷清寂得出奇，半夜时分总会有一声凄然长啼，让人分不清这是何方何兆。勤劳的野物整夜都在院里忙碌，它们掘土，寻索，从东到西，又从西到东地翻开一溜溜湿土。有时我睡不着，就在凌晨起来工作，遥对窗外的星星，陪伴屋外那些不眠的生灵。

菜地的南瓜和芹菜、萝卜都长势喜人，水池里的鱼也肥胖欢腾。鸡群待在院角的一片沙地上，它们总是在阳光下做着惬意的沙浴，并时不时把蛋下在粗砂粒上。我和朋友们点种的花脸豇豆大获丰收，芝麻和芋头也繁茂可期。春夏的布谷鸟一整夜深情长啼，勾起人的阵阵怀想再也不能止息。下半夜两三点钟动手煮一碗方便面即是美餐，它突然冒出的香味往往会让窗外的一些生灵屏息静气许久。

这就是难忘的两年，大山的恩惠默不作声。不止一次有人询问：这么久你到底去了哪里？出国了？我幸福无言。是的，凡是巨大的幸福，它的结果往往会带来长时间的沉默。

（刊发于 2005 年 4 月 12 日《人民日报》文艺副刊）

仙境般的丹巴藏寨

陈世旭

四川甘孜藏族自治州丹巴县的嘉绒藏区，据说是历史上神秘消亡的东女国，“嘉绒”即“女王的河谷”。这里依旧保留着许多女国文化遗风。比如，以女性为中心的婚姻形式和家庭组成，女子服饰传承的古典的“尚青”，至今还保存完好的女国时期古碉建筑以及作为女性生殖崇拜象征的碉房楼顶的“煨桑”塔，等等。

所有到过丹巴的人都会惊叹丹巴的“三绝”：甲居藏寨；碉楼群；美女。最让外部世界惊奇的是美女：一个只有 7 万人的县，竟有 3000 多女子在成都乃至京城从事歌舞演艺职业。多年来，学者们从神话、传说、民俗、历史、地理、生态、文化、现实各个方面进行了认真的探究，前提是：嘉绒是美人谷；结论是：嘉绒的确是美人谷。

嘉绒藏族自古至今崇拜墨尔多神山，“墨”在藏语中一般指女性，也就是说，墨尔多是女神山，是女权崇拜的象征。东女国是由女人全面管理的国家。直到今天，每年 5 月，人们都会在古寨碉下，为年满 17 岁的女孩举行盛大隆重的成人礼，全寨男女老幼献上哈达，载歌载舞。而男孩是没有这种待遇的。

从藏史《贤者喜宴》《西藏王臣记》《敦煌本吐蕃历史文书》可以查找到吐蕃以前子从母姓的历史记述。在西藏，喜马拉雅山诸峰全是女神，遍布藏区的大地之神十二丹玛也是女神。一首藏族民歌向春季女神发出了这样的请求："春季的庄稼女神啊／请赐给我们土水风火吧／我这藏红花呀／正要扎下根啦"。人们拜倒在女神足下，透露出藏民族对史前母系时代的集体追忆。这也让人对逝去不见踪影的"东女国"浮想联翩。

传说，许多年前，一只凤凰飞到墨尔多神山，化作万千迷人的美女，墨尔多神山下便成了美女如云的地方。传说，东女国女王爱泡温泉，爱吃温泉香薰的高山香梨，因此天姿国色，民间女子皆仿效，由是美女遍国中，以至因美色亡国。

我是将近傍晚来到大金川西岸上的甲居藏寨的，星罗棋布的藏房铺满了海拔两三千米的山坡。山脊三面悬空的巨石上矗立着碉楼，整座藏寨都处在它的威仪之下。触摸着它粗糙的肌肤，仿佛触摸一个久远的符号。神灵已经在雪山上生活了无数世纪，一个民族原始的思维构架倚山而立，暗示着时间的悠远。它们是生命和美丽的保佑者，一种执着的坚守，守望灵魂永恒的驿站。

仰慕已久的丹巴美女，花头帕，红长裙，古韵悠然，优雅端庄，一如从远古款款而来。风中飘动的鲜艳裙摆，如同对面绵延的山势此起彼伏；灿烂的微笑，被满山鲜嫩的黄栌和火爆的枫树所装饰。历史的流风遗韵与眼前的现实交织成迷幻的梦境。

埋藏得太久的美人谷，揭开羞涩的面纱，以娇艳的盛装，捧出撩人的风情，给世界一个惊艳的姿势。藏房的烟囱袅袅炊烟升起，寺庙苏醒的法号低沉而悠远，格桑花、羊角花烂漫开放，倾听背水女孩胸前清脆的铃铛。

美人谷，从禁锢的古堡吹奏世外的天音。山脚下翻腾的河水，看上去异常平静，流淌在太阳、月亮、白云、雪山、土地、青稞、劳作、酒碗以及睡梦中，只有仔细谛听，才能得到时间深处的消息。美人谷不是来自想象，而是时间与空间的某种神异的结合。美人谷蛰伏于雪山深处，延续着古老的民俗。地方政府兴建的盘山路，让世界走进了世外桃源。叠翠的山峦，湍急的河流，黑色的碉楼，洁白的藏房，头帕与长袖，藏戏与锅庄，演绎着嘉绒儿女仙境般的生活。

那个傍晚最让我动容的是晚饭时见到的那个端酥油茶的卓玛。在那间斑斓的藏房里，她带着幽谷的清香缓缓从客人身边走过，给所有人上过酥油茶，便静静地把铜壶搁在窗台，然后倚窗而立。窗外，刚回来的父亲和哥哥跑运输的小货车和摩托车在院子里闪闪发亮。坡下的房顶上，今夜就在藏房投宿的一帮外国游客兴高采烈地踱来踱去。

黄昏也寂静也灿烂也冷清也温暖，不知从哪里传来琴弦的拨动，弦韵为酥油茶的暖烟滋润。卓玛高高的鼻梁上的大大的眼睛迷离而潮湿，她的心一定在轻轻跳动，仿佛初恋的震颤从月色中传来，而情歌就在手上的铜壶里翻滚。柔润的小手无端拂拭已经铮亮的铜壶，似乎在翻阅渐渐成长的情怀。轮回重复的安宁与恬淡的岁月，填满了希望的华年。一行行来自远古的歌谣，一阵阵行云流水般涌进鼓胀的心房。

离开美人谷里的丹巴藏寨有些日子了，直到今天，我觉得自己依然留在那里，留在那个仙境里，沉醉在最初的花香泛滥的黄昏。我希望自己每天傍晚依然能够在那间斑斓的木屋里啜饮卓玛端来的酥油茶，然后看她在窗边默默地伫立，像飘在云朵上的一个遥远的花的剪影。

（刊发于2007年1月23日《人民日报》文艺副刊）

渡过长江去

林　非

已经是整整 60 年前那么遥远的往事了，却常常飘曳在自己的眼前。

我清清楚楚地记得，自己默默地匍匐在低矮的芦苇丛中，从长江北岸这一片潮湿的滩地上，张望着前方滚滚的水波，滔滔不绝地向远处流去。

黄昏时分的太阳，像一团熊熊燃烧的火球，坠落在江水翻腾的漩涡里。这大半轮血红色的圆圈，正透过颤抖的波纹，缓缓地沉没下去。江面上浮起了一股暗紫色的雾气，蔚蓝色的天空中间，却依旧闪烁着明亮的光芒，一道道姹紫嫣红的晚霞，和一阵阵轻轻飘舞的白云，多么无忧无虑地俯瞰着我们，哪里会知晓大家万分焦急的心情，火烧火燎似的等候着，期待这黑黝黝的夜晚，赶快来罩住茫茫的大地，好搭乘藏在附近的多少艘帆船，飞快地渡过长江去。

四月下旬，钻在芦苇丛里，瞧见左边好多荷枪实弹的武装战士和右边一群赤手空拳的工作队员，都悄悄埋伏在自己的身旁。他们一定也在注视着浩浩荡荡的江水，盼望着立即响起出发的军号声。

“渡过长江去，解放全中国！”这是我们日夜都惦念着的多么令人神往的壮举。我瞅着卧倒在自己旁边的许多战友，心里很明白，他们一定比自己更急着要冲锋过去，因为在昨天的誓师大会上，多少人的喉咙，都已经呼喊得嘶哑起来。

苍茫的长空，终于渐渐地暗淡下来，灿烂的红霞和洁净的白云，都已经消失得无影无踪了。背后碧绿的田畴和面前浑浊的江水，也都笼上了一层浓墨似的颜色。

我在幽暗的芦苇丛里，突然想起上海的市景。百姓们已经被每天都飞涨着的物价，折腾得心惊胆战，万分恐惧，急着要抛出这日日夜夜都在贬值的纸币，好去兑换永远能够保持着昂贵身价的黄金。不知道什么缘故，银行的大门忽然关闭了，于是这包围得水泄不通的人们，像掀起了一阵凶猛的浪涛，向前后两边剧烈地晃荡起来，有人在相互使劲地推搡中间，被压倒在地下，被连续地践踏着，阵阵的喊声和哭声，遮盖了街道上汽车的声响。

当这群跌跌撞撞的人们，被手握木棍的警察驱散开来之后，只剩下一个衣衫朴素的老妇，弯曲着身子，悄无声响地躺倒在那儿，她已经被活活地踩死了。我从心底里升起了一阵悲哀和愤懑的情绪，沿着街道慢慢地走去，瞧着百货公司灯光闪闪的玻璃橱窗里面，陈列着多少昂贵的珠宝和豪华的家具，除开财大气粗的达官贵人之外，谁又能够享用得起？他们掌控了腐败和无能的政府，却让多少平民百姓遭尽了苦难。

“现在可以渡江了罢！”我紧张地瞪大双眼，眺望着阴沉和混沌的长空，庆幸大家已经平安地度过了紧张的白昼，立即又升腾出期盼了许久的愿望，得赶紧冲过长江去，拯救和解放受苦受难的民众。

突然在漆黑的天空中，闪烁和疾驰着几点暗红色的星光。我正惊愕地想跟身旁的伙伴耳语时，这不祥和邪恶的光亮，迅速地逼近过来，随着一阵刺耳的噪音，几架朝向江面俯冲的飞机，像魔鬼似地掠过我们头顶，噼噼啪啪地扫射起枪弹来，难道是在迷茫的夜色中发现了我们？

当杂乱的枪声消失过后，这黑魆魆的土地上，又变得分外寂静起来。我听见了自己突突的心跳声，刚想要轻轻地嘘一口气，那几架飞机又兜着圈子，回转过身子来，呼啸着冲向我们的头顶。我的心依旧在剧烈地蹦跳着，扑通扑通得像是直往喉咙里窜去，赶紧侧着身子，闭住了眼睛，等候那一串密集的子弹，从半空中扫射过来。

敌人的飞机终于消失了，黑夜又陷入了有点儿恐怖的沉默之中。度过这短短的一分钟，竟像是等待那长长的一整天。

忽然从后边传来哨子与军号的声响，多少战友们都高兴地呼喊着，纷纷站立起来，排成了长方形的队伍，像刮起一阵风儿似的，穿过茂密的芦苇，往前边的港汊走去，跨上了早已停泊在那儿的多少艘帆船，不声不响地起锚航行，于飞溅的浪花里颠簸着前进。

浓密的雾气，弥漫在乌黑的江面上。浩瀚的天空中，有几颗闪亮的星星，正神秘地眨着眼睛，是想要指引我们渡过长江去吗？刚才来扫射过的那几架飞机，已经消失得丝毫都没有踪影了。长江南岸的江阴要塞附近，也始终是无声无息的，从未传来过枪炮的轰鸣。

昨天夜里，有个消息灵通的战友，得意扬扬地告诉我说，结集在扬州西边的大批主力部队，已经渡过长江，攻克了反动派的首都南京城，那些压榨平民百姓的残兵败将和贪官污吏们，大概都已经丧魂落魄地往南边逃跑了。

汹涌的波涛，拍击着帆船的左右两舷，哗啦啦地震响着，却遮掩不住背后的几个伙伴悄悄说话的声音。他们都悲哀地叹息着，刚才向芦苇丛里扫射的敌机，打死了一个很熟悉的战友。就在那天出发前的黎明时分，他还很兴奋地向我诉说，等到革命胜利之后，得上大学里去读书，好学到浑身的本领，建设民主、自由和富强的新中国。他怀着壮志凌云般的气概，要为自己的祖国，做一番轰轰烈烈的事情。可是他已经长眠在这芦苇丛里，无法实现自己美好的理想了。我禁不住伤心地淌下了滴滴的泪水。

帆船很平稳地向前行驶着。在头顶的天空中间，逐渐泛起了灰褐的颜色，可以朦朦胧胧地瞅见，长江南岸零零星星的树木和房屋。一抹绯红的朝霞，忽然装点在天边的几颗星辰底下，好像是在鼓励和祝贺我们，顺利地抵达了长江的南岸。成百艘灵巧的帆船，终于都陆续地停泊在滩地旁边。

然而那个多么熟悉的战友，却再也不能跟大家在一起，欢快地唱着革命的歌曲，英武地踏着噔噔的脚步前进了。牵挂着他在这瞬间的突然死去，猜想着还有多少并不相识的战友，也会像他那样，在激昂慷慨的征途中，并没有丝毫的预兆，就牺牲了自己多么珍贵的生命。他们有着许多欢乐的向往与崇高的理想，却从此烟消云散，永远从人世间消失了，永远都无法实现自己神圣的追求了。

多么漫长的60年之前，于深夜里乘着帆船，渡过长江去的这一段经历，也还常常出现在睡梦中间。曾经有多少个夜晚，梦见过当时的种种情景。这样的梦，有时候逗留得十分短促，有时候却又绵延得很长很长。最长的那一个梦，是在10年前攀登芝加哥的西尔斯大厦之后，于深夜时分扑朔迷离地游弋在脑海里的。

当时，我站在这世界闻名的摩天大楼顶端，俯瞰着左右前后多少雄壮与俊秀的高楼，显得很低矮地分布在游客们的脚下，真让我惊叹着人类的智慧和创造力量。可就在昨天傍晚，在这大厦附近的密执安湖边徜徉时，我瞧见了好几个乞丐正伸手乞讨。为什么有的人那样奋发有为，想替大家作出许多辉煌的业绩？有的人却寻觅不到正常的工作，只好依靠乞讨来维持生活？

我顿时想起了芦苇丛中的那些战友们，在60年前长途行军的日子里，曾经热情洋溢地议论过，怎么样能够在革命胜利之后，使得整个的人间，都变成一座无比幸福的乐园？这一群年轻的伙伴，充满了多么纯洁和绚丽的诗意。

大概是因为在整个的白天，走得太劳累，心情又太激动的缘故，才有了夜晚这个悠长的梦——

我默默地匍匐在低矮的芦苇丛中，从长江北岸这一片潮湿的滩地上，张望着前方滚滚的水波，滔滔不绝地向远处流去。我还瞧见了埋伏在这儿的多少战友，瞧见了牺牲在这儿的那个伙伴，瞧见了喊哑了嗓子的那个幼小的女童。

我们还一起走向长江之滨，惊讶地眺望着波涛澎湃的江面上，飞架着一座长长的大桥，连接着南北两岸的土地。许多高高大大的轮船，鸣响着汽笛，从巍峨的桥梁底下，来来往往地穿越过去。当年乘坐过的多少帆船，怎么都不见了呢？

在阵阵的惊讶与兴奋之中，就从动情的睡梦里醒了过来。我怀着一种很急切的心情，盼望着在什么时候，真正能够前往长江北岸的那一片滩地，去寻觅多少熟悉或陌生的风景。早就听说过了，在那里已经建起凌空挺立的大桥，我得赶快出发，立即就前往那里，徘徊在桥梁的两旁，看看田野背后多么美丽的农舍，听听人们的欢声笑语里面，蕴藏着哪些通向未来的理想？

（刊发于 2009 年 5 月 23 日《人民日报》文艺副刊）

我的母亲河

赵丽宏

人们聚集在江河畔，靠水为生，以水为路。水的流淌，犹如生命繁衍和律动，水的波光，映照着人间哀乐疾苦。江河，犹如母亲哺养了城市。

上海有两条母亲河，一条是黄浦江，一条是苏州河。黄浦江雄浑宽阔，穿过城市，流向长江，汇入海洋，这是上海的象征。而苏州河，虽是黄浦江的一条支流，但她和上海的关系却似乎更为密切。她曲折蜿蜒地流过来，流过月光铺地的沉睡原野，流过炊烟缭绕的宁静乡村，流过兵荒马乱，流过饥馑贫困，流过晚霞和晨雾，流过渔灯和萤火，从荒凉缓缓流向繁华，从远古悠悠流到今天……

一百多年前，人们就在苏州河畔聚集、居住、谋生，大大小小的工厂作坊，犹如蘑菇，在河畔争先恐后滋生。苏州河就像流动的乳汁，滋润着两岸香烟旺盛的市民。在我童年的记忆中，苏州河是一条变幻不定的河。她清澈时，河水黄中泛青，看得见河里的水草，数得清浪中的游鱼。江南的柔美，江北的旷达，都在她沉着的涛声里交汇融和。这样的苏州河，犹如一匹绿色锦缎，飘拂缠绕在城市的胸脯。

我无法忘记苏州河给我的童年带来的快乐，我曾在苏州河里游泳，站在高高的桥头跳水，跳出了我的大胆无畏；投入无声的急流中游泳，游出了我的自信沉着。我还记得河上的樯桅和桨橹，船娘摇橹的姿态仪态万方，把艰辛的生计，美化成舞蹈和歌。我还记得离我家不远的苏州河桥头的“天后宫”，一扇圆形的洞门里，隐藏着神秘，隐藏着往日的刀光剑影。据说那里曾是“小刀会”的指挥部，草莽英雄的故事，淹没了妖魔鬼怪的传说。我还记得河边的堆货场，那是孩子们的迷宫和堡垒，热闹紧张的“官兵捉强盗”，将历史风云浓缩成了孩子的漫画。

少年时，我常常在苏州河畔散步。我曾经幻想自己变成了那些曾在这里名扬天下的海派画家，任伯年、虚谷、吴昌硕，和他们一样，踩着青草覆盖的小路，在鸟语花香中寻找诗情画意，用流动的河水洗笔，蘸涟涟清波研墨，绘树绘花，绘自由自在的鱼鸟，画山画河，画依山傍水的人物……然而幻想过去，眼帘中的现实，却是浊流汹涌，河上传来小火轮的喧哗，还有弥漫在空气里的腥浊……

苏州河哺养了上海人，而上海人却将大量污浊之物排入河道。我记忆中的苏州河，更多的是混浊。她的清澈，渐渐离人们远去，涨潮时偶尔的清澈，犹如昙花一现，越来越难得。苏州河退潮时，浑黄的河水便渐渐变色，最后竟变成了墨汁一般的黑色，散发着腥臭，污染了城市的空气。这条被污染的母亲河，就像一条不堪入目的黑腰带，束缚着上海，使这座东方的大都市为之失色。人们无休无止地吸吮她，没完没了地奴役她，却没有想到如何把她爱护。她的黑色浊浪，是上海脸上的污点。

我曾经以为，苏州河的清澈，将永难恢复。20 年多前，我在一首诗中为母亲河哀叹，并一厢情愿地以苏州河的口吻，无奈地呐喊："把我填没吧，把我填没／我不愿意用甩不脱的污浊／破坏上海的容颜／我不愿意用扑不灭的腥臭／污染上海的天廓／哪怕，为我装上盖子／让我成为一条地下之河"。

20 多年过去，再看我的这首诗，我发现，我的呐喊，可笑之极，我的悲观，幼稚而浅薄。苏州河没有被填没，也没有成为地下之河。这些年，我一直在各种传媒报道中看到关于苏州河改造的各种消息。我怀疑过，认为要使一条混浊的河流变清，谈何容易。然而为使被污染的苏州河重返清澈，上海人想尽了一切办法，疏清河道，切断污染源，改造两岸的环境。轻诺寡信的时代，早已过去，无数人在默默地为此行动。这些年，常常经过苏州河，河岸的变化很明显，破旧的棚屋早已不见踪影，河畔的垃圾码头和杂乱的吊车也已绝迹，河岸已经被改建成花园，绿荫夹道，草坪青翠，绿荫缝隙中水光斑斓。我甚至不知道，这些变化，发生在什么时候。这两年过端午节时，在电视上看到苏州河里举办龙舟竞赛，波光粼粼的河面上，鼓声震天，万桨挥动，两岸是欢声雷动的人群。电视里看不清河水的清澈度，但是给人的联想是：在一条污浊的河流中，怎么能举办这样有诗意的活动呢？

终于有了像童年时一样亲近苏州河的机会。前不久，上海举办一个讴歌母亲河的诗会，请我当评委。组织诗会的朋友说，请你从近处看看今天的苏州河吧。昔日的杂货堆场，成了一个现代化的游船码头，踏着木质的阶梯登上快艇，河上的风景扑面而来。先看水，水是黄色的，黄中泛绿，有透明度。远处水面忽然溅起小小的浪花，浪花中银光一闪，竟然是鱼！没有看清楚是什么鱼，但却是活蹦乱跳的水中精灵。童年在河里游泳的景象，突然又浮现在眼前，40 多年前，我在苏州河里游泳，常有小鱼撞击我的身体。现在，这些水中精灵又回来了。河道曲曲折折在闹市中蜿蜒穿行，两岸的新鲜风光，也使我惊奇。花圃和树林，为苏州河镶上了绿色花边。河畔那些不知何时造起来的楼房，高高低低，形形色色，在绿荫中争奇斗艳，它们成了上海人向往的住宅区，因为，有一条古老而年轻的河从它们中间静静流过。

生活中有一条江河多么好，没有江河，土地就会变成沙漠。江河里有清澈的流水多么好，江河污染，生活也会变得浑浊。苏州河，我亲爱的母亲河，我为她正在恢复青春的容颜而欣慰。一条污浊的河流重新恢复清澈，是一个梦想、一个童话，然而这却是发生在我故乡之城的真实故事。

一个能把梦想变成现实的时代，是令人神往的时代。

（刊发于 2009 年 6 月 6 日《人民日报》文艺副刊）

故乡的路

谭　谈

妹妹从老家来，原本是打算多住些日子的。我们兄妹，都是年逾六旬的老者了。这次，我那刚学会开车的弟弟把她送来我家，我是准备安排她多看几处城中美景，开阔开阔她这个山里女子的眼界。没想到，她到的第三天，接到家中的电话，家里有急事，非要她回家不可。这时弟弟的那辆车却出了点毛病，要送去修理。

“那我到车站去搭车。”妹妹等不及坐弟弟的车回家了。“我送你吧！”看她急成这样，我只好亲自出马了。

那天早上 9 点，天阴沉沉的，空中飞着毛毛雨。我这个 60 多岁的新司机，拉着妹妹就上路了。

穿过城区，很快我们就驶入了高速公路，到达老家的那座城市——娄底，才 10 点半钟。如果在几年前，从长沙到娄底是需要三四个小时的呵！如今，一个半小时就到了。

从娄底到我的老家，抄近路走山道，50 多里，只能靠步行，那是将近一天的路程。如果要驾车回去，则必须从涟源绕道，要将近两个小时。我正驾着车往前驶着，坐在一旁的妹妹突然指着前面岔路口一条新修的水泥路，说：“走这边，走这边！”

这个地方，叫石狗滩，早年有一所在这一带山乡颇有名气的完全小学。我 13 岁时，就是在这石狗滩完小毕的业。这，就是我的最高学历。

“这里有公路了？”我一怔。

“有了，而且都修成了水泥路面呢！”妹妹说，“现在，山里人富裕些了，大家为了进山出山方便，每家每户出些钱，政府则每公里补贴十几万元。这样，一两年时间，四乡八寨，村村通了水泥路，不少人家里还买了汽车呢！”

一股热浪倏地涌上我的心头。我是一个山里娃，是在这大山里爬滚大的。我家屋前面一座山，叫洪界山；屋后边一道岭，叫花山岭。花山岭是一座石头山，长不出大树，也开不出鲜花，只长了满山遍岭的茅草。我们的老祖宗，为它取一个这样漂亮的名字，或许是寄托一种愿望，或许是宽慰自己的心。

两座大山间，有一条长长的峡谷。山谷里，坐落着一栋一栋高高矮矮的农舍，我的家，就是这些农舍中的一栋，屋前面，一条青石板铺就的路，在山谷里延伸。往南走，可到达县城；往北走，则可到达省城。一代一代的山里人的脚板，把路面上一块一块的青石板，打磨得光滑光滑的，每块石板，如铜镜般放亮。不少的石板上，还被山里人的脚板磨出一个个凹凹。一条条石板路，也串联着屋前的洪界山和屋后的花山岭。小时候，我经常上洪界山砍柴火，上花山岭扯猪草。到了十一二岁，还挑着一担小箩筐，翻过花山岭，到 20 多里地以外的金鸡坑担炭回家。三四十斤的担子，开始压在肩上，还不觉得很沉，步子也迈得飞快。走着走着，就感到肩上的担子愈来愈沉，脚步也越发迈不开了。快要到家时，偏偏又耸立出这座高高的花山岭。这时，肚子已饿得咕咕叫，两条腿发软了。每登一步山路，要喘几口粗气，滴一串汗水。每当这个时候，总有一个矮个子女人，从山上飞快地走下来，接过我肩上的担子，递给我一钵子米饭，饭上还压着一个荷包蛋。

这便是我的妈妈。

妈妈挑着我担回的煤炭担子，沿着山间的那条石板路回家了。我坐在山上的石块上香甜地吃着那一钵饭菜。这时候，我感到这是世间最美好的享受!

记得在我七八岁的时候，父亲出了一次远门，到了省城长沙。从我们的村寨里到长沙，300 多里路，他穿着草鞋，走了 4 天。回来的时候，他用热水烫过脚后，一边叫妈妈用针为他挑着脚上的血泡，一边兴奋地对我说："伢子，这次我在长沙街上，看到一种小屋子样的东西，四个轮子，跑得风快，上面，还坐了人呢!别人告诉我：那叫汽车，什么时候，要是这汽车能开到我们这山窝窝里来就好了！"父亲说完，一声叹息。这一声叹息，又寄托了山里人多么殷切的企盼啊!

大约七八年后，花山岭那边，真的修出了一条能走汽车的路。一天，我们几个小伙伴，起了一个大早，翻过花山岭，到那边去看汽车。快到中午的时候，路的前边，真的出现了一栋"移动的房子"——那叫汽车的东西跑过来了。

长大了，我走出大山，到外面闯荡世界去了，每次回家，我都坐汽车到花山岭那边山脚下，然后翻过花山岭回家。不过，那时路况不好，从长沙坐车到花山岭脚下，要六七个小时。当然，比起父亲那一代，要起早贪黑走 4 天山路，还要磨一脚血泡，就不知好到哪里去了。

"往这边！往这边！"

妹妹又在我身边开口指路了。我按着妹妹的指点，往一座石山上驶去。这，就是我小时候挑炭不知爬过多少次的花山岭。如今，不见了山中石板路，却出现了一条威威武武的冲山而上的水泥公路。不时看到一些山民开着他们新购的汽车，或运着家里烧火做饭用的煤炭，或载着家里盖新房用的建材，兴冲冲地往山上驶去。

一会儿，我的车就平稳地停到了妹妹屋前的坪地里。妹妹家的瓦屋盖在高高的花山岭的顶上。这时，雨停了，天放晴了。我站在她的屋前坪地上，俯瞰山下一个一个的村寨，只见阳光下，一条一条光亮亮的水泥公路，像一条条长藤，串联着这一个个村寨，将山谷间一个个原本分散的屋场，联结成了一个整体。

这是一幅多美的山村图画！这时，我的心里，猛然浮出早些日子在电视里看到的消息：去年，湖南全省先后有 18 条高速公路开工；今年，全省又有 13 条高速公路开工。几年后，湖南省的高速公路里程，将由现在的 2000 多公里，上升到 5000 多公里。是呵，故乡的路，不就是一部山乡的史书吗？它记录着山里人过去生活的辛酸，今天日子的甜美！

（刊发于 2009 年 6 月 30 日《人民日报》文艺副刊）

从棣花到西安

贾平凹

秦岭的南边有棣花，秦岭的北边是西安，路在秦岭上约300里。世上的大虫是老虎，长虫是蛇，人实在是走虫。几十年里，我在棣花和西安生活着，也写作着，这条路就反复往返。

父亲告诉过我，他十多岁去西安求学，是步行的，得走七天，一路上随处都能看见破坏的草鞋。他原以为三伏天了，石头烫得要咬手，后来才知道三九天的石头也咬手，不敢摸，一摸皮就粘上了。到我去西安上学的时候，有了公路，一个县可以每天通一趟班车，买票却十分困难，要头一天从棣花赶去县城，成夜在车站排队购买。班车的窗子玻璃从来没有完整过，夏天里还能受，冬天里风刮进来，无数的刀子在空中舞，把火车头帽子的两个帽耳拉下来系好，哈出的气就变成霜，帽檐是白的，眉毛也是白的。时速至多是40里吧，吭吭唧唧在盘山路上摇晃，头就发昏。不一会有人晕车，前边的人趴在窗口呕吐，风把脏物又吹到后边窗里，前后便开始叫骂。司机吼一声：甭出声！大家明白夫和妻是荣辱关系，乘客和司机却是生死关系，出声会影响司机的，立即全不说话。路太窄太陡了，冰又瓷溜溜的，车要数次停下来，不是需要挂防滑链，就是出了故障，司机爬到车底下，仰面躺着，露出两条腿来。到了秦岭主峰下，那个地方叫黑龙口，是解手和吃饭的固定点。穿着棉袄棉裤的乘客，一直是插萝卜一样挤在一起，要下车就都浑身麻木，必须揉腿。我才扳起一条腿来，旁边人说：

那是我的腿。我就说：我那腿呢，我那腿呢？感觉我没了腿。一直挨到天黑，车才能进西安，从车顶上卸下行李了，所有人都在说：嗨，今日顺到！因为常有车在秦岭上翻了，死了的人在沟里冻硬，用不着抬，像掮椽一样掮上来。即使自己坐的车没有翻，前边的车出了事故，或者塌方了，那就得在山里没吃没喝冻一夜。

90年代初，这条公路改造了，不再是沙土路，铺了柏油，而且很宽，车和车相会没有减减速停下，灯眨一下眼就过去了。过去车少，麦收天沿村庄的公路上，农民都把割下的麦子摊着让碾，狗也跟着撵。改造后的路不准摊麦了，车经过刷的一声，路边的废纸就煽得贴在屋墙上，半会落不下。狼越来越少了，连野兔也没了，车却黑日白日不停息。各个路边的村子都死过人，是望着车还远着，才穿过路一半，车却瞬间过来轧住了。棣花几年里有五个人被轧死，村人说这是祭路哩，大工程都要用人祭哩。以前棣花有两三个司机，在县运输公司开班车，体面荣耀。他们把车停在路边，提了酒和肉回家，那毛领棉大衣不穿，披上，风张着好像要上天，沿途的人见了都给笑脸，问候你回来啦？就有人猫腰跟着，偷声换气地乞求明日能不能捎一个人去省城。可现在，公路上啥车都有，连棣花也有人买了私家车。那一年，我父亲的坟地选在公路边，母亲就说离公路近，太吵吧，风水先生说：这可是好穴哇，坟前讲究要有水，你瞧，公路现在就是一条大河啊！

我每年十几次从西安到棣花，路经蓝关，就可怜了那个韩愈，他当年是“雪拥蓝关马不前”呀，便觉得我很幸福，坐车三个半小时就到了。

过了 2000 年，开始修铁路。棣花人听说过火车，没见过火车。通车的那天，各家在通知着外村的亲戚都来，热闹得像过会。中午时分，铁路西边人山人海，火车刚一过来，一人喊：来了——！所有人就像喊欢迎口号：来了来了！等火车开过去了，一人喊：走了——！所有人又在喊口号：走了走了！但他们不走，还在敲锣打鼓。十天后我回棣花，邻居的一个老汉神秘地给我说：你知道火车过棣花说什么话吗？我说：说什么话？他就学着火车的响声，说：棣花——！不穷！不穷！不穷不穷，不穷不穷！我大笑，他也笑，他嘴里的牙脱落了，装了假牙，假牙床子就笑了出来。

有了火车，我却没有坐火车回过棣花，因为火车开通不久，一条高速路就开始修。那可是八车道的路面呀，洁净得能晾了凉粉。村里人把这条路叫金路，传说着那是一捆子一捆子人民币铺过来的，惊叹着国家咋有这么多钱啊！每到黄昏，村后的铁路上过火车，拉着的货物像一连串的山头在移动，村人有的在唱秦腔，有的在门口咿咿呀呀拉胡琴，火车的鸣笛不是音乐，可一鸣笛把什么声响都淹没了。火车过后，总有三五一伙端着老碗一边吃一边看村前的高速路，过来的车都是白光，过去的车都是红光，两条光就那么相对地奔流。他们遗憾的是高速路不能横穿，而谁家狗好奇，钻过铁丝网进去，竟迷糊得只顺着路跑，很快就被轧死了，一摊肉泥粘在路上。我第一回走高速路回棣花，没有打盹，头还扭来转去看窗外的景色，车就突然停了，司机说：到了。我说：到了？有些不相信，但我弟就站在老家门口，他正给我笑哩。我看看表，竟然仅一个半小时。从此，我更喜欢从西安回棣花了，经常是我给我弟打电话说我回去，我弟问：吃啥呀？我说：面条吧。我弟放下电话开始擀面，擀好面，烧开锅，一碗捞面端上桌了，我正好车停在门口。

在好长时间里，我老认为西安越来越大，像一张大嘴，吞吸着方圆几百里的财富和人才，而乡下，像我的老家棣花，却越来越小。但随着312公路改造后，铁路和高速路的相继修成，城与乡拉近了，它吞吸去了棣花的好多东西，又呼吐了好多东西给棣花，曾经瘪了的棣花慢慢鼓起了肚子。棣花已经成了旅游点，农家乐小饭馆到处都有。小洋楼一幢一幢盖了，有汽车的人家也多了，甚至荒废了十几年的那条老街重新翻建，一间房价由原来的几十元猛增到上万元。以前西安人来，皮鞋印子留在门口，舍不得扫；如今西安打一个喷嚏，棣花人就问：咱是不是感冒啦？他们啥事都知道，啥想法也都有。而我，更勤地从西安到棣花，从棣花到西安，我不再以出生在山里而自卑。车每每经过秦岭，看山峦苍茫，白云弥漫，就要念那首诗：“啊，给我个杠杆吧，我会撬动地球；给我一棵树吧，我能把山川变成绿洲；只要你愿意嫁我，咱们就繁衍一个民族。”

就在上个月，又得到一个消息，还有一条铁路要从西安经过棣花，秋季里动工。

（刊发于2009年7月15日《人民日报》文艺副刊）

“奏捷之驿”

迟子建

40 年前，母亲只有 27 岁。那时的母亲在我们小镇人的眼里，是个不会过日子的女人。因为每隔一两年，她就要领着孩子，回娘家去。旅行在那个年代，费钱又费时。由于交通工具的单一、稀缺，加上路况和天气等因素所造成的车船的运营时间的不确定性，从我们小镇到外婆所在的漠河乡，虽然不过 300 来公里的路程，可是一旦走起来，少则三四天，多则六七天，煞是曲折。做小学校长的父亲爱开玩笑，他将路途的艰难，算到地球身上去。说是人在一个球上走，这个球还转着，当然走着走着就要滑下来，哪儿那么容易到老家呢。我一想蚂蚁有时在圆石头上爬，也有栽跟头的时候，便觉得父亲说得在理。

母亲大约不太放心父亲吧，她回娘家，总是带上两个孩子，留一个在家中。弟弟年幼无知，每次都要被带走，而我和姐姐呢，轮流在家。我们的角色，跟密探差不多。记得 40 年前母亲回外婆家的那次，她出发的前夜，先是许诺回来时给我买件花衣裳，然后反复叮嘱我，让我晚上时跟着父亲，他去哪儿串门，我就去哪儿。我忠于职守，天一黑，父亲前脚出门，我后脚就跟上。我就像牧羊人一样，握着无形的鞭子，看着月亮升得高了，赶紧把父亲赶回老窝。这个时刻的父亲，只能乖顺地做我的羊。其实父亲对母亲是非常忠诚的，他每天总要念叨她几句，猜测母亲他们到没到，路上遇没遇见麻烦，到了又是怎样一番情形。由于我们小镇和漠河乡都不通电话电报，到的人无法报平安，所以这种牵肠挂肚的念叨，一直要持续到母亲风尘仆仆地返回。

从我们小镇去漠河乡，如果是夏天，通常是先坐长途客车，沿着坑坑洼洼的砂石路到三合站，然后再换乘轮船，逆水而上。如果是大轮船，到漠河乡的码头要航行三四天，小轮船呢，也得两三天。船长是一条船的皇帝，若是碰到性情随和而又富有浪漫情怀的人，除了规定的停靠站，中途若遇可人的风景了，比如说发现岸上有一片艳红的山丁子果，大家垂涎欲滴的，他就会让船停靠一刻，放下浮桥，让旅客下去采摘。当然，大多的船长是一丝不苟的。比如我 6 岁时跟着母亲和弟弟去外婆家，因为乘坐的大客车中途坏了，修车耗蚀了时间，客车到了三合站的码头时，船已开了。我们眼见着一条白轮船缓缓地离岸而去，母亲哭倒在沙滩上。因为这条船错过了，等下一趟，要三天以后。那一刻我恨那条船，为什么它就不能折回来接上我们呢？看来船不是风筝，说拉就能拉回来。我们滞留在一家大客店里，睡着分上下两层的光板通铺。这个意外无疑削弱了母亲并不丰裕的钱袋，她整天气咻咻的。我还记得她带了一罐豆腐乳，放在了上铺。住在下铺的我，常常趁母亲不备，小老鼠一样地爬上去，用手指头偷着抠腐乳吃。下一趟船终于等来了，那是我第一次乘船。由于船航行在中苏界河上，白天站在甲板的时候，常能看见被我们称为“江兔子”的苏联巡逻艇在江面上突突地跑。艇上那些大鼻子的巡逻兵，喜欢摘下帽子，朝我们挥舞，像嬉皮士。我喜欢看自己船上的船员站在船尾用挂网打鱼，喜欢看环绕着轮船左右翻飞的雪白的江鸥。当然，我也爱看火烧云，它们把西边天镶嵌成了一张又宽又长的年画，那么的鲜艳、热闹。等到船终于停靠在漠河乡的码头，母亲向前来接船的亲人委屈地哭诉着这一路的艰辛时，我撇着嘴，心想有什么好哭的，在三合站等船的日子，过得多有意思啊。

冬天封江了，船停了，母亲归乡的路，只赖汽车轮子了。汽车不像轮船坚如钢铁，它的轮子是凡身肉胎，说坏就坏。轮胎一旦破了，汽车抛锚了，罪也就跟着来了。因为汽车行驶时散发着热量，车内虽然不很温暖，但不至于把人冻着。可它一停下来，如同一个人挺了尸，立刻变得冰凉，我们只得下车，在冰河上奔跑，以免被冻伤。而冰河时常有大面积的冰包出现，这时汽车只能绕道而行。如果绕不好，汽车轮子轧到了苏联疆域，麻烦就大了，双方还得照会。所以开客车的师傅，在拣好路走的时候，还得留意着边界。

即便这样，那些年，无论冬夏，都没有阻断母亲回娘家的路。大概我十三四岁的时候吧，铁路开始往漠河延伸，有了火车，汽车和轮船就面临着退役了。火车是森林小火车，只有一列，每小时五六十公里的速度吧。它虽然逢站必停，还常常晚点，但坐火车稳当便捷，母亲再回家，就选择火车了。

如今从我们小镇到漠河乡，不仅有新修起的光滑如镜的水泥路，还有提速的火车。以前三四天的路程，现在半天就走下来了。前年漠河又开通了机场，从北京飞往那里，三个小时就够了。你想饱览北极风光，不过是一盘棋的工夫。

我还记得读大兴安岭师范时，每逢寒暑假，因为县城的火车站离我们小镇还有十几公里的路程，而那儿又不通汽车，我在返校时，常常要搭生产队进城的马车。由于火车是夜间的，而我往往中午或下午就到火车站了，所以候车室里，常常只有我一个人。坐困了，我也不敢睡，怕万一进来坏人，把我的包给偷了。因为旅行包里，装着书本、炒面和咸菜。那个年代，它们都是我的宝贝啊。

父亲 1986 年冬季在故乡突发脑溢血，由于没有及时找到车辆，他被送到城里的医院时，耽搁了近三个小时，错过了最佳抢救时机，终遭不治。那条十几公里的坎坷的故乡路，在我眼里就像一把长长的尖刀，深深地刺痛了我的心。我总想，如果换作今天，父亲肯定能逃过劫难。因为现在从县城通往那里的车辆，不计其数。

前年我在翻阅大兴安岭地方志的时候，看到一段有趣的史料，清军第一次雅克萨自卫反击战胜利后，有三个兵丁从雅克萨出发，飞马奏捷。他们 5 月 25 日出发，穿越我故乡的莽莽林海，直达关内，6 月 6 日巡幸在古北口外的康熙帝收到了此报。5000 余里的路程仅用了 11 天，堪称奇迹。从此后，这条驿路就被称为“奏捷之驿”。我在想，11 天，5000 里路，会留下了多少湿漉漉的马的蹄印呢？康熙帝大约不会想到，300 年后，这样的喜报，瞬息可闻。

但母亲还怀恋着她年轻时代的归乡路。去年冬天，她意外摔伤骨折，卧床养病的时候，有一天忽然惆怅地对我说，现在往漠河乡也不通船了，要不坐一趟船儿回去多好啊。我说乘船有什么好，跟牛车一样慢。母亲望着我，满怀忧伤地淡淡回了句：风凉啊。

（刊发于 2009 年 7 月 15 日《人民日报》文艺副刊）

故乡水韵

何建明

都说姑苏美，然而什么是故乡苏州的最美呢？

有人会说是沃土，有人会说是这块沃土上的历史遗韵和人文胜迹，尤其是春天桃花与菜花并开的田野风光，还有人会说是苏州的女子，尤其是那些垂发挥针的绣娘……干脆也有人说是阳澄湖的螃蟹、太湖的鲜鱼和飘香的桂花黄酒……其实苏州的美物，可以写下千行万句，但在我看来，苏州之美，乃是天造的江湖河塘之水。

“小桥流水人家”，这是人们对姑苏的永恒记忆。“川曰三江，浸曰五湖”。故乡吴地在远古时就有“三江五湖”，“三江”是指松江、娄江和东江，这三条大江是吴地最早的排水干路，是吴人身上的主血管。“五湖”指的是贡湖、游湖、胥湖、梅梁湖、金鼎湖。其实“五湖”是泛指太湖流域一带所有的湖泊，古“五湖”是吴人最重要的胃、肝、脾和肠……

苏州人要感谢的祖先很多，其中最需要感谢的是那些造水、治水和利水的英雄。大禹不用说了，他在太湖降龙的治水传说给吴越先民留下了宝贵的治水经验；其后的伯泰、仲雍是以身作则带领土著人破除了“水怪”的骚扰而平安了这块荒蛮之地的野性；最早开凿的“伯泰渎”给这里的庶民带来了灌溉、航运和饮水等多方面利益；还有像三国时的孙权、包括秦始皇、主张开凿大运河的隋炀帝、吴越小国王钱镠、宋朝的范仲淹、赵霖，以及明朝的钦差大臣海瑞和在苏州当了五年清官的林则徐等，他们都为吴地做过造田、治水的巨大贡献。新中国成立之后的前20多年里，“水利是农业的命脉”成为父辈一代人的旗帜和战斗号令，我坚信：江南水乡假如没有那十几年的兴修水利，就不会有现今依然“稻谷香、鱼儿跳”的好风景。

“人语潮喧晚吹凉，万窗灯火转河塘。两行碧柳笼官渡，一簇红楼压女墙。”宋代诗圣范成大的这首《晚入盘门》，勾起了我当年在长江大堤参与治水战斗的悲喜交织之情……那时我只有15虚岁，但在那个疯狂年代，我们别无选择。然而，现在的我却常为自己曾经有过的这段为家乡水利建设所作的贡献而感到自豪——因为当下的年轻人是不可能有我们那个时代的磨砺了。

苏州是水育之地，苏州的治水本领与生俱来。苏州人还把与水搏杀的本领活脱脱地运用到现实生活之中。比如众所周知的苏州经济在上世纪八十年代的亮点是乡镇企业，九十年代之后的亮点是开放型经济，两者似乎是具有机制和体制上的巨大差异，甚至是断裂的、对立的。然而苏州人后来只经过了几年光景，就将这种“断裂”与“对立”很快统一起来，像他们从祖先传承下来的那种利道治水的本领一样，很快将两股完全不同的江与河之水融合在一起，形成巨大的湖塘之流，为整个地区的社会发展积蓄了巨大的发展力源。尤其是近年来，当地政府和人民在科学发展观思想的指导下，对水的保护意识大大加强，并且取得卓有成就的收效。

因为我的父老乡亲们知道：江与河，看起来不同：江流终日汹涌澎湃、奔流不息，是为了奔向大海；河流之水有时涌入大江，有时流向塘湖。但如果江水没有了千万条河流的汇合，便没有了自己；河水如果只向湖塘流淌，其生命也将变得渺小和暗淡。江与河既有别，又有同，两者渗透了相互依存与传承的关系——河是江的母亲，江是河的后嫡，湖塘则是江河歇脚与蓄力的温床、准备远行的驿站。保护水，就是保卫自己的家园。我的父老乡亲们深深地懂得这一点。

欲说苏州之水，不能不言太湖。因为八百里太湖的 90% 的水面属于苏州。太湖之水是苏州母亲的胎盘里的羊水。没有了太湖之水，就没有了苏州的生命及其成长的可能。

2000 年，国务院对苏州城市总体规划的批复中明确苏州是“长江三角洲的重要中心城市”。如何理解这一定位，学问很大。

苏州人将自己摆在以下两个圈层中的位子：一是苏州在环太湖城市圈的位子；二是作为环太湖城市圈城市在整个长江三角洲区域中的位子。太湖以水为媒，使姑苏大地成为中国最活跃和创造力及最具财富积蓄力的经济快速发展板块。毫无疑问，上海是这一区域的龙头。那么苏州在这一区域里是什么呢？是龙身还是龙尾？龙身便应发挥其壮实而巨大的能够影响整个中华民族这条巨龙的能力，苏州似乎还达不到；是龙尾？龙尾便应能左右天下风云，执掌巨龙前行后退的方向，这似乎也不是苏州所长、所能。那么苏州是什么？

“我们苏州要在太湖区域中发挥走在先、走在前、走得最好、走得最可持续的典范。”苏州干部们这样说。经过反复酝酿和思考，苏州人最后将自己定位在与“龙头”上海的对接和错位发展之上。苏州要永远做上海的“乡下”，苏州才会有自己的发展空间，才永远不会落伍于环太湖各个城市的强势之中。苏州人这样清醒着，一直紧盯“龙头”大上海，一直埋头干好自己分内的活儿……

“你们是龙眼啊！闪闪发光的龙眼啊！”突然有一天，一位中央领导来到苏州，当他在环太湖走完一圈后，欣喜地对苏州人如此说。

“龙眼”——多么准确而形象的比喻！是的，苏州是“龙眼”，苏州是环太湖高速经济发展区域的“龙眼”，是屹立于世界强林之中的中国巨龙身上的“龙眼”。

江河湖塘，组成了苏州人独特而绚丽的性格，那性格既是豪放的，又是柔美的；既是开放的，又是含蓄的；既是粗犷的，又是细腻的。是豪放中的柔美，是柔美中的豪放……

江河湖塘组合在一起，既可是一种放扬，又可是一种吸纳；既可是一种选择，又可是一种决断；既可是冒险，又可是避险。是理性下的激情，是激情中的理性，是激情和理性交融后的理与智、亲与情。

与苏州人打过交道的人都说苏州不是一个专横跋扈的地方，即使是那些名闻天下的园林与世界文化遗产，也只是含蓄之美。苏州人恪守中庸之道，凡事绝不会太过分。这——皆是江河湖塘交融、混合的水性文化所缘。

苏州的水与其他地方的水有时很不一样，常理上理解“江河东去归大海”，这流动的水总是往一个方向奔涌而去。其实在我故乡的江河之中会常常出现江河之流逆向而流。这是为什么？原来，这些江河离大海近，月亮和地球间发生的引力诱发了潮去潮落而形成江河之流复去复回的特殊景象，而这使得这些水非常活泛，因而更加富有灵性。

苏州是水的世界，苏州是由水组成的灵性之物，因此可以游刃有余地面对复杂纷乱、景象万千的各种来自自然与人为的较量、搏杀，当然也有和善的媾和与敌意的诱惑。

水，是我故乡永远搬不掉、罩不住的灵性。它是我的生命之根，是我故乡苏州大地的生命之根、生命之魂！

清澈、奔涌而富有感情的水，依然在我故乡长流……

（刊发于 2009 年 7 月 27 日《人民日报》文艺副刊）

那会儿，我们正年轻

柯　岩

著名演员覃琨告诉我，2005年在少代会上，在等待和中央领导拍照时，她的位置正好排在杨立伟边上，于是她对他说："我是非常崇拜你的，不过我还是要告诉你一个你想不到的秘密：那就是：你是2003年飞天的，可我在1958年，已经到过月球了。"杨立伟看着身边这位上了年纪的阿姨很严肃，不像在开玩笑，不禁张大了眼睛，不知说什么好。这时站在后排的知心姐姐卢勤大笑起来说："她说的绝对是事实，我可以作证。"一时旁边所有的人也都愣住了。于是卢勤缓缓说道："那时，我还是一个少先队员呢，儿童艺术剧院就演出了《飞出地球去》（剧照见后图）。覃琨同志是主角，也是乘着火箭，直达月球，还见着了嫦娥——可把我们这些小观众看疯了，散了戏，都不肯走，谢幕谢了无其数……""每场都是十四五次。"覃琨补充道。

于是全场啧啧称奇："真的呀？""那时就演了这样的戏？""怎么会？""怎么想起的呢？""好好超前耶！"——最后全场大笑。

听到这里，我也哈哈大笑起来。是呀，怎么会？是怎么想起来的呢？

其实，一点也不奇怪。那时，世界上第一颗人造卫星刚刚上天，全国人民意气风发——一天，一个天文学家找到我，说是想写一个飞出地球去的剧本，要和我合作。我大吃一惊！以前说过：因为从小迷恋文学，我的数理化学得一塌糊涂，离开学校多年，仅有的一点知识更是早就还给老师了。于是我立即拒绝。可天文学家百折不挠，找到儿艺的领导。领导找了我去，我说：“我对天文一点不懂呀！”天文学家说：“我懂啊！”“不懂可以学嘛！现在全国青少年对卫星着迷得很，纷纷成立天文小组，我们正该把他们的兴趣巩固和提高起来嘛！”领导毕竟是领导，高瞻远瞩，一锤定音。

于是，我只能接受任务。接受了任务怎么办？就得干！怎么干？学着干呗！没说吗？那会儿，我们正年轻！王铁人早就说了嘛：“有条件，上！没有条件，创造条件也要上！”

于是，就开始了热火朝天的学习。每天天文学家给我上课，口讲不算，还实地教学，上天文馆，图书馆：地球在宇宙中的位置，地球和月球的距离，怎样飞出去？要克服哪些困难？失重的现象什么样？火箭在途中会遇险吗？宇航员可以出舱吗？不但要了解太阳系恒星系还得重学爱因斯坦相对论——真是学惨了！可是下学校，到少年宫又是那样有趣，孩子们真是胸怀天下、壮志凌云，勇敢得不能再勇敢，可爱得不能再可爱！

“你们怎么敢想飞出地球去呢？”

“卫星上了天，下一步必然是载人火箭上天。”

“那不是科学家的事吗？你们这么小，能做什么呢？”

“我们都十三四岁了，还小吗？科学家也不是天生的。看，我们航天小组不正在做火箭模型呢吗？”

可也真是，看着这些小组一个个写的计划、决心书；做的规划和模型，我常常感动得热泪盈眶。他们不但比小时候的我有知识、有志气，而且比当时的我想象力丰富又敢想敢干。就是在他们异想天开中我们决定戏的主线是少先队员要乘少先一号火箭到月球筹建少先城。因为从他们的七嘴八舌中知道他们对失重现象特别热衷，我们也认为这可以成为必需场面和趣味情节，于是我们专门加设了一个幼儿角色，让他偷藏进了乐器箱，在火箭运行途中开箱时突然飞出（因为要建少先城的队员们绝不可能没有失重的知识和准备），使得全场观众欢呼雀跃。为了他们一定要让队员出舱又专门设计出火箭中途遇险；而为了他们非要在月球上和嫦娥见面不可，我曾怎样辗转反侧、苦思冥想才合理了这个情节啊！我至今还清楚地记得田汉同志来看演出时的情景：他是那样高兴孩子们的强烈反响，有时不禁用手捂住耳朵笑："你们的观众原来是这样的！真是震耳欲聋啊！"却一次又一次地说："他们真热情、真可爱啊！"可当嫦娥出场时，他一下子严肃起来，对我说："这不行！再浪漫也不能失真嘛！嫦娥毕竟只是传说……"我说"您别急，往下看，您再往下看！"当他看到嫦娥唱完"应悔偷灵药"后自报家门说："我是国家歌剧院的演员，为了迎接你们在此专候……"时，他又那样高兴地大笑起来说："这就好，这就好，太聪明了，真是太聪明了！"

田汉同志是国际知名的大戏剧家，又是中国剧协主席，不言而喻，他的鼓励对那时年轻的我们的作用有多大，特别是在沸腾的演出现场。戏进行时，全场观众不时起立鼓掌，小德德失重飞起来时，全场大声欢呼，大部分孩子离座奔向舞台，迟迟不肯回座位。戏演完了全都不肯离开剧场，幕谢了一次又一次，孩子们就是不肯走，于是演员们在台上喊："月球上见！"孩子们喊："不见不散！"再谢幕时演员再喊："月球上见"时，孩子们却喊："火星上见！"这样再谢幕时演员也喊："火星上见"了，可孩子们却又进一步喊起了："星星世界见！"——于是我们不但把谢幕词改了又改，还把戏加了又加，最后一场不但加了一个从火星赶来参加月球建立少先城盛会的宇航员，还把他设计成剧中老爷爷和老奶奶的同学。老爷爷和老奶奶早已是白发苍苍了，而他却四十开外，正值壮年，为的是形象表现爱因斯坦的相对论；而且在演出几十场后，干脆把剧名也改成了《飞向星星世界》。

现在的人，恐怕很难想象这样的创作了，它不但是货真价实的集体创作，而且是孩子们在引领着推动着我们创作，最后大家决定剧本要写上执笔柯岩、子友，说的是：总得有个对社会负责的人嘛！实际只不过是因为孩子们太爱这两个从善如流又实干苦学的家伙了。从善如流前边已经说过，苦学呢，我的笔记密密麻麻记了几大本，密密麻麻的不仅是字，还有各种各样的图、画和奇奇怪怪的公式。如果一旦遗失，被人捡到，大概不是送到天文馆，就会送给北航。因为即使够不上研究生的边儿，至少也顶1/3个本科生。子友的本子呢，则满是什么主题思想、最高任务呀，什么人物塑造、性格冲突啊，什么必须场面、环境氛围、高潮、低潮、尾潮，甚至史坦尼斯拉夫斯基体系与布莱希特体系之异同等等等等，绝对一个戏剧学院出身的高才生。实干就更不必说了，我俩不但从早到晚跟随导演演员，须臾不离地与之耳鬓厮磨；挑灯夜战时，更是耳提面命，最后干脆披上一件军大衣，和衣躺在景台上，以便随叫随到、来之能战，还得每战必胜：合理不成他们的奇思妙想，改不出好情景、好情节、好氛围——就别想藏到月球里（景片堆里）小睡片刻。那叫一个热火朝天，困死活人！好在那会儿，我们正年轻！

但是，演出后，一切都得到了补偿，不但剧场效果出奇热烈，而且演出后，我们收到了那么多那么多的观众来信，个人决心书、中队计划、小队誓词——孩子们纷纷表示要学习剧中人一辈子献身科学，为国争光，为人类争气，要当宇航员，飞出地球去，飞到火星去，飞到星星世界去！

一晃，半个多世纪过去了。老前辈田汉先生已仙逝多年，我和子友也都重病多年，连当时《飞向星星世界》中的主角，饰演少先队中队长的覃琨也已七十开外，当年十三四岁的少先队员也都年逾花甲，飞出地球去的夙愿只能让杨立伟和比他更年轻的一代去完成了。可是我们毕竟年轻过，我们曾经和我们的下一代一同梦想，我们当年的科学幻想剧在半个多世纪后，一一变成了现实：杨立伟飞出了地球，翟志刚在太空出了舱，我们2008年上天的火箭就叫作“嫦娥号”。当年的少先队员全都完成了他们的诗意、实现了他们的誓言吗？究竟有多少曾参与了天体科学研究，参与了火箭的研发和建造工作？我们无从统计；但是那一代少先队员一定曾是祖国各条战线的主力军，为中国的腾飞贡献出了自己的青春和热血，则是不言而喻的。因为他们从小就是那样地胸怀天下、壮志凌云！

我们有幸和他们一起梦想，一起飞翔，一起战斗过，我们热爱他们，为他们而骄傲！

那会儿，我们正年轻。

那可真是年轻，真是年轻啊！

（刊发于 2009 年 8 月 19 日《人民日报》文艺副刊）

窗外的大树

周有光

我在85岁那年，离开办公室，回到家中一间小书室，看报、看书，写杂文。

小书室只有9平方米，放了一顶上接天花板的大书架，一张小书桌，两把椅子和一个茶几，所余空间就很少了。

两椅一几，我同老伴每天并坐，红茶咖啡，举杯齐眉，如此度过了我们的恬静晚年。小辈戏说我们是两老无猜。老伴去世后，两椅一几换成一个沙发，我每晚在沙发上屈腿过夜，不再回到卧室去。

人家都说我的书室太小。我说，够了，心宽室自大，室小心乃宽。

有人要我写“我的书斋”。我有书而无斋，我写了一篇《有书无斋记》。

我的座椅旁边有一个放文件的小红木柜，是旧家偶然保存下来的遗产。

我的小书桌面已经风化，有时刺痛了我的手心；我用透明胶贴补，光滑无刺，修补成功。古人顽石补天，我用透明胶贴补书桌，这是顽石补天的现代翻版。

一位女客来临，见到这个情景就说，精致的红木小柜，陪衬着破烂的小书桌，古今相映，记录了你家的百年沧桑。

顽石补天是我的得意之作。我下放宁夏平罗“五七干校”，劳动改造，裤子破了无法补，急中生智，用橡皮胶布贴补，非常实用。

林彪死后，我们“五七战士”全都回北京了。我把橡皮胶布贴补的裤子给我老伴看，引得一家老小哈哈大笑！

聂绀弩在一次开会时候见到我的裤子，作诗曰：“人讥后补无完裤，此示先生少俗情”！

我的小室窗户只有一米多见方。窗户向北，“亮光”能进来，“太阳”进不来。

窗外有一棵泡桐树，20多年前只是普通大小，由于不作截枝整修，听其自然生长，年年横向蔓延，长成荫蔽对面楼房十几间宽广的蓬松大树。

我向窗外抬头观望，它不像是一棵大树，倒像是一处平广的林木村落，一棵大树竟然自成天地，独创一个大树世界。

它年年落叶发芽，春华秋实，反映季节变化；摇头晃脑，报告阴晴风信，它是天然气象台。

我室内天地小，室外天地大，仰望窗外，大树世界开辟了我的广阔视野。

许多鸟群聚居在这个林木村落上。

每天清晨，一群群鸟儿出巢，集结远飞，分头四向觅食。

鸟儿们分为两个阶级。贵族大鸟，喜鹊为主，骄据大树上层。群氓小鸟，麻雀为主，屈居大树下层。它们白天飞到哪里去觅食，我无法知道。一到傍晚，一群群鸟儿先后归来了。

它们先在树梢休息，漫天站着鸟儿，好像广寒宫在开群英大会，大树世界展示了天堂之美。

天天看鸟，我渐渐知道，人类远不如鸟类。鸟能飞，天地宽广无垠。人不能飞，两腿笨拙得可笑，只能局促于斗室之中。

奇特的是，时有客鸟来访。每群大约一二十头，不知叫什么鸟名，转了两三个圈，就匆匆飞走了。你去我来，好像轮番来此观光旅游。

有时鸽子飞来，在上空盘旋，带着响铃。

春天的燕子是常客，一队一队，在我窗外低空飞舞，几乎触及窗子，丝毫不怕窗内的人。

我真幸福，天天神游于窗外的大树宇宙、鸟群世界。其乐无穷！

不幸，天道好变，物极必反。大树的枝叶，扩张无度，挡蔽了对面大楼的窗户；根枝伸展，威胁着他们大楼的安全，终于招来了大祸。一个大动干戈的砍伐行动开始了。大树被分尸断骨，浩浩荡荡，搬离远走。

天空更加大了，可是无树无鸟，声息全无！

我的窗外天地，大树宇宙，鸟群世界，乃至春华秋实、阴晴风雨，从此消失！

二〇〇九年三月十一日，时年 104 岁

（刊发于 2009 年 8 月 24 日《人民日报》文艺副刊）

一篇尘封的日记

葛水平

新中国诞生之初，1953 年阴历六月十六，有过一次月全食。北京时间晚六点三十三分“初亏”，那时月亮还没有升上来。一个小时后“食既”，这时广大农民正在乡邻和睦的笑声中喝稀饭，也就忽视了这个极易热闹的短暂时光。晚 9 时 11 分，月亮“生光”。

晚风四起时，刚刚开完会的山西省某县某村社员，走出由寺庙改建的小队队部，掐灭草纸卷好的烟头，把剩下的半截卷烟按在耳朵上。嗖嗖的风声跌荡在树木和附近山梁上，似乎是蚁虫在连绵低鸣。有人长舒了一口气，看见月亮渐渐脱离地影边缘露出了金边，突然有一种想喊想叫的感觉，即刻就叫了出来：“天狗吐月亮了！”

刚才会议讨论的是：明年三月整社，该不该放开副业生产。副业生产不仅直接关系着 90% 以上社员增加收入的问题，而且对支援国家工业建设有重大意义。会上，李书记强调了上面的意思：农业合作社应根据省人民委员会指示精神，不该强调一切都归社集体经营。比如，单挑运输、采树籽、刨药材等等，宜于个人经营的副业就该放手；又如，养猪、打猎、编织、打铁等也应个人经营。个人的副业收入归个人，要制定出多少劳力搞农业，多少劳力搞副业的计划，劳动之余的副业归个人，只有这样社员的积极性才能提高。

会上，大家的耳朵支棱着认真听，听明白了，都很兴奋，同时眼里也流露出了风吹不尽的好奇与渴望。讲话的和听话的彼此都在体会自己看得清和看不清的一切，都在想着过去和今后，前途一阵阵清晰又一阵阵渺茫，不知道下一步该迈哪只脚走路。会议整个过程大家都静悄悄的，煤油灯的亮度还照不清楚“不想说话时”脸上的内容。社员们都知道，政策和落实不一样，这时候多说半句话都是挥霍。

主持会议的李书记叫起坐在前排看上去有点屁股不稳的社员李奎问话：“李奎，你站起来说，你每天能做几个小椅子？”李奎毫不犹豫地站起来：“六个。”李书记的眼睛盯着李奎看，这样的看法让李奎心里发毛。李奎歪下脖子看地上脚片子，一双烂了帮的鞋在地上摆着，脚指头黑不溜秋藏着里面有探头探脑的意思。李书记说：“李奎，你抬起头来看我，地上没啥看的。你一个汉子，只做六个小椅子？你的力气就没有用完。”李奎急上了，又坐下去：“你知道还问！”李书记说：“我就要你亲口说出来，看你心里是咋想的！”李奎说：“咋想的，我做得太多也没用，都是大集体的。”一句话把李书记说住了。

社员们等李奎这根导火线燃响儿，想知道上边说的意思有多少成分是真的。半天没响儿，等于是哑炮。大家明白了，李书记也就是一个上传下达一下的人物。他不能说李奎说的不是真话，既是真话，也不能说大集体就应该少做，人家下了力气做，工分还是八分，多下那力气有什么意义！话多一个字都不好往下继续，于是，彻底冷场了。宣布散会的时候，李书记要李奎留下来。

这一夜，李书记在他的日记上写下了如下一段话：

按照副业生产活计的难易、社员技术高低和产品价值的大小，规定副业生产的劳动定额，社员才能满意的实际情况，我很想让在座的社员都发自内心地讲讲，可是没有人说话，上边的政策是好，社员们不知道好，对政治很敏感。

这些个社员群众，天天给他们揉眼睛明心胸，可他们就是一脑袋狡猾，一盘散沙难管教。我敢肯定，这夜的会议让所有的听见李奎答话的社员心里应该是骚动了一阵子，因为，李奎说了实话。散会后我留下李奎悄悄问他每天能做几个小椅子？他说："你保证我说了的话不外传？"我说："我保证！"他说："十个保证，十二个松松的。"李奎不放心地走到门口，指着外面天空的月亮叫我发誓，他要我说，如是我说了李奎说了的实话，我到秋口上烂了舌头。我才看到天狗吃月亮了。天狗吐出的月亮照着村庄和走进村庄里的李奎，李奎的烂帮鞋拍打着青石地，这个鬼头鬼脑的家伙，搅得我心乱如麻。

1953年6月16日

我是从地摊上无意撞到这本日记的，普通的硬皮本，封面有一个凸起来的毛泽东头像，四角是凹下去又浮凸出来的缠枝富贵牡丹。翻开这本日记的第一页是《我国1953年全年工业生产计划图》，它以1952年上半年的产量和1953年的计划产量做了比较，从中告诉："五年经济建设的第一年，我们将要获得的辉煌成就。"

这一天的日记到此就画上了句号。之后是一个女人记下的织毛活的编织针脚。

我隐约从这本日记中看到了一缕曙色霞光，但是，现实有时候往往会被不知什么地方的来风吹散，仅留下一块并不虚无的梦境。1953年之后，我国发生了许多事情，包括1958年的农作物们在革命东风的吹拂下高产无极限，包括后来的一些事情都束缚了社员的手脚。时隔十年、二十年或更远，一片干脆泛黄的纸页告诉了我们，鸡毛蒜皮的事传承着当时的气息，由当时的气息而衍生出的幻景眼看着就在前面不远处了，却眼睁睁看着它在指间溜走了。其中，又让我感到了社员的"高贵"就是适度的"保守"。不管怎样，社员们走到今天，响应着政府的召唤，该做什么的时候做什么，不该做什么的时候依旧做什么，不为什么，就为了目力所及之处都是黄土。他们的保守说白了就是聪明，"小聪明"。比方说，他们有足够的麦子，却不吃，要吃玉米，对外总说我没有多少麦子了，屋子里尽落下粗粮了。社员这样说是穷怕了。社员的私心是围绕着自身的利益来考虑的，只是他们的利益更需要一个好政策。他们说了一些实话，却要保证实话不能外传。他们真正能够敢说真话，是十一届三中全会召开之后。包产到户，一场席卷整个中国，深刻影响中国土地政策转变的旋风一下让他们知道了：是该下死力气的时候了。

耕者有其田，让中国农民过上了充满活力的富裕生活。

天还是这样的天，地还是这样的地，云，远近高低，悠悠成景，风，刮来刮去。然而，人们对 1953 年的日记已经荒疏了，荒疏了一个老党员夜晚很农民的细节。社会是许多细枝末节的相连，环环相扣，才能构成社会的进步。往往我们对于细节的荒疏，把社会的进步视为社会的必然进程而忘记了其中的挣扎。我从日记的扉页上知道了持有日记的主人叫李书平。因为经年的时间，他的名字就像“佛”刻进了石头，让我在故纸堆里寻漏时知道了什么叫好政策可以富一国之民。

（刊发于 2009 年 9 月 5 日《人民日报》文艺副刊）

选一个词汇赞美祖国

熊召政

在英文中，祖国与故乡是一个单词，而组成这个单词的是土地和母亲。我热爱我的故乡，这就意味着我热爱我的祖国、土地和母亲。

长期生活在养育自己的土地上，可能对祖国与故乡的概念有些模糊。苏东坡的词句“不识庐山真面目，只缘身在此山中”道出的正是这样的一种状态。但是，如果一个人童年经历了太多的苦难，少年经历了太多的磨折，青年经历了太多的动荡，一直在希望与忧患交织中行进，在人生最为饱满的中年时，他不但会产生“洞中方七日，世上已千年”的感觉，而且对祖国的认知也就会更加具象、更加丰富、更加美好。

记得1979年的8月下旬，秋老虎还在南方的原野上肆虐。我在大别山主峰下的一条山路上，碰到一个形容枯槁的农妇。如火的骄阳下，她还穿着夹衣，神情一片冰冷。这引起我的好奇，通过采访与调查，得知她的丈夫冤死在兴修水利的农业大会战中。她不但得不到任何抚恤，还被冠以坏分子家属。孤儿寡母，倍受欺凌。她想为丈夫讨回正义，一次次请人写信给有关部门，皆石沉大海。当天晚上，我无法入睡，那位可怜的农妇在我脑海里挥之不去。辗转反侧，半夜里下床，点亮煤油灯，写下了这样几行诗句：“如果是春天欺骗了大地，鲜花就会从此绝种，青松就会烂成齑粉；如果是共和国欺骗了人民，人民大会堂就会倒塌，烈士纪念碑就会蒙尘。”这是30年前，一个文学青年的呐喊。经历过“文化大革命”的十年浩劫，亲眼所见或亲耳所听太多的冤假错案，经过长久的蓄积，愤怒终于爆发。上面的几句，成为我的政治抒情诗《请举起森林一般的手，制止！》的引言。

这首诗是我个人文学创作的里程碑，放大一点，该诗的发表在当年的中国诗坛亦是一件大事。它产生的直接原因就是一位农民工的冤死。前几年，当我看到电视上报道国务院总理温家宝为农民工讨工资的消息，不禁感慨良多。在同一个国度里，同一片大地上，仅隔了20多年时间，对农民工的关注竟如此的迥然不同。

不弃块石，始成高山；不弃涓滴，始成大海。一个又一个的故乡连缀成了祖国，一个又一个的家庭与姓氏组成了民族。只有每一个国民都得到了尊重和善待，只有一个又一个故乡都在重建诗意的生活，我们的祖国才有可能充满生机，民族的发展才有可能落到实处。

我个人认为，新中国60年，可分为两个30年。前30年，我们从解放的喜悦进入到痛苦的泥沼；后30年，我们从变革的渴求进入到民族的复兴。60年的岁月，60年的沧桑，值得我们作家倾尽心血写出无数部震古烁今的史诗。但是，如果只能挑选两个词来表述共和国的历程：那么一个是解放，另一个是改革。如果只能挑选一个关键词，那只能是改革。

不单是新中国60年，就是放在中华民族五千年的历史上，改革也是一个最为辉煌的字眼。从1919到1949，经过无数仁人志士30年的持续接力，以毛泽东为首的中国共产党人缔造了新中国。从1978到2009，全国各民族在党的引领下，闯过一次又一次急流险滩，终于创造出千载难逢的盛世。这一时期的领导人，向历史交出了满意的答案。但是，作为用一支笔参与改革进程的作家，我们又为这一场伟大的变革奉献了什么呢？

记得1992年春，小平同志南行到达深圳时，我正好也在深圳。在这个中国改革的试验区里，我深切地感受到了“东方风来满眼春”的勃然生机。某一个晚上，我与一位企业家朋友在咖啡厅里小坐。他问我：“现在改革遇到了瓶颈，中国历史上有改革成功的先例吗？”应该说，朋友的这个问话是触发我创作长篇历史小说《张居正》的起因。任何一件伟大的事业，都不会一帆风顺。在历史进程中，突破与阻力、创新与守旧，永远是一对相生相克的孪生姐妹。古代称为贤君的，他的能力在于坐而论道，燮理阴阳。用今天的话讲，就是调和社会矛盾，解决不同利益集团之间的冲突。“道”既是理论，也是实践；燮理既是形而上的，也是形而下的过程。此中奥妙，考验一个政治家的智慧与能力。稽诸历史，在中国古代的改革家中，做得比较成功的，应该是明朝万历年间的首辅张居正。通过深入的研究，我认为张居正领导的“万历新政”对当下的改革有借鉴意义。于是，我花费了10年时间写出四卷本历史小说。我的初衷在于：改革的成败在于领导者知难而进的决心和须臾不忘的忧患。张居正说“世有非常之人，然后可做非常之事。”此话信然。

30年来，作为一名作家，我用一首诗与一部小说参与了改革。

中国最灿烂的30年，也是我个人最饱满的30年。

中国历史上，有几个时期值得文人怀念，其中以唐朝的早期与中期、宋朝的中期最值得称道，政治的开明、经济的发达直接导致了文学艺术的繁荣。在这样的时代里当一名作家，绚丽多彩的生活滋养他们的锦心绣口，而他们笔下喷涌出来的雄健豪迈的气息也升华了时代的精神。这是一种良好的“我见青山多妩媚，料青山见我亦如是”的文学生态。眼下，我们所处的时代，已经具备了超迈唐宋从而使国家步入前所未有的发展时期。这是改革给中华民族带来的福祉，亦是千年未遇的大生机。值此，只要我们保持居安思危的忧患，坚持民族复兴的理想，可以相信，祖国的盛世才刚刚开始。

十几年前我访问南斯拉夫，面对巴尔干半岛上密布的战争阴云以及老百姓正在经历的苦难，回头再看一看改革给中国带来的沧海桑田的变化，忽然感觉到祖国是多么的可爱。因此，在贝尔格莱德大学的演讲中，我情不自禁说了这样的话：让我一千次地选择，我将选择做一个中国人；让我一万次选择，我仍选择当一名中国的作家。

（刊发于2009年10月1日《人民日报》文艺副刊）

风在诉说着“时候”

金翠华

大姑小我的婆母一岁，她却没能赶上今天的好时候。69年前，当我的姑父参加八路军，扛枪打日本鬼子时，无论是他还是我大姑，谁也没有勾画未来的生活蓝图。他们年轻的心里沸腾着爱国的热血，姑父拉着爱妻的手说：“三年两年，赶走鬼子我就回来，咱的好日子还在后头哩！”丈夫的允诺，成为她一生的期盼。

我的婆母今年93岁了，她说她“赶上了好时候”！这句话从一个93岁的老人嘴里说出，就有了历史的沉重。“时候”，在这里，不仅是指特定的某一时段，还包含了在这特定时间里，生命生存的现实空间和心理需求的精神空间。

我的婆母常常如数家珍一样讲述她经历过的许多“时候”：曾经有过一个“时候”：她不得不把长辫在脑后盘成发髻，脸上涂上锅底的黑灰，穿着破旧的老人衣服，趴在村外东沟的荆条丛里，躲避着日本鬼子……曾经有过一个“时候”：她在衣兜里突然发现了丈夫忘记带的良民证，她发疯似的跑到火车站，从国民党兵的刺刀下把良民证递给刚刚下车的丈夫，而跟在丈夫后面从老家来的一位新婚的亲戚，因为没有良民证而被带走，押往台湾……她亲眼看见房屋被践踏，粮食被抢夺，一些人残暴地殴打另一些人……说到那些不堪回首的“时候”，婆母总是欣慰地说：我能活到今天，赚着了！

然而，我的大姑却没能熬过那个“时候”，她被那个“时候”

吞噬了。就在我姑父转战南北，与敌人血战的关键时候，竟有那么一些败类在后方做出伤天害理的勾当，姑父做梦也想不到，他的家在一夜之间被抢劫一空，他的父亲、兄嫂以及所有的亲人全部被活活打死。容他的妻子存活，是因为她漂亮，被一个大她30多岁的鳏夫留下做妻，如果她不从，她的4个年幼的儿女也会遭遇他们家其他孩子的命运：装在麻袋里打死扔在河里。我的大姑就这样屈辱地被霸占了，后来，她饿死在一间空荡荡的茅草屋里。

为了冲出那些暗无天日令人窒息的“时候”，为了追求一个和谐美好的“时候”，不知有多少人付出了自由，付出了爱情，甚至付出了生命。他们无愧无悔的追求过程，存留了奋斗者生命永不消散的芬芳，馥郁的芬芳里，飘逸着我大姑和姑父的爱情。

比大姑大一岁的婆母熬过了那个“时候”，走进了今天。她常常以惊人的记忆力向我们细说她经历的那些“时候”。倾诉着那些“时候”给她留下的无法弥补的遗憾，她说，她一生最大的遗憾是没捞着念书。

婆母没上过学。她说14岁那年，有过一个上学的机会。那天她到菜园里去摘芸豆，听人家说，河南庄的女孩能上学堂了，她欢喜得芸豆也摘不下去了，提着篮子就往家跑。没想到白欢喜一场，只隔一条河，河这边的村庄没有办学堂。

那个梳着一条大辫子，穿着碎花右襟小褂，在田埂上绊绊跌跌往家跑的少女，把她的求学梦一直揣在心里。80年的求学梦，在她的孙辈身上得以实现，像盛开的百合花，从国内一直开到国外。每当接到孙子孙女们从美国、俄罗斯、加拿大……打来的电话，她都要对着话筒大声说：你们赶上了好时候，好好学吧！

过去的“时候”流淌到今天的“时候”，所有今天的生命都是过往生命的延续，延续的生命享受着晨光温煦的“时候”。多年以后，大姑的孙女结婚了。婚礼在“海上皇宫”举行。阳光流金溢彩，在万顷碧波上荡漾，雪白的浪花，宛如大海的笑容，向天际间伸展开来。当新郎挽着新娘走进来的那一瞬间，我惊呆了——洁白的婚纱簇拥的是谁？那一双美丽的大眼睛，那明亮灵动的眼波不是我的大姑吗？宾客的欢呼声，让我回过神来，在侄女甜美的笑脸上，我看到大姑留存在岁月里那永久的盼望。

夏日晴朗的上午，我陪伴婆母到校园散步。她坐在轮椅上，我推着她，从大学泽园宿舍出来，一路走，一面指给她看：那掩映在石榴花后面的是外国留学生楼；迎着大门、坐落在喷泉东面的是大学图书馆；透过樱花树、松树和高大的剑麻，看到的是实验基地……老人家一一地看着，喃喃地说：“真是赶上了好时候！”眼睛里流露出由衷的羡慕。

清风吹过，每次都用清新的曲调，歌唱着过去和今天的故事。仿佛在提醒：今天的“好时候”来之不易；爱的晨光是穿过乌云般历史的帷幕才进到这个“时候”；快来接受爱的造访，它是你内心真实的需求。

花在静谧的园圃里和蝴蝶嬉戏，没有听见风的提醒；鸟儿在天空飞翔追逐，没有听见风的提醒；往来的行人脚步匆匆，没有心思去听风的提醒。而我的婆母，这个世纪老人，这个耳朵有些失聪的老人，好像什么都听见了。她坐在轮椅上，捋着吹乱的白发，回应着风的问候，她似乎在用自己的话语，转述着风的提醒。一路上，她不时地嘱咐我："你们年轻，能赶上这个好时候，该做什么就赶快做。"路过教学楼，她望着那些坐在树荫下看书的学生，赞不绝口："好啊，就该这么用功，真是赶上了好时候！"长长的百卉路上有好几处减速带，每到一处总有学生向老奶奶致意，主动地来帮我抬轮椅。婆母慈祥地笑着，夸奖着："赶上了好时候，人也好，看看这些年轻人！"

发自内心的美丽，总会流露出爱的光亮。风采撷了我婆母的话语，编成新的歌曲："赶上了好时候，快快把爱接进心里。"

亲爱的朋友，你可曾听见风的歌声？

（刊发于 2009 年 10 月 5 日《人民日报》文艺副刊）

火车开进野三关

叶 梅

野三关是鄂西崇山峻岭中的一道关隘。

鄂西这一带位于巫山山脉和武陵山脉的交汇之处，方圆数百里山峦叠嶂，云遮雾罩。但千百年来，远道的客商常会对野三关望路兴叹，转而取道长江水路绕行数日，或冒着性命的危险硬闯过去。抗战时期，日本侵略军试图进攻西南，正是鄂西耸入云霄的大山阻隔了他们的装甲车，使之大败于宜昌附近的石牌岭，未能向重庆靠近。

1949年底，我父亲和他的战友们脚上打满了血泡，一路步行朝着野三关而来。父亲是山东人，家乡守着黄河和华北平原，崎岖陡峭的山路让这些平原的汉子望而生畏，可野三关的枪声催促着他们加快脚步……

野三关的穷人一直过的是苦日子，“天无三日晴，地无三里平，吃的是洋芋果，披的是蓑衣壳。辣椒当盐，合渣过年”。

我父亲南下之后的10年间都没能回到老家，那里有他年迈的双亲，一大家子人对他的归来望穿双眼，然而他就是没能回去。除了事务的繁忙，我想与道路的艰险肯定有关。野三关属巴东县，“巴东三峡巫峡长，猿鸣三声泪沾裳”，父亲去巫峡边的县城开会办事，最好的办法只有骑马。一开始他觉得这南方的马个头小，没有北方的高头大马过瘾，但野三关的山道最宽不过三尺，逼仄处人还得侧着身子，只有这小马一步步踩在石窝里通过。

总之，野三关及鄂西的路与山里人的命运息息相关，这话千真万确。随后的几十年，野三关与山外的距离在逐渐缩短，上个世纪的 50 年代，野三关终于有了一条通往县城巴东的公路，再后来有了国道，这下可直接从恩施到武汉，途经野三关，夜宿宜昌附近的红花套，次日黄昏或再晚些万家灯火之时到达汉阳十里铺。1983 年前后，我去武汉上学也是走的这道，为了赶时间，好几次坐的是夜班车。从野三关经过时，黑黢黢一片，什么也看不见，但司机会停下来撒泡尿，大声叫着路旁小店的主人："加水哟！"车上的人这时大都在昏睡之中，我偶尔会从睡梦中惊醒，一问到了野三关，就会打心里一热。

10 年前，我和一批朋友从武汉去恩施，当晚宿在野三关。镇上的小宾馆已具规模，悬挂着式样别致的吊灯，服务员是当地的妹子，也说着乡音十足的普通话，当地人叫"彩普"。水泥街面上摆满了小摊，到了夜间还在做生意。明亮的街灯下，人们在放开喉咙地讨价还价，旁边是震耳欲聋的歌舞厅，闪着一排排暗红暗绿的颜色，不时有男人女人傍着肩嬉笑着进进出出。

有人说："这地方山清水秀的，真适合居住。"但又接着叹息，可惜就是交通不便。那时我们都没想到，几年之后奇迹展现，鄂西人百年梦想的"宜万铁路"在一个春风拂袖的日子开工了。

然而这条从宜昌经野三关直奔恩施，抵达渝东万州的铁路是如此艰难，复杂的武陵山腹地属喀斯特地貌，岩溶地质发育强烈，青山绿水下密布溶洞暗河，地质断层连绵不绝，是我国最难建的一条铁路。

宜万铁路的施工单位都是国内一流的队伍，有的刚从青藏高原的铁路线上光荣转战而来，他们用了整整6年的时间，终于在2009年6月30日有了结果：东风9490号火车头拉着长长的汽笛声稳稳地停在新铺就的铁轨上，随着第一辆火车头的到来，宜万铁路铺轨进入恩施土家族苗族自治州巴东县野三关。当地土家族苗族同胞身穿节日盛装，敲起喜庆的锣鼓，跳起欢快的摆手舞，共同欢庆这个历史性的时刻。

宜万铁路是我国“八纵八横”铁路网主骨架之一，是沪汉蓉快速通道的重要路段。明年全线开通后，中国西部和东部将直线牵手，成都到上海只需12个小时，重庆到上海10个小时。而从恩施出发，到武汉和重庆都只需3个多小时。

其实，近30多年来，火车不仅开进了天险之地野三关，全国各地铁路建设都在突飞猛进。青藏铁路的建设者挑战极限，攻克了多年冻土、高寒缺氧、生态脆弱等难题，建成了世界一流高原铁路。铁道部有关人士告诉我，至2008年，中国铁路营运旅程已达8万公里，旅客发送量达14亿人次，货物发送量达33亿吨。“十一五”期间，中央政府投入2万亿巨资，使铁路建设出现了从未有过的大好机遇。

如今，我的家就住在北京西站南广场附近的广安门。那天，我妈坐在家里看电视，一下就看到了火车开进野三关，她霍地站起来说：“啊，野三关离西站不远了！”

（刊发于2009年10月7日《人民日报》文艺副刊）

坝上的云

王巨才

到坝上，像猛然闯进陌生的世界，一切都那么真实，又真实得让人不敢置信。

最惹人的，是那铺天盖地、惊心动魄的云。大团的，如雪域高原巍峨耸峙的群峰，小些的，则像一垛垛随意堆积的棉绒。大团小团的云，逶迤纠结，撕扯不断，威风八面地布满整个天空，让人顿生敬畏。

云是低垂的，似乎伸手便可抓到一把。云又是静止的，半天见不到些许变幻。太阳倒像是游动的。当太阳躲在背后的时候，云会呈现浓淡深浅不同的状态，而当她一旦露脸，所有的云团便立刻镶上耀眼的金光，像聚焦在一万只强光灯下，轰轰烈烈，辉煌无比。

云层的上面，是湛蓝的天幕。那蓝色，也是辽远的，深邃的，洁净神圣的，伫望之际，总有一种心底空茫，万念俱消，乃至整个人都要被融化的感觉。记不清什么时候见过这样的蓝天，要说，也是儿时躺在家乡的杜梨树下歇晌的时候，但那已是半个多世纪以前的事了。

这样的天空是能够让人陶醉的，感动得掉泪的。

天似穹庐，笼盖四野。

蓝天白云下的塞罕坝，位于阴山山脉和大兴安岭余脉交界处，蒙语意为“美丽的高原”。

真不敢相信大自然竟有这样神奇的灵感，把一片辽阔的原野摆布得如此周到，协调，精妙绝伦。

中心的位置自然是浩浩渺渺、波光幽幽的湖水。从环湖小道走过，不时会有打挺的鱼儿跃出水面，挑逗人们的游兴；茂密的水草间，也会有不知名的野鸟猛地从身边腾起，像故意吓你一跳，而后带着一串悦耳的鸣声顽皮地向远处飞去。湖的四周，是巨幅地毯般铺展开来的草甸，草是浅黄色的，上面缀满蒿子梅、金莲花、野百合、风信子等五颜六色的野花，像是给湖水镶了一圈璀璨的璎珞。再远处，便是由低到高、由近及远次第排开的白桦林和油松林，那白桦和油松都像是经过严格挑选的，高矮粗细全都一样，看去如同士气饱满的军阵，齐刷刷布满大小冈峦，煞是雄壮，威严。

时令才过小暑，北京尚是溽热难熬，这里则必须秋衣加身。漫步在木板铺就的小路上，阵阵凉风和野草的清香让人沉湎在久违的爽快中，久久不愿离去。看天色向晚，寒意渐浓，接待的同志催我们抓紧时间，去体验一把策马草原的浪漫，说这是来坝上绝不可放过的项目。我因上了岁数，自不敢轻狂造次，便由马的主人老曲陪同，信马由缰地向山谷下缓缓行去。

谷底是一条小溪，泠泠有声，清澈见底。老曲说这便是滦河的源头，为保证京津用水安全，这一带是绝对不许污染的，连种地都禁止使用化肥农药。小溪对面便是内蒙古地界，山坡上一排青砖红瓦的平房，老曲说那村子叫十二座连营，属克什克腾旗。我问他家在什么地方，老曲左手一指，说就是远处沙柳树下的那几排房子，叫西连营。问光景过得咋样，答说还行吧，你们租的这三匹马都是我的，两个月旅游旺季，少说也能收万把块钱；平常时间，房前屋后种点荞麦莜麦土豆萝卜什么的，基本够一家人吃了；也没有什么负担，两个孩子一个在湖南上大学，一个在县政府上班。农村人要求不高，能自给自足，自由自在，也就满足了。

老曲 70 多岁，脸膛黑里透红，看去不到 50。见我们七嘴八舌连声称羡，他憨厚而不无幽默地表示，生活在这个地方，再不显得年轻些，能对得起身边的青山绿水，白云蓝天吗?

回旅店用罢晚饭，穿过街上热闹的夜市，我们来到镇子的休闲广场，见西头地平线上，一弯金黄色的下弦月沉甸甸地挂在树梢间，距离我们不到三五百米。我正惊诧今晚的月亮何以会有这样大，这样亮，这样近，接待办的朋友笑笑说，其实，“月亮还是那个月亮”，只是这地方的空气异常清新，能见度特别好，所以才产生这种错觉。经他点拨，方始醒悟。

真舍不得这样宁静的夜晚。但天气太冷，明天一早又得出发赶回北京，只好“留一些遗憾”，回去歇息。

第二天，走进农场展览馆，发现另一个精彩的伏笔!

原来，这些让我们一整天赞叹不已、流连忘返的秀美风光，这被称作河的源头、云的故乡、花的世界、林的海洋、鸟的天堂的塞罕坝，既非老天恩赐，也非祖宗馈赠，而是当代英雄胼手胝足、生死以之的杰作。

这方曾是皇家林苑的风水宝地，历经放围垦种和战乱破坏，全国解放时已变成风沙肆虐的莽莽荒原。为了“给北京阻沙源，给天津涵水源，给国家增资源，给地方拓财源”，1962 年 2 月，来自全国 19 个省市的 127 名大、中专毕业生和 242 名工人到这里安营扎寨，开始了植树造林，重建绿色屏障的征程。共和国版图上，一个新型的国营林场由此诞生。

想想看，那是一种何等艰苦卓绝的征战：平均气温零摄氏度以下，最低可达零下 40 摄氏度。全年降水量仅 417 毫米，无霜期也只有 42 天。又赶上三年困难时期，物质供应极度匮乏。正是在这种极端恶劣的条件下，年轻的创业者们不避风霜劳苦，吃窝头，住窝棚，饮雪水，抡铁镐，历经一次次失败，又夺得一个个胜利，经过半个世纪的努力，硬是在这片海拔 1500 米以上的荒沙地上，营造出一派葱茏的绿意。现在，塞罕坝人工林和草原面积达到 1658 平方公里。这中间，自然包含几代林业工作者的汗水和心血，有说不完的感天动地的故事。

当我在展厅照片中逐一瞻礼那些林场最早的创业者，包括第一任党委书记、病危时叮嘱家人把骨灰撒在坝上林海的王尚海，第一任场长刘文仕和副场长、高级工程师张启思，以及十多年如一日、始终坚守在远离人烟的防火瞭望塔上的陈锐军、初景梅夫妇时，我真是被他们崇高的精神品格深深感动了，眼眶止不住噙满泪水。我想到了“高山仰止”这个词，并且斗胆改动范仲淹《严先生祠堂记》中的名句，以为观感的题留：

云山苍苍，江水泱泱。英雄伟业，山高水长。

汽车沿京承高速公路南行，过了古北口，天气又变得灰蒙蒙的。如同从一场美轮美奂的舞台情景中返回现实，思绪纷然，感慨丛生。

人，常常有意无意毁坏自己的家园，也可再造优美舒适的环境。

东隅已失，桑榆未晚。

人应当诗意地栖居在地球上……

（刊发于 2009 年 10 月 11 日《人民日报》文艺副刊）

大地血脉

王跃文

汽车飞驶于湘南山水间，望见大地被高速公路重新分割，山峦起伏，江河奔流，田畴葱绿，万物生机，仿佛创世之初神显奇迹那样。走在高速公路上，我往往醉心于两旁的绿树、花圃和各色景观。刘鹗的《老残游记》，写老残去济南，“一路秋山红叶，老圃黄花，颇不寂寞。”我读过这段便不能忘记，只因喜欢那路上的景致。似乎叫音乐家激情澎湃的并不是五线谱上的线条，而是线条间忽上忽下跳跃的音符。人们奔驰在坦途时总会不自觉地忘记道路，正像脚上最舒适的鞋也会叫人完全忘记。实则却是有了路才有路边无穷变幻的景致，有了五线谱上的线条，音符才会各安其位澎湃激荡。

我多次去过湘南，都会去拜谒柳宗元和秦观遗迹。这回又去了。柳宗元贬谪永州是1200年前，他那首妇幼皆知的《江雪》便是在潇水边上写的：“千山鸟飞绝，万径人踪灭。孤舟蓑笠翁，独钓寒江雪。”从这首诗的字缝里，后人读出它藏头四字：千万孤独。永州去京师长安，去故里山西，都太遥远了，岂能不孤独！但柳子是位哲人，独与天地共往来。他不但能把孤独生吞到肚子里去，诗文中还常见闲适与放达。柳子的“永州八记”是散淡优容的，他的诗作也不喜作悲苦之声。他在《溪居》中写道：“久为簪组束，幸此南夷谪。闲依农圃邻，偶似山林客。晓耕翻露草，夜榜响溪石。来往不逢人，长歌楚天碧。”诗人说自己久为朝廷官职所累，幸而被贬到南夷之地来了。永州人烟稀少，仰天放歌，多么惬意！我想柳宗元骨子里应是充满骚怨的，只是刻意叫自己忘情于山水罢了。

柳宗元之后近300年，秦观贬谪永州邻地郴州。秦观与柳宗元性情迥异，柳子偏于沉潜，秦氏则情形于言。秦观到了郴州，便悲叹“人共楚天俱远”“衡阳犹有雁传书，郴阳和雁无！”人到郴州，想“驿寄梅花，鱼传尺素”都很难了。他的名句“郴江幸自绕郴山，为谁流下潇湘去”，亦是愁肠万种。古人流寓客乡的孤独虽各有遭逢际遇，然山高路远会令孤独雪上加霜。辛弃疾站在赣州郁孤台上，一句“西北望长安，可怜无数山”，只是说了遥远，孤独便油然而生。

千百年来，先人们都梦想化天涯为咫尺。与日逐行的夸父走得最快，河渭之间在他脚下不过三两步。《水浒传》中的神行太保戴宗也颇能行走，虽豪迈不及夸父，也能日行八百里。然而，这都只是千古沉梦。古人写快的诗句，想得起的真是寥寥。“万里赴戎机，关山度若飞”，所写飞马之快，只是文学夸张。“两岸猿声啼不住，轻舟已过万重山”，同样也是诗人的浪漫。“即从巴峡穿巫峡，便下襄阳向洛阳”，与其说是旅程之快，毋宁说是思乡之切。

慢而愈远，远而愈慢。古人对遥远的喟叹，却俯拾即是。晏殊有词说：“欲寄彩笺兼尺素，山长水阔知何处！”固然离人无处寻觅，更奈何大地太辽阔了。张若虚想着北方到南国，远得叫人断肠：“斜月沉沉藏海雾，碣石潇湘无限路！”天高地远而行道迟迟，万端愁绪便随地而生。故而欧阳修说“离愁渐远渐无穷，迢迢不断如春水”；陆机说“悠悠行迈远，戚戚忧思深”。

我有时在高速公路上风驰电掣，常常会想象先人的旅途之苦。当年柳宗元古道瘦马从京师赴永州，入湘后也许就是沿着今天高速公路的线路走的。我们车轮此刻碾过的地方，说不定印有柳宗元那匹瘦马的蹄痕。他在路上走了几近一年，风餐露宿，车马颠簸，困苦劳顿。想到爱因斯坦的相对论，我突然感觉到某种荒诞。今日高速公路上的电光石火，当年柳宗元的车马辚辚，这是两种完全不同的时间体验。假若我以超光速飞奔在超车道，柳宗元慢吞吞走在行车道，我会因时间倒流而同他相遇。那一刹那，他还来不及瞥我一眼，我已像幻影般一闪而逝了。

我这回往湘南去，随身背着一本《圣经》。我非圣徒，倒是喜欢《圣经》文字的简洁和叙事的古拙。《圣经》开篇写神创世纪：“神说要有光，就有了光。神看光是好的，就把光暗分开了。神称光为昼，称暗为夜。有晚上，有早晨，这是头一日。”神开天辟地，成就万物，然而神创的世纪里并没有道路。日月星辰之下是山川与野地，神的初民不停地迁徙于荒原。西方且不去说，东土自秦始皇起，五尺官道才逐渐遍布九州，同辙之车吱吱呀呀开辟了新的纪元。

今天，人类又在再创世纪。人说，要有高速公路，就有了高速公路。高速公路把东西南北贯通起来，天堑变了通途。从地球的这端到那端，就像村东头到村西头。人称高速公路为动脉，大地便血脉充盈了。

（刊发于 2009 年 10 月 24 日《人民日报》文艺副刊）

醉在丙中洛

丹　增

在巨大的印度板块和欧亚板块碰撞隆起的高山峡谷间，奔腾咆哮的怒江激流的稍缓处，有块小小的坝子（山间平地）叫“丙中洛”。丙中洛的名字很普通，它就是藏语“有寨子的地方”。

樱花怒放时节，我行走在丙中洛的小街上。来自异域的樱花，一树树地站在那儿，巧笑倩兮，美目盼兮，对陌生的丙中洛不疏离，不拒绝；恰如我这个异乡游子，踏上丙中洛便有宾至如归的感觉。

而这一刻，我忽然听见一片笑声，似樱花瓣漫天飞舞、摇曳生辉。我一时愣住了：难道树会笑？

当然，在有十座神山相拥、被十道神瀑洗涤的丙中洛，如果有一棵会笑的树，也许并不新奇！可我偏有疑惑；循声而去，走进一家小商店，“嘻嘻嘻嘻——”一阵舒怀的笑声又扑面而来。五个女孩，围坐在一张矮矮的方桌前，正在叮叮当当地干杯，笑得前仰后合。

我也无法判断这些女孩子是藏族、怒族，还是傈僳族、汉族。因为即便是在丙中洛，所有的少数民族在日常起居中都一副汉人打扮，所有的少数民族在“公众场合”都能讲一口流利的汉语。我的目光扫去，看见小方桌上有红有白有黄——不折不扣地放着五瓶酒。

“姑娘们，你们有什么喜事啊？太阳还没有露脸，就喝起酒来了？”

“嘻嘻，喝早餐酒嘛！”分不清楚是谁回答的，只见一个个又花枝乱颤地笑作了一堆。

“你们店铺……几点开门营业？”

“随便！”一个女孩豪爽地一挥手，一副指挥千军万马的派头。我被惊住，踌躇了一下，又问：“一个月能赚多少钱？”

“随便。”回答得利索。

我瞪着她们暗暗在想：这么做生意，能赚钱才怪呢。

“哈哈哈哈！”笑声冲天而起，似在释我心中疑窦。“大哥，你也来喝一杯嘛！”又一个爽快的女子竟殷殷地倒了一杯酒端起来，拍拍身边的小板凳，要我坐下来，“大哥是从很远的地方来的吧？一定辛苦了，喝杯酒解解乏，心里高兴就不累了。”

我见女孩子们个个都笑靥如花地望着我，眼里流露的是一脉纯纯的暖意，我的心被深深地撼动了。我似乎已经嗅到了我长久以来一直梦里依稀的乡情。

怀揣这样的暖意和乡情，我又来到了丁大妈家。

丁大妈是开旅馆的。她开的是丙中洛的第一家旅店。那时候，丙中洛是怒江边上高黎贡山和碧罗雪山拥抱着的娇女儿，还藏在深闺人未识。改革开放了，这雄奇、神秘和美丽得让人失语的地方便来了游人。游人要问路，丁大妈便带着他们走；走一圈累了，要住宿，丁大妈又将他们带回了自己的家里。

丁大妈对那些身背行囊、又疲惫又高兴的游人充满了同情。

住下了，要吃喝，丁大妈也招待。可想喝啤酒，没有！但我家有咕嘟酒。咕嘟酒是苞谷发酵做出来的，有点甜，有点酸，好喝。烤了石板粑粑，宰了大公鸡，做了琵琶肉，一样一样端上来，咕嘟酒就一杯接一杯“咕嘟”到客人的肚子里去了。咕嘟醉了的人，围着火塘跳舞，跳得七荤八素倒下，丁大妈夫妇俩就把他们一个个弄到床上去。

客人一觉醒来，梦里不知身是客，朝丁大妈笑笑，洗把脸又上路了。

一拨走了，一拨又来了。丁大妈觉得，这些行色匆匆的人们好可怜啊，就想，干脆办个旅馆吧，让他们来了有地方住，有东西吃，吃好睡好才能出去尽兴地玩嘛。

旅馆办起来了，住过的人喜欢丁大妈，就在网上发布了消息。

网络时代，信息像光速，来的人就更多了。人多住不下，丁大妈只好把女儿女婿赶到仓房里去睡。可总不能让儿女天天睡仓房，丁大妈决定扩建。现在这长长的一排石片房就是这么建起来了。丁大妈院里的果子，客人来了随便摘。吃不完就落地上，烂了，种子会在泥土里发芽。

丁大妈是藏族，汉名俞秀兰，老伴是怒族，汉名丁四方。于是人们便按汉族习惯叫她丁大妈了。丁大妈夫妇养育了五个子女，子女自然都随父亲姓丁。而五个子女已各自婚嫁，对象也是不同民族。一个家里便有了藏、怒、白、汉、独龙、纳西六个民族。

丁大妈的子女各有信仰。大女儿是领导干部共产党员；可另有两个女儿信天主教，丁大妈自己也是虔诚的天主教徒，而她的老伴则信仰藏传佛教。她家旁边有座天主教堂，钥匙就在丁大妈手里。教堂里的活动，丁大妈都要去操心。离她家几公里，便是藏传佛教普化寺，丁四方逢五、十六，都要去烧香点灯。

这天，丁大妈兴冲冲地带我去参观重丁天主教堂，还在圣母玛利亚的神坛前唱起了圣诗。丁大妈歌喉嘹亮，神态虔诚，圣经是藏文，唱的是藏语！丁大妈的藏语圣诗，如一条高贵洁白的哈达，在怒江峡谷间飘荡。

我问丁四方："为什么你们生活得如此快乐满足？"他说因为他和老伴都有信仰。他还对我说，信仰是人的灵魂安放的地方，人有了信仰就有了主心骨。没信仰的人是可怕的，就像我们家的花豹（狗名）：它嫌贫爱富，看见穿得漂亮的游客摇尾巴，看见穿得破烂的人汪汪叫；现在它竟也与时俱进了，看见丰田小车里出来的人就上去摇尾乞怜，见开手扶拖拉机的就上去叫……

听了丁四方的话，我感叹和赞美这里人的精神没有被商品社会污染。我十分赞同他们关于信仰的朴素理念。我说，是啊，有了信仰，人才会有宽容和爱心，有节制与和谐。

游丙中洛，原为观景，却写起了人。其实，丙中洛的景色雄奇美丽，刚柔相间；从山间坝子到巍巍山巅，自然景观跨越四季，植被从亚热带直至寒带，蔚为壮观。春天，梨花似雪，桃花灿烂；夏天绿水青山，一尘不染；秋天层林尽染，稻谷飘香；冬日银装素裹，雾锁怒江。高黎贡山和碧罗雪山在这里挺直了陡峭伟岸的身躯，紧紧相偎形成了一条世界著名的大峡谷。它们似要联手将自己的野蛮女友怒江截住，可怒江却轻盈地从它们的夹缝里钻了出去，还不忘留下一串清脆透明的哗哗笑声。

事实上，在丙中洛观景，只要随随便便那么一走，凝神一发呆，马上就会看到一幅极美的山水画：或巉岩峭壁，鬼斧神工；或索桥横空，水光映雪；或山花烂漫，姹紫嫣红……即便是雨中，那奔来眼底的山水泼墨，也是大师级的国画杰作。

丙中洛年轻的大山血脉通畅，碧罗雪山靠近怒江的这一边，郁郁葱葱，毛茸茸的植被像富有质感的漂亮的怒族织毯，覆盖在群山之上；而向西靠近澜沧江的那一边则就只见光秃秃的山峰了，据说那是文明过度侵入的结果。

我要离开丙中洛了，我在这里住了七天。这里充满荒情野趣，全无雕琢痕迹，这里空气清新甜美，全无浮尘雾霭，这里天空蔚蓝如拭，全无碳酸污染，这里充盈着质朴的美，粗犷的美，宁静的美。要说一句发自内心而又精炼的感言，我要说，大自然的感动创造了民族，这里悠闲地居住着 8 个民族，是不同民族和睦相处的典范；大自然的神奇创造了宗教，这里和平地延续着六种信仰，是不同宗教和谐并存的典范；大自然的美景创造了文化，这里见到原生多样的个性文化，是不同文化各美其美的典范；大自然的威力，创造了一山有四季，十里不同天，是不同生态争奇斗艳的典范。

（刊发于 2010 年 6 月 26 日《人民日报》文艺副刊）

北疆四杰

周　涛

绿洲白杨

有绿洲必有白杨，白杨似乎是绿洲的指示牌。“高高的白杨哎排成行，美丽的白云在飞翔。”这是王洛宾唱过的白杨。还有茅盾写过的《白杨礼赞》，那是一篇妙文，写出了新疆白杨独具的品格。

它是团结的象征。

在它笔直的主干上，所有的枝条紧密围绕，纷纷向上，绝无一枝斜逸旁出。它紧密围绕主干的目的，是为了抵御风沙，它懂得，不团结就不能生存。

它只能横站成排，像边防线上的士兵；竖立成行，像出征的队伍；腰杆挺直，像伟岸的勇士；枝臂收拢，像欲飞的大鹰。它没有办法去“疏影横斜”呀，因为绿洲是危地；它没有条件去“暗香浮动”，因为风沙常袭来。

在沙漠的边缘，绿洲是这样一种存在：它脆如花蕾，薄如蝉翼，美如梦幻，坚如围城。

围绕并保护它的，就是白杨。白杨如不具备这种团结向上的品格，行吗？

有白杨才有绿洲。

戈壁红柳

在植物的族谱上，红柳的确是太不名贵。它是既不名，也不贵，地道的草根一族。草木中的最普通、最低微的劳动者。

然而所谓的“名”和“贵”是植物原有的吗？不是，是人类社会根据自己的判断制定的。“名”“贵”是人眼里的，不是自然本色。

但是红柳却是奉献精神的实证。

你看，在草不能绿的戈壁，它生根；在花不肯开的戈壁，它成长。它不祈求雨，也不巴结风，它相信自己的适应性和坚韧性。红柳简直可以称得上是一个伟大的无神论者，它说：“从来就没有什么神仙皇帝，一切全靠我们自己！”

正是这样，在茫茫戈壁，红柳与风较量，狂风把一团红柳连根拔起，吹得团团旋转，像一只满地翻滚的刺猬。后来风停了，红柳落在哪里，就在哪里重新扎下根。它等待一场雨。

不管多久，只需一阵雨，红柳就能长成一头骆驼！多么高大，多么漂亮，这是红柳吗？没错，正是它，一棵，两棵，一万棵，一百万棵，正是它们把戈壁变成了绿色海洋。

当它死了，人们挖出了它的根——巨蟒一般深深扎入土地的深褐色块茎，非常结实，非常耐烧，人们看到了它的骨头。

它用自己的骨头在戈壁上写下了格言：地球上没有应该遗弃的地方，只有可能被淘汰的物种。

天山雪松

“一池浓墨盛砚底，万木长毫挺笔端。”这是郭沫若先生当年留在天池的诗句，以小喻大，以近喻远，诗之技法。

天山雪松确实是高大的，遮天蔽日，苍茫无际。只有它，配得上绵亘1600公里的大天山，然而它也只能算是天山身上的丛丛汗毛。

雪松是高贵化身。

生在山的怀抱，长在雪的沿线，看哪，挺拔，傲岸，雄健，有型！这些群峰间的美男子，风雪中的伟丈夫，站得高，所以挺拔；境界大，所以壮美。

远离了尘世，但并非为了当隐士。隐士是孤独的，而雪松却是站满峡谷阴坡，如同列阵待命出击的长矛骑兵。在山谷间，它们聆听着风的脚步，有献身精神，不时为尘世输送上好的木材。

冬日大雪之下，雪松银装素裹，连睫毛上都挑着雪花。这时候，那才叫庄严肃穆，仿佛这些高大的骑士一瞬间变成了沉思的哲人。静静地，没有一丝风，一声不小心的咳嗽，都可能引发雪崩。

它们在思考什么？这些伟岸的思想家。思想在雪线上应该更纯净，更浑远，更包容。

它是不是应该成为一种表率呢？是不是未来这块地域上人的典范呢？新疆人应该长成雪松那样才好。

沙漠胡杨

从某种视觉效果上看，沙漠和大海差别不大——都一望无际，都波浪起伏，如此，在沙漠之海上，那些密如进港船桅的，是它们；还有那倾斜如欲沉没的船只的，也是它。

胡杨胡杨，宇宙洪荒；

胡杨胡杨，千古流芳。

它就住在“死亡之海”里，结果奇怪的是，它比谁都活得久长。可以说它是在死亡的怀抱里获得了永生，这真是一个伟大的逻辑。

这些大片的胡杨正在这块无人问津的荒原上空度岁月，纵有千姿百态，无人观赏。时光的足迹留在它们身上，不少高大的胡杨中心已成空洞，但伸展向四方的枝叶依然绿意蓬勃。

它死了，它活着。

在它一身之上也许叠合了祖孙数十代，数百代，上一代的尸体就成了下一代的土壤。它这样延续，它这样存在，它这样与漫长的时间对抗，以求不朽。

终于，人们认识了它，仿佛重新认识了生命的刻度。它在时间里的刻度是这样：“活一千年，死而不倒一千年，倒而不朽一千年。”

（刊发于 2010 年 9 月 29 日《人民日报》文艺副刊）

哈萨克人的翅膀

艾克拜尔·米吉提

歌和马是哈萨克人的两只翅膀。

马对于哈萨克人，既是浪漫的象征，又是生活的依托。

每当夏日里，骑手们十分潇洒地跃上自己心爱的坐骑，翻山越岭，逍遥自在地游历草原，引来那些牧人们的啧啧称叹，博得穿红戴绿的少女们的情意缠绵的一瞥，甭提那骑手心头的惬意劲儿有多滋润了。倘若巧逢喜庆佳节，在赛马会上拔得头筹，姑娘追时令，姑娘们只恨鞭长莫及，从刁羊的汉子堆里争得羊儿夺路而去，让众人望尘莫及，那真是莫大的快慰与荣耀。他会为他的坐骑而到处炫耀。

当然也是在这夏日里，每一座牧人帐前都拴着一溜儿的小马驹，一群乳房丰硕的骒马在不远处颔首扫尾，驱赶着讨厌的马蝇子和燠热，还要忍受乳汁的饱胀。主妇们隔一个时辰总要去挤上一次马奶，注入皮桶里发酵，制成美味佳酿——马奶酒——胡木兹。这是哈萨克人传统的饮料。于是，远近的牧人，过路客商都要品尝这些巧手主妇们的杰作。如果哪一个夏天没有胡木兹——马奶酒，那除非发生了天灾人祸。在哈萨克人心目中，就如同这一年草原不曾绿过一样。

到了初冬，家家户户都要宰马熏肉，以度寒冬。马肉便成了哈萨克人冬季的最佳食品。倘使谁家没有冬宰马肉，那就得看看是否他家栏里无畜，还是手头拮据。那将是一个十分寒冷、尴尬、无奈的冬天。

记得我幼时，每当夏末秋初，从内地前来购马的人，带着兽医，带着防疫人员来到草原上，精心挑选马匹。他们交口称赞伊犁马个儿大，力大，耐粗饲，对气候适应性强，买回内地是为了耕地套车驭使用的，一个村一个生产队要是能分上一两匹马，那就了不起了。牧人们听到这些，个个都将自己最好的马匹送来让他们挑选，若是谁家的马匹被选中了或选得最多，那自然会成为一段草原佳话。

马匹购齐了，那些外省人便会在草原上就地招募一批骑手赶送马匹。这是一个让人羡慕的美差，尤其对于那些土生土长在草原的年轻人来说，莫不如此。于是，个个争相报名，巴望着能被录取，借此机会好去看看草原以外的世界。

那时，公路运输尚不发达，这些赶马的队伍要从伊犁出发，沿着天山东行，直将喀什河源头走尽，才翻越天山北坡，到达沙湾县境，再从这里沿着戈壁荒滩来到乌鲁木齐，乘上火车——是闷罐车，一路为马匹添草加水，精心照料，把一匹匹神气十足的伊犁马一直送到河南、河北、山东农村，方才一路坐着火车、汽车返回草原。

自打他们回到草原，个个口若悬河，一路耳闻目睹，无奇不有。是的，他们见多识广，几乎横穿中原大地，去过无数城市，是一些开过眼界的人了。人们总喜欢聚拢在他们身边，听他们神吹海聊入了迷。那时，我曾多次遐想，有朝一日，我长大了定要和这些骑手们一道赶着马群远游内地。

赶马的骑手们叙说一路最苦的，莫过于走出喀什河源头的一条山谷。那条谷里遍地毒草丛生，马群吃了就会中毒而亡。行至此谷丝毫也不敢懈怠，一天之内不吃不喝也得要赶着马群平安出谷，方才松下一口气来。虽然后来我多次去过尼勒克，去过喀什河源头，但迄今搞不清楚这条毒草丛生的山谷究竟在何处。

斗转星移，这条山谷显然多年已经没人再走了。而如今内地农村不再需要购伊犁马套车拉犁了。马的位置早已被多种中小型农用拖拉机取代。公路交通也大有发展，即使购马，也不再需要长途驱赶了。于是，也不再有骄傲的赶马人了。如今，草原上的马已是一种纯粹的富贵象征。真正富裕起来的人家才养得起骏马进行各类马术竞赛与体育活动。

伊犁人也似乎忽然间重新发现了这块土地的灵魂，开始办起了一年一度的“天马节”。我因远在京都尚无缘亲临其境参加一次盛况空前的“天马节”，但我衷心祝愿“天马节”经久不衰，越办越红火。我想天马定会驮起家乡各族人民，展开神奇的双翼，高歌飞向新世纪。

（刊发于 2010 年 10 月 4 日《人民日报》文艺副刊）

北京的门联

肖复兴

我一直以为，门联最见老北京的特色。这种特色，成为北京的一种别致的文化。国外的城市里，即便有古老宏伟的建筑，建筑有沧桑浑厚的门庭，但它们没有门联。就像它们的门庭内外有可以彰显它们荣耀的族徽一样，北京的门联，就是这样的族徽一般醒目而别具风格。有据可考，北京最早的门联出现在元代之初，元世祖忽必烈请大书法家赵孟写了这样一副门联：日月光天德，山河壮帝居。可见门联在北京的历史之久了。当然，这样的帝王门联，是悬挂在元大都的城门之上的。我这里所说的门联，是指一般人们居住的院子大门上的那种。但我相信彼此只有地位的不同，其形态与意义，是相似的，也可以说，是一脉相承的。北京院落大门之上的门联，是忽必烈门联的变种，衍化而已，就像皇家园林变成了四合院里的盆景。

说起北京的门联能够兴起，和老北京城的建筑格局有关。老北京的建筑格局是有自己的一套整体规划的。从紫禁城到左祖右社、四城九门，一直辐射到密如蛛网的街道胡同，再到胡同里的大宅门四合院，再到四合院的门楼影壁屏门庭院走廊，一直到栽种的花草树木，都是非常讲究的，是配套一体的。而作为老北京最具有代表性特征的四合院，大门是给人的第一印象，就像给人看的一张脸，所以叫作门脸儿，自然格外重视。老北京四合院大门，皇帝在时，是不允许涂红色，都是漆成黑色的，只有到了民国之后，大门才有了红色。所以，现在如果看到那种古旧破损的黑漆大门，年头是足够老的了，而那种鲜亮的红漆大门，大多是后起的暴发户。

老北京四合院的大门，一般都是双开门，这不仅是为了大门的宽敞，而是讲究中国传统的对称，这就为门联的出现和普及提供了方便，门联便也就成为了大门的一种独特的组成部分。这种最讲究词语和词义对仗的门联，和左右开关的对称大门，正好剑鞘相配，一拍即合。在老北京，这样的四合院大门上，是不能没有门联的，门联内容与书写水平的高低，体现着主人的文化，哪怕是为了附庸风雅呢，也得请高手来为自己增点儿门面——你看，提到了这个门面的词儿，北京人，一贯是把门和脸放在一起等同看待的。

现在，外地人外国人看北京，看什么呢？胡同越来越少了，四合院越来越少了，大门上的门联，一般都得有百年左右的历史，随着岁月风霜的剥蚀，本来就已经所剩不多，这样的胡同和四合院大批量的拆迁，自然也就越发难以见到了。我还发现，前几年曾经亲眼看见的门联，现在，有的已经看不清楚了，有的索性连门带院都夷为平地了，许多你认为美好有价值的事物，被当成废土垃圾一起清除，好像一切以新建大楼的建筑面积来计算价钱了，而且还能够翻着跟头一样连年翻番。

我只能把我这几年跑街穿巷所看到的一些门联，赶紧介绍给大家，有兴趣者，可以前往一观，兴许过不了多久，它们便再也看不见了——

诗书修德业，麟凤振家声；

读书使佳，好善最乐；

多文为富，和神当春；

绵世泽不如为善，振家业还是读书；

芳草瑶林新几席，玉杯珠柱旧琴书；

忠厚培元气，诗书发异香。

这几副门联，都是讲究读书的，我们的祖先是崇尚万般皆下品，唯有读书高的。所以，老北京的门联里，这类居多，最多的是“忠厚传家久，诗书继世长”。这几副门联，写的意思是一样的，但特色不一样，要我来看，“多文为富，和神当春”，写得最好。如今，讲究一个“和”字，但谁能够把“和”字当作神和春一样虔诚地看待呢？又有谁能够把文化的多少决定着你未来富有的基础来对待呢？再看“忠厚培元气，诗书发异香”，以前院子的主人是一个卖姜的，你想想，一个卖姜的，都讲究诗书，多少让现在我们的大小商人脸红。

经营昭世界，事业震寰球；

及时雷雨舒龙甲，得意春风快马蹄；

恒占大有经纶展，庆洽同人事业昌。

这三户主人都是商家，但三副门联写得直白而坦率。老北京，这类门联也颇多，最有代表性的莫过于“生意兴隆通四海，财源茂盛达三江”了。

同为商家，“吉占有五福，庆集恒三多”，写得略好，吉庆也是商家的字号，嵌在联里面；五福即寿、富、康、德和善终；三多即多福多寿多子孙；都是吉利话，但具体了一些。

“源头得活水，顺风凌羽翰”“源深叶茂无疆业，兴远流长有道财”“道因时立，理自天开”，这三副，前两副都说到了经商之“源”，后两副都说到了经商之“道”，第一副比第二副说得要好，好在含蓄而有形象；第三副比第一、二副说得也好，这是一家当铺，后来当过派出所，不管干什么，都得讲究个道和理，好就好在把道和理说得与时世和天理相关，让人心服口服，有敬畏之感，不敢造次。

再看，“定平准书，考货殖传”，“平准”和“货殖”均用典，货殖即是经商；平准，则是在汉朝时就讲究的经商价格的公平合理，那时专门设立了平准官；虽然显得有些深奥，但讲的是经商的道德。

“生财从大道，经营守中和”，说得朴素，一看就懂，讲究的同样是经商的一个道德，前后对比，却是一雅一俗，古朴兼备，见得不同的风格。

能够将门联既作得有学问，又能够一语双关，道出自身的职业特点的，是这类门联的上乘，也是更为常见的。“义气相投裘臻狐腋，声名可创衣赞羔羊”，一看就是经营皮货买卖的，是户叫义盛号的皮货商。“恒足有道木似水，立市泽长松如海”，一看就是经营木材生意的，而且将自己的商号含在门联的前一个字中，叫恒立。

能够让人驻足多看两眼，门联就是他们的漂亮而别致的名片。

将门联作为自己的名片，让人一眼看到就知道院子主人是干什么的，也是北京门联的一个特点，一种功能。比如卖酒的：杜康造酒，太白遗风；看病的：杏林春暖，橘井泉香；洗澡的：金鸡未唱汤先热，玉板轻敲客远来；剃头的：虽为微末生意，却是顶上功夫……可惜的是，这里好多在小时候还曾经看到过的门联，如今已经难得再见。我见到的，只有北大吉巷43号的：杏林春暖人登寿，橘井宗和道有神。那是老中医樊寿延先生的老宅。还有钱市胡同里几副：增得山川千倍利，茂如松柏四时春；全球互市翰琛书，聚宝为堂裕货泉；万寿无疆逢泰运，聚财有道庆丰盈；聚宝多流川不息，泰阶平如日之升。都是当年铸造银锭的小作坊。

当然，在门联中，一般住户，不在意那些的一语双关，着意家庭的更多，或祝福家声远播，家业发达——

河内家声远，山阴世泽长；

世远家声旧，春深奇气新；

子孙贤族将大，兄弟睦家之肥。

或祝福合家吉祥，太平和睦——

居安享天平，家吉征祥瑞；

家祥人寿，国富年丰；

瑞霞笼仁里，祥云护德门。

或期冀水光山色，朋友众多，陶冶性情——

山光呈瑞泉，秀气毓祥晖；

圣代即今多雨露，人文从此会风云；

林花经雨香犹在，芳草留人意自闲。

但更多的还是讲究传统的道德情操——

“惟善为宝，则笃其人”，讲的是一个善字。“恩泽北阙，庆洽南陔”，诗经里有“南陔”篇，讲的是一个孝字。

“文章利造化，忠孝作良园”，讲了一个孝字，又讲了一个忠字。

“门前清且吉，家道泰而康”，讲的则是做人的清白。“芝兰君子性，松柏古人心”，讲的则是心地品性。只不过，前者说得直截了当，后者用了比兴的古老笔法。而“古国文明盛，新民进化多”，则可以看出完全是紧跟民国时期的新潮步伐了。

最有意思的是，草厂五条27号，它原来是湖南宝庆会馆，很深的左右两层大院，高台阶，黑大门，那副门联不是在大门上，而是刻在门两旁的塞余板上，很特殊。“惟善为宝，则笃其人”。

遗憾的是，我所看到的，仅仅是老北京门联的一小部分了，不知还有多少精彩的，已经和我们失之交臂。仅就我听说的，原广渠门袁崇焕故居就有：自坏长城慨古今，永留毅魄壮山河。大外廊营谭鑫培英秀堂老宅有：英杰腰间三尺剑，秀士腹内五车书。烂漫胡同东莞会馆有：奥峤显辰钟故里，蓟门风雨引灵旗。海柏胡同朱彝尊故居的古藤书屋有：一庭芳草围新绿，十亩藤花落古香。粉房琉璃街的新会会馆有：新诗日下推新彦，会客花间话早朝……当然，再往前数，在曾朴的《孽海花》里，还记录着保安寺街曾经有过的一副有名的门联：保安寺街藏书十万卷，户部员外补阙一千年。此门联民国时还在，曾经让朱自清先生流连颇久。自然，那都是前尘往事，显得离我那样的遥远了。

我最喜欢的是在东珠市口大街的冰窖厂胡同曾经有过的一副门联：地连珠市口，人在玉壶心。以玉壶雅喻冰窖厂，地名对仗得如此工整和古趣，实在难得。我一连去冰窖厂胡同多次，都没有找到这副门联；也曾多方向老街坊打听，也没有打听到这副门联曾经出现在哪一家院落的大门上。

有一阵子，我迷上了门联，胡同串子似的到处乱串，像寻宝一样地寻觅门联。因为我心里隐隐地感觉，这样的门联，也许快要成为“夏季里最后一朵玫瑰”了。有一次听人告诉我，在宣武门外校场口头条 47 号有一副门联，格外难认，却保存完好，我立刻赶过去，一看，像小篆字，又像钟鼎文，古色古香，其中几个字，我也认不得。一打听，才知道门联是：宏文世无匹，大器善为诗。再一打听，此院原住的是我汇文老校友、前辈学者吴晓玲先生，这样的门联只有他这样学富五车的人才匹配。去的时候，正是夏天，院子里有两棵大合欢树，绯红色的绒花探出大门，与门联相映成趣，很是难忘。

还应该补充这样几个门联，都是独眼一般半副。一在南柳巷林海音故居对面 51 号，右边半扇门上，“香光随笔是为画禅”。一在杨梅竹斜街 90 号，左边半扇门上，“合力经营晏子风”。后者，大院里新搬来一户，就住在大门的右边，为了把房子往外扩大一些，人家和房管局的人认识，就把右边的大门给卸了，换上了一扇小门，便只剩下了这半副门联，这么多年来，让晏子一人孤胆英雄一般独挡风雨。

另一在长巷五条路东一个小院，只剩下半扇门，摇摇欲坠，破裂得木纹纵横，但暗红色漆皮隐隐还在，凸刻着“荆楚家风”。过了几天，我路过那里，门联没有了，换上了两扇新门，涂着鲜红的油漆，像张着涂抹劣质口红的两瓣嘴唇。

真的，在越来越多的四合院和胡同的拆迁下，在越来越多的高楼挤压下，我觉得这样的门联快看不见了，或者说要看以后得去博物馆看了。在唯新是举的城市建设思维模式下，大片的老街巷被地产商所蚕食，拔地而起的高楼大厦，似乎要比四合院更有价值，却不知道没有四合院的依托，北京城还是北京城吗？没有了四合院，那些存活了近百年的门联，上哪儿去看呢？那些同欧洲房子前的雕塑和族徽一样，是北京自己身份的证明呀。我们就像狗熊掰棒子，为了伸手摘取自以为是的东西，轻而易举地丢弃了最可宝贵的东西。

前两天，我陪来自美国的宝拉教授去大栅栏，特意去了一趟钱市胡同，窄窄的胡同里，静无一人，那几副老门联还在，只是有的已经字迹模糊了。其实我才两三年没去那里，日月风霜的剥蚀，比想象的要快。

老北京的门联啊！

（刊发于 2011 年 6 月 8 日《人民日报》文艺副刊）

原上原下樱桃红

陈忠实

白鹿原的樱桃红了。

这个时候的白鹿原，便进入一年里最红火的时月。原上原下和原坡，新修的水泥大道和田间小径，便呈现着车水马龙熙熙攘攘的车流和人群，这是西安城里的男人女人或搭伙结伴或扶老携幼摘樱桃来了。他们散漫在樱桃园里，伸手攀下缀满或紫红或金黄的樱桃的树枝，摘下一串一串熟透的樱桃，填到嘴里，便发出舒心的赞叹，好鲜好甜吔。更有男孩或女孩，攀爬到树上，从树梢上摘下最大也熟透的樱桃极品，下树来送到情侣手里，会心的微笑里荡漾着别具一格的浪漫。喧哗声嬉笑声和呼朋唤友的声浪，此起彼伏在樱桃园里。原上原下通往樱桃园的大道和小路两边，摆满了盛着樱桃的筐篮和纸箱，叫卖声议价声糟糟一片，交易活跃。我看着那些抱着一箱箱樱桃乘车离去的男人和女人欣慰的脸色，无疑是北方这种鲜果独有的滋味带来的。我更感兴趣的是那些出售樱桃的卖方收款装钱的动作，无论农夫农妇抑或小伙姑娘，从买方手里接过钱来数一数，尽管数钱的手指的动作有灵巧和笨拙的差别，而脸上的表情却无多大差异，不见惊喜，更不见得意，多是数过之后塞入挂在胸前的布兜，无论三十五十乃至三百五百，都是以习惯性的动作塞入布兜了事，又忙着招呼围过来的新的顾客了。他们一把一把往布兜里塞着钱时所显示的平静而又平常的表情，可以透见原上原下乡民的心理气象了。

这里的樱桃，在我已形成难以化释的情结。

我至今依旧清楚地记得，46年前的1965年，我在《西安晚报》发表过散文《樱桃红了》，是歌颂一位立志建设新农村带领青年团员栽植樱桃树的模范青年。这是我初学写作发表的第二篇散文，无论怎样幼稚，却铸成永久的记忆，樱桃也就情结于心了。樱桃在我生活的白鹿原地区，是当地乡民种植的诸如桃、杏、沙果等果类中的一种，多在原坡不能种植庄稼的坡地上生长，没有资料显示何朝何代开始栽植这种水果；村子里年龄最大的长者也说不清，只记得自己穿开裆裤的幼稚年纪，就吃樱桃，吃着自家园里的樱桃还嫌不够味儿，常常结伙偷摘品尝别家的樱桃。当地人自古以来不称樱桃，称作玛瑙。如果依这种水果的果形和色彩而论，玛瑙远比樱桃更为恰切也更富诗意，那缀满树枝的一嘟噜一嘟噜或鲜红或金黄的小颗粒，活脱就是一串串珍珠玛瑙。

加深且加重这种樱桃情结的另一种因素，说来就缺失浪漫诗性了。我在白鹿原地区生活和工作大半生，沉积在心底的记忆便是穷困的种种世相。不单是我和我的家庭，整个白鹿原的乡民，从年头到年尾都纠结在碗里吃食的稀了稠了有了空了。尤其是我在公社（现称乡或镇）工作的十年时间里，体味尤深。每年交上5月，即民间俗说的青黄不接的时月，一些生产队（即今村民小组）的干部便三天两头赶到公社来，堵住分管粮食的干部，百般申述缺粮的困境，要求多给他们分配救济粮食。这些求助的生产队干部，多是来自白鹿原北坡上或大或小的村庄。坡上沟道里有小股泉水，仅供人畜饮用，“学大寨”大潮中修建过一些蓄水池，效益甚微；北坡上的田地，多为跑水跑肥不蓄墒的薄田，仅种一料庄稼的小麦产量，顶好的年份不过 200 斤，遇到干旱缺雨的灾年，稀疏矮小的麦秆儿搭不住镰刀，只好用手撅拔，俗称“猴拔毛”，产量就可想而知了。上级调拨下来的救济粮可以说是杯水车薪，分管粮食的专干即使慈心软肠也只能撒胡椒面儿。那时候的樱桃虽然依旧开花结果，却当不得饭吃。尤其在“学大寨”学得几乎发疯的“文革”后几年，许多生长在坡地上的樱桃树，因为修造梯田而砍掉了。有幸存留的樱桃树，在青黄不接的 5 月初成熟的樱桃，由社员摘下再送到指定的国营商店，换回的有限的钱款，成为生产队空乏已久的钱柜里的库存，首先作为头等合理开销的项目，便是给发生疫情的牲畜作疗治费用，弥足珍贵。

在西安郊区辖属的 26 个公社里，地处坡、原和山岭地区的公社不过两三家，与那些占据渭河平原腹地的公社相比，难以望其项背。这两三家自然环境较差的公社干部遇合到一起，便自我调侃定位为“第三世界”；在“第三世界”里，我工作的原坡地区当属垫底的一家，走到处似乎都有矮人半截的感觉。所谓人穷气短不单说个人，工作单位似乎也应此话，我有双重体验。

彻底扭转以至完全改换那种不良感觉的卓绝一笔，便是樱桃。我约略知道，自上世纪 80 年代中期起始，灞桥区的领头人，既得改革开放之“天时”，更度白鹿原地理特质之“地利”，确定该地区以樱桃种植为主业，为乡民开创一条脱贫致富的途径。我尤为赞赏尤为敬重的一点，20 余年来，灞桥区的领头人调换过一茬又一茬，而一茬又一茬的新继任的领头人，都一如既往地瞅住樱桃园的建设和发展，终于形成气候，形成产业化的规模。单是白鹿原原上原下和原坡，现已种植樱桃 2.4 万亩，结果的樱桃树有 1.5 万亩。3000 余户乡民现在年均收入超过 4 万元，人均超过万元，竟然比本区那些过去的盛产粮食的平川地区的人均收入超出近两成。尽管我知道读者逆反文章里引用数字，仍然忍不住要把这些数字摆列出来；这些数字牵涉我的情感。甚至颠覆了情感记忆里最软最短的那一脉。我确凿相信这些数字，尽管没有必要挨家逐户去询问谁个收入了多少，因为你随便走进原上原下和原坡的或大或小的村庄，一街两行全部都是新建的房子，有平房也有二层小楼，三合院司空见惯，迎着大门的正面几乎全部都用白色瓷片包装，一派崭新气象。这里的乡民积习已久善于门楼的建筑，却几乎很少见到老祖宗们用青砖刻着神鹿白鹤的图案，而是用现代建筑材料或白色或紫红颜色的瓷砖，给人直观的感觉是清爽和温暖。每每看到这些宽敞漂亮的农家小院，我便想起高晓声的小说《李顺大造屋》来，如果说李顺大是上世纪 80 年代以前的中国农民生活形态和心理形态的一个典型，那么白鹿原上下一幢幢新房小楼的主人，便是对李顺大的终结。

有朋自远方来，恰逢樱桃成熟的 5 月，我便领他们上原摘樱桃。站在白鹿原头，原上平地里是蓬勃着的樱桃树，一眼难尽；原坡上随着坡势和浅沟起伏错落着一派绿色，自然都是樱桃树了，几乎看不到裸露的地皮；原下的川道，灞河自东而西蜿蜒过来，几乎被满川的樱桃树遮掩住了。朋友无论男女，也不论长幼，站在原头观赏这一方自然景致的时候，无不发出由衷的慨叹，你老兄（或老弟）竟独得这一方活水绿山！我便凑兴纠正，这不是山，是原和原下的坡。

进入5月，便进入这座古原最红火的季节。果农们选择了早熟和晚熟的多种樱桃品种，采摘的时间可以延续月余。这座雄踞于西安东南方位的开阔的古原，距离西安不过十来公里，工余假日，人们呼朋唤友引妻携子，驾车不过半个多小时便进入樱桃园了，或上原或上坡或到原下的河川，尽都是缀满红色金黄色珍珠玛瑙的樱桃树，诸种烦恼和疲倦顿然消解了。当各种媒体大呼急叫着西安城区应该形成“低碳”的健康空间的时候，这里的樱桃园无疑是一方天然氧吧，从城里赶来的男女老幼，从树枝上摘下一颗颗樱桃填到嘴里嚼咂品尝的时候，或在樱桃园里逸情漫步的时候，获得一种神清气爽的生命活力。即使在樱桃清园以后的夏天和秋天，原上原下和原坡的果园和小路上，仍有不少城里人观光散心，迷恋这个天然氧吧的洁净的空气。

每到清明，樱桃花开，原上原下和原坡，尽皆是粉白的樱花，香气弥漫。树叶刚刚吐芽，花儿却灿烂了，这原这川这原坡，望去是纯一色的樱桃花的世界。果农们忙着种种技术性管护，只企盼樱桃开花时不要下雨，雨水灌花就结不出樱桃。城里人搭帮结伙来赏花了，散漫在樱桃花的海洋里，留几张以樱桃花为背景的照片，在农民开办的“农家乐”饭馆吃一顿地道的农家饭菜，不仅释放了胸中积存的废气，缓解了办公室或工作台上的紧张的神经，把粉白的樱桃花储入胸间，当属滋养精神心理的氧。

（刊发于2011年7月9日《人民日报》文艺副刊）

迁徙的故乡

梅　洁

前些年在故乡湖北郧县、丹江口、十堰等地采访时，已看到各级政府官员和父老乡亲们为送汉水进京而日夜奔忙着、焦灼着。他们最最焦灼的是移民！是啊，几十万移民要在三两年内迁徙完毕，谈何容易？

常听到汉江两岸的乡亲们说：要搬快搬吧，我们都等老了，房子都等得快塌了，媳妇都等没了……望着他们近乎乞求的眼神和风雨飘摇的土屋，我总是别过脸，望着远处的山，无以回应。

半个世纪了，这块土地上的人们从来没有安生过。今年调水呀，明年调水呀，一说就是十几年、几十年，一纸“停建令”下来，他们不能修路、不能建厂、不能盖房！他们在等待中贻误了发展，在等待中老去了生命！在等待中40多万人已别离故乡，沿江几千个村镇、古城都已沉没江底。

50年了，故乡一直走在迁徙的路上……

2010年，老家终于开始二期移民了！终于开始搬迁了！消息从不同渠道传来，远在京城的我，和老家人一样振奋。

背井离乡——一个原本有着深重悲怆意绪的事，对于故乡来说，竟是一种解脱般的快事！是熬白了头发要一洗沧桑的快感！是前途未卜、翻过山就能明白的期盼！是漫长的没有结果的一个结果啊！

真的开始上路啦，我迁徙的故乡！

5月5日，我在湖北郧西采风，接到故乡县委书记柳长毅发来的短信："梅老师，你在哪儿？家乡已开始移民了，你什么时候回来看看？家乡的樱桃熟了，我们接你回家吃樱桃吧！"看完短信心中好一阵温暖。

回到郧县，县委宣传部长金菊一见面就告诉我："安阳镇已迁走两批移民了，这几天若不下雨，还会有一次千人大移民！县里领导分批带队，这次有我……"年轻的女部长还是那样爽朗，那样快言快语，一双大眼睛扑闪着，有平静，有庄重，有责任在肩、义不容辞的坚毅。

广电局播放室，正播安阳镇移民到达湖北团风县移民新区的录像，片子没剪辑，全是原始素材。我一气竟看了两个半小时：

满载着移民和家什的大客车、运输车，长龙般在山间公路缓缓前行；

一朵朵鲜艳的大红花挂在移民胸前；

走了千里之路后大红花又挂到了移民新区的房子里；

一排排、一栋栋含有欧式建筑元素的黄瓦白墙的移民新区，矗立在穿街而过的河渠两边；别墅般的房屋里全部装有自来水、管道煤气，还有卫生间。

移民新区将入住874户、3782位来自安阳镇的移民；

团风人为每户移民送来了一份午餐、一袋米、一个开水瓶、一提挂面、一桶油、一筐青菜、一部电话机、一副对联、一挂鞭炮……移民进屋就能开伙；

移民新村已有粮油、蔬菜供应点，已有超市、学校、图书室、卫生医疗室……

啊，乡亲们毕竟等到了一个全新的时代！

“移民不是泼出去的水，而是嫁出去的女，为了国家利益，移民牺牲了自己的利益。作为娘家人，我们有责任帮助他们，让他们迁出后尽快融入当地，安居乐业。郧县永远是移民的家，欢迎你们常回家看看……”送别仪式上，县委书记柳长毅讲着话就落下了眼泪。

“移民工作无小事儿，移民利益大于天！”县长胡玖明操着武汉话到处讲。

常务副县长邵际军把办公室搬到了柳陂移民村，他天天挨家挨户地走访、做工作，移民们脸难看、话难听、门难进。是呀，柳陂人已是第三次迁徙了！几十年、几代人在荒沙滩上创造了一片国家级无公害蔬菜基地，现在又要全部沉没了，柳陂的牺牲有多大？邵际军同情他们，他贴着心窝和移民说话。长时间的说话，他的声音完全嘶哑了。

县移民局局长邓兴忠来了，长年在乡村移民中走呀走呀，他显得格外清瘦而黝黑。人们告诉我他的手机上存了1000多个移民的电话号码，他每天与移民通话的次数多达120次。

县移民指挥部，设在移民局很旧的小院里。副总指挥周吉礼的办公室门开着，人不在。环视周吉礼简朴的办公室我在想：那个相貌英气、说话幽默、做事果决、极富判断力的周吉礼，两年前我认识了他。如今，政法委书记兼起了移民指挥部常务副总指挥的职务，看来，特殊时刻，县里在紧急调兵遣将。

正想呢，周吉礼进来了。他左小臂上有隆起的一块肉包。他说感冒不好，咳嗽不止，打了 18 天针也不痊愈。医生做结核试验，说他肺部深处有结核菌感染。我担心地说那你一定要注意休息啊。周吉礼说，移民的关键时刻，怎么休息？

是啊，移民的关键时刻，成千上万的乡亲每天都在等待着启程的号令，千里迢迢的迁徙长路，数万个家庭的安家落户……每天都要做重要决策的指挥部，“休息”“保重”“注意身体”这些关切的话，对于周吉礼们已是奢侈了。

周吉礼很快说起了“包保”工作队。

“包保”！？这是今天这个时代、调水源头人民创造的一个崭新的词汇，我开始竟没有听懂。周吉礼拿给我一张红纸，那纸上密密麻麻印着“包保”的内容，周吉礼说，他们印了一万份，“包保”队员人手一份。我粗略地看了一眼那张纸，那是个严密且严厉的责任体系——

我细读了“十包”责任制：包移民搬迁户的思想政治工作，包移民政策宣传，包移民身份和指标核查，包各类矛盾纠纷排查，包上访移民劝返稳定，包搬迁户协议签订，包督办移民搬迁户建房，包腾空并拆除旧房，包顺利搬迁，包善后处理相关工作。

我突感一阵沉重：在“包保”这个词汇后面，有着多少艰辛、汗水和生命律动？

周吉礼还告诉我，为了更好地做通移民思想工作，他们曾组织全县开展“我回家乡帮移民”活动。全县 1000 多名公务人员回到家乡化解了 5000 多移民的心事……

等着吃水的北京人知道调水源头人在这样生死鏖战吗?

天在下着小雨。中午，我来到安阳镇龙门堂移民村。村主任刘继武向我走来。当我和一双粗糙的、结实的中年男子的手相握的刹那，刘继武怆然的泪水夺眶而出。我的泪水也滚滚而出。这个坚强的男人，多少天、多少月、多少年他都在鼓励自己的村民：为了国家的工程，为了北方人能喝上汉江水，我们到别的地方重建新的家园吧，我们不哭。可他在我面前，却再也无法忍住。他用一双粗糙大手胡乱地抹着脸上的泪水，然后指着村前广阔、肥沃的田地说："今年地里没种一棵庄稼，去年都说搬呀搬呀，结果也没搬，地都撂荒了……"我顺着他手指的方向看去，往日的千亩稻田里长满了杂草，刘继武心疼这来之不易的土地。

安阳镇在半个世纪里因调水工程两次被水逼上山岭，这次要全部消失了！千年的汉水码头"小汉口"要全部消失了！一代哲人杨献珍的故乡要最后消失了!

中午了，县里的"包保"单位开始给移民送饭。每家按人口计算：每人两碗方便面，两根火腿肠，一袋榨菜，一瓶矿泉水。移民们已经没有了锅碗，许多人家的房子已拆了。

看哪，坡上坡下，坎上坎下，大路小路上，都奔走着送饭的"包保"队员。他们挨家挨户地送，他们一盒盒、一根根、一包包地把饭送到移民手上。这也许是他们的"包保"内容之一吧。

送饭完毕，"包保"队员们或站在树下、或蹲在地上吃方便面……

午后，天开始下雨，好在49辆货车已装载完毕，盖好了苫布，编号列队，卧龙般静静地停在公路边，只等出发的命令。下午 4 时，一声令下，货车徐徐驶动，离开安阳镇，向广阔的江汉平原驶去。

雨越下越大，我来到安阳镇青龙村。

青龙村数百人已冒雨集结在青龙小学。小学校的教室里、走廊里、屋檐下都蹲着、坐着、站着一堆堆来自各村组的移民。他们在那里等着上车的命令。

天气很冷，移民们大多穿得很单薄，很多人光脚穿着草鞋。如果按上级规定的出发时间——明天凌晨 4 点——他们还要在这里等十几个小时。那只有一个月的小移民刘心雨、只有两个月的小移民陈从园怎么受得了？那个 70 多岁的、坐在轮椅上的偏瘫老人怎么受得了？她大小便失禁啊！那个等待生产的孕妇怎么受得了！那个癫痫病人怎么受得了……

许多移民几天前房子都扒了、锅灶已拆了，他们已好几天没吃上热饭、没喝上热水了！

22 时零 5 分，常务副总指挥周吉礼终于“违规”下令：移民车队提前启程！

我和故乡的朋友兴明、萍清迅即来到沿江大道，我们想在那里送送移民。

雨，在昏黄的路灯下扯着斜斜的银线，雨点打在伞布上发出嘭嘭的声音。

夜，静极了。江风吹过来，凉飕飕的。街上没有一个行人。我们仨人站在雨里等待。等待乡亲们从这里走过。

23时15分。一辆警车驶过。一辆指挥车驶过。一辆医务救护车驶过。啊，满载移民的豪华大轿车驶过，一辆又一辆……25辆啊！

我们向车子挥手，向父老乡亲们挥手。

故乡的人们呀，你们就这样在这寂静的雨夜悄悄地告别了故乡！

永远的告别呀！

父老乡亲们，祝你们一路平安！

我任泪水和着雨水，在脸上奔涌……

突然，手机铃响了，是金菊发来的："梅老师，辛苦您了！我代表220户、946名移民群众向您致敬！我看到您深夜站立在风雨中的形象，我万分感动！保重，再会！"啊，金菊在护送移民的汽车里看见了我！

又一声手机铃响，是护送移民到安置地的周吉礼发来的："梅洁大姐：我没能力、没条件为人民干大事，但无论干什么事我都要无愧人民，个人安危实在是太小的事！这次您回来太仓促了，没能陪您。希望下次回家时，时间备足点好吗？"

读着周吉礼的短信，我已泪流满面！多好的故乡！多好的人民！多好的执政者啊！

抬头仰望雨夜的天空，我双手合十，为我迁徙的故乡祈祷平安……

（刊发于2011年8月15日《人民日报》文艺副刊）

宏美国博

张首映

人们常说，天安门广场是中国的“心脏”。国博处于“心脏”左边，相当于人的左心房。

人们常说，北京是中国政治和文化中心。天安门和大会堂主要是政治的，国博主要是文化的。因为国博，因为这个极具重量级的文化殿堂，天安门广场成了这两个中心的“中心”。

世界上，没有任何一家别的博物馆处于如此核心地区，占据如此显赫地位。

中国地大物博，国博“地大物博”，占地 7 万平方米。它是一个庞然大物，一间 300 多米长、100 多米宽的大屋，或一间占地 110 多亩的大屋。故宫院子比它大 10 倍多，有不少独立大屋子，却没有一间这样的庞然“大屋”。馆内也有不少屋子，它们共一个墙体，同一个屋顶，这样的庞然“大屋”，世所罕见。

国博展的后母戊鼎，重 832.84 公斤，是迄今出土的最重青铜器，享誉“镇国之宝”。伫立广场，凝视国博，方方正正，齐齐整整，几十根方柱顶天立地，屋檐有节奏和韵律地向外伸展，气势如虹，多像一座大鼎，似可称为“中华现代巨鼎”，或“中华当代豪鼎”，宏阔，庄重，华贵，典雅。

这世界第一巨鼎，伫立在世界第一长街和世界第一大广场上，成为举世唯一！

这举世唯一，与举世唯一的中华源远流长的文明相适应，相得益彰，相映生辉!

国博门厅长约300米、宽30米、高28米，无一根立柱，无一丝阻碍，“一马平川”。千人集会，不会拥挤；仪仗队临时举行仪式，与在大会堂内一样，雄赳赳，气昂昂，正步迈得噌噌响。

如此畅通，来自打通。国博由中国历史博物馆、中国革命历史博物馆组建而成。2003年2月，两馆合并，国博挂牌成立，规划设计改扩建，2007年3月动工，历时4年，投资25亿，2011年3月竣工开放，由此造就国博成为世界第一大博物馆，这门厅成为世界博物馆第一大厅。

门厅似客厅，观众聚散地，又是交通枢纽，四通八达，通过楼梯、扶梯和电梯，可进入地上地下的任何展厅。

国博展厅49个，最大的2000平方米，最小的800平方米，总面积6.5万平方米。位于西大厅中部、2000平方米的一号大厅，高阔，明亮，只有董希文《开国大典》那样的巨幅国画或油画、雕塑、书法作品，才匹配；小巧的、袖珍的，陈列在这高朗大厅，如同小舟摇曳在大海。

徜徉于“古代中国陈列”，如同翻阅一幅幅历史长卷。8个展厅，远古、夏商西周、春秋战国、秦汉、三国两晋南北朝、隋唐五代、辽宋夏金元、明清8个时期，几万件文物，书写着悠远、绵延、深邃、雄浑、壮丽的文明史诗。元谋人牙齿，古人类化石，后母戊鼎、甲骨文、铜编钟，一直到铜器、陶器、瓷器、玉器、石器、漆器、金银器、兵器、乐器，无论古籍、书画、印章、碑拓、文房用品、佛教造像、画像砖石，还是度量衡、货币、家具、服装服饰和车马工具，都“炫”出中华民族的璀璨辉煌，中国对人类文明的卓越贡献。

缓步于“复兴之路”，走在“之”字路上，守望“复兴”二字。鸦片战争，中国挨打。中国人打不垮。林则徐向清廷报告销烟经过的奏折，虎门炮台大炮，三元里人民抗英的旗帜，透露出悲愤的中国人民抵抗侵略者的坚强意志。严复翻译《天演论》手稿，孙中山学医用的显微镜，《共产党宣言》第一个中译本，开国大典升起的第一面五星红旗，生动再现中华民族凤凰涅槃、浴火重生的艰难历程。第一颗原子弹、氢弹爆炸成功，第一颗人造卫星发射成功的场面，“神舟”5号飞船返回舱，北京申办奥运会时的合同用笔，使我们沉郁的心情顿时激越、澎湃、亢奋起来。1280多件套珍贵文物，870多张历史照片，多个模拟场景、数码幻象剧场，多幅油画、雕塑，尤其陈列的5部分标题——中国沦为半殖民地半封建社会，探求救亡图存的道路，中国共产党肩负起民族独立人民解放的历史重任，建设社会主义新中国，走中国特色社会主义道路，让我们刻骨铭心，永篆于怀。

漫步于“中国古代青铜艺术”“中国古代瓷器艺术”“中国古代佛造像艺术”诸“专题馆”，美轮美奂，价值连城，释放的历史和艺术魅力，令人陶醉。与“后母戊鼎”“大盂鼎”齐名的“子龙鼎”，商代最大青铜圆鼎，古代三大名鼎之一，想到它2006年才回归，多么来之不易；想到还有那么多奇珍异宝流落他乡，多么渴望它们能与“子龙鼎”一样，尽早回到祖国，回到国博。

进入“蜡像艺术馆”，抬头一看，那不是毛泽东、邓小平吗？

那不是李四光、华罗庚、张大千、雷锋吗？声、光、电中，多位历史人物出现了。蜡像不愧为“立体的摄影”，岂止是“形似”，有的“酷似”乃至“神似”，惟妙惟肖表现独特精神气质。这样跨时空、零距离接触历史人物，别有意义，别有趣味，感到国博“活了”！

国博古董，十天十夜看不完。遥想1926年双十节“历博”在故宫开馆时，仅20多万件文物，让许多人魂牵梦绕。1959年“国庆”开馆时，“历博”也只30多万件文物，众多文人墨客认为它是集美场所，美不胜收。两馆合并时，达60多万件，尚未达到国际大博物馆“超百万”要求，业内人士欢呼雀跃。而今，国家调拨40多万件套文物给国博，使国博文物达106万件套，成为名副其实的世界十大博物馆之一。

国博的展陈方式，以人为本，与时俱进。让文物说话，让事实说话，让文献和图表说话，让场景情景说话，让大事件、大人物、大思潮、大作品演绎历史和诠释主题，体现历史与艺术、人文与科技、传统与现代审美的结合，吸引越来越多的人体验“文物的体温”“文化的温度”，来进行“美学散步”“审美凝聚”“审美体验”。

展览布置，高度“美学”。部分、单元、子单元，好像著述的章、节、题，条分缕析，十分明晰。一扇扇薄薄隔板，像诗词的逗号、分号、句号，把展品隔开，供人专赏；一个个玻璃框，像文章的段落，把一件件国宝“供奉”起来，让人品味。一盏盏灯，或悬挂于展厅顶上，或设立在展板间，或内置于玻璃框内，或聚焦于名贵作品处，各显其美，十分考究。

登上顶层，2万平方米绿地跳入眼帘。坐上藤椅，看水龙头淅淅滴流，浇灌绿草和鲜花，秋阳照耀、秋风吹拂，“天人合一”！站在这首都最大的屋顶花园，或世界博物馆最大的屋顶花园上，可触摸“顶层设计”的仿琉璃瓦色泽的铝板斗拱，可平视天安门、故宫、大会堂的屋顶及其飞檐，鸟瞰天安门广场全景，长安街奔驰的车流，恰似“风景这边独好”！

天上人间啦！

从“天上”或宏观看，说国博是五千年中华文明的圣殿艺坛，海内外炎黄子孙的祖庙家园，不为过；它积累了历朝历代众多“镇国之宝”，说它是当代“镇国之馆”，不为过；说它代表中国博物馆最高水平，是当代铸造的首屈一指的历史宗庙、艺术殿堂、科学殿堂，亦不为过；说它代表新世纪世界博物馆建设的最新成果，是当今国际一流的博物馆，不为过吧！

从“天上”回到“人间”，回到西大厅，看到工农商学兵各色人等流连忘返，回望6米长、12米宽、将徐悲鸿原作放大的“愚公移山”浮雕，日均8000人驻足瞻仰，深切感受到，国博是国家的，更是人民的；看到青年学子、少先队员惊叹的几近震撼的目光，能体会到他们油然而生的爱国激情，到达文明源头升华的归属感，作为复兴大国子孙的自豪自信。

国博之重，重在贯通历史、现在和未来！

国博之重，重在中国人心中！

（刊发于2011年10月5日《人民日报》文艺副刊）

天　香

刘醒龙

一座山从云缝里落下来，是否因为在天边浪荡太久，像那总是忘了家的男人，突然怀念藏在肋骨间的温柔？

一条河从山那边窜过来，抑或缘于野地风情太多，像那时常向往旷世姻缘的女子，终于明白一块石头的浪漫？

山与水的汇合，没有不是天设地造的。

在怡情的二郎小城，山野雄壮，水纯长远，黑夜里天空星月对照，大白天地上花露互映。每一草，每一木，或落叶飘然，或嫩芽初上，来得自然，去得自然，欲走还留的前后顾盼同样自然。

小雨打湿青瓦人家，晨曦润透石径小街。都十二月了，北方冰雪的气息，早已悬在高高的后山上，只需心里轻轻一个哆嗦，就会崩塌而下。小街用一棵树来表达自身的散漫和不经意，毫不理睬南边的前山，挡住了在更南边驻足不前的温情。

一棵树的情怀，不必说春时夏日秋季，即便是瑟瑟隆冬，也能尽量长久地留下这身后岁月的清清扬扬，袅袅婷婷。细小的岩燕，贴着树梢飘然而过，也要惊心一动，被那翅膀下的玲珑风，摇摇晃晃好一阵。当一匹驮马或者一头耕牛重重地走近，树叶树枝和裸露在地表外的树根，全都怔住了！深感惊诧的反而是鼻息轰隆的壮牛，以及将尾巴上下左右摇摆不定的马儿。

山水有情处，天地对饮时。一棵树为什么要将那尊沧桑青石独拥怀中？若非美人暗自饮了半盏，趁那男人半立之际，碎步上前，将云水般的腰肢与胸脯，悄然粘贴身后，临街诉说心中苦情，有谁敢如此放肆？乾坤颠倒，阴阳转折，将万种柔情之躯暂且化为一段金刚木，做了亿万年才炼就强硬之石的依靠！一如江湖汉子走失了雄心，望灯火而迷茫，将离家最近的青石街，当成天涯不归之路，饮尽了腰间酒囊，与数年沉重一起凝结街头，在渴求中得幸久违之柔情，再铸琴心剑胆。

树已微醺，石也微醺。

微醺的还有那泉，那水，那云，那雾……

所谓赤水，正是那种醉到骨头，还将一份红颜招摇于市。只是做了一条河，便一步三摇，撞上高入云端的绝壁，再三弯九绕，好不容易找到大岭雄峰的某个断裂之缝，抱头闭眼撞将进去，倾情一泄。有轰鸣，但无浑浊，很清静，却不寂寥。狂放过后是沉潜，激越之下有灵动。在天性的挥霍之下，桃花源一样的平淡无奇，忽然有了古盐道，以及古盐道上车马舟楫载来的醉生梦死，萧萧骊歌。

所谓郎泉，无外乎将人生陶醉，暂借给潜藏在亿万年的岩层中，那些无从打扰的比普通水还要普通之水。这样的泉水，看得见红茅草和白茅草的根须，年复一年，竭尽所能地向最深处，送去一颗颗针鼻大小的水滴。只是不知这些年，又有了多少草根的汗珠！相同道理，这泉水少不了清瘦黄花，冷艳梅花在爱恋与伤情中，反复落下的泪珠。任谁都会记得其中多少，只是无人愿意再忆伤情抑或残梦重温。在有诗性的白垩纪窖藏过，再苦的东西，也会香醇动人。

流眉懒画，吟眸半醒。

临水泛觞，与天同醉。

似轻薄低浅的云，竟然千万年不离不弃！

分明貌合神离的雾，却这般千万年有情有义！

云在最高的山顶苔藓上挂着，雾在最低的河谷沙粒上歇着。一缕轻烟，上拉着云，下牵着雾，一时间淡淡地掩蔽所有山水草木，仿佛是那把盏交杯之性情羞涩。还是一缕轻烟，上挥舞着云，下鞭挞着雾，顷刻间酽酽然翻滚全部悬崖深壑，宛若那鸿门舞剑之酒肉虎狼。淡淡的是淡淡的醇香，酽酽的是酽酽的醇香。淡淡之时，一朵梅花张开两片花瓣，如同云的翅膀，酽酽之时，两朵梅花张开一片花瓣，仿佛雾的羽翼。偶尔，还能听到一块石头尖叫着，从梅的花蕾花瓣堆成山，也高攀不上的地方跳出来，夸张了一通，然后半梦半醒地躺在野地里。让人实难相信，世上真有不胜酒力的石头？

是往日珊瑚石，还是今日珊瑚花？映着幽幽意，从山那边古典地穿越过来，又穿越到山那边的二郎小城。

是一只岩燕，还是一群岩燕？带着剪剪风，从云缝里丝绸般落下来，又落在云缝里的二郎小城中。

山水酿青郎，云雾藏红花。山和水的殊途同归，云与雾的天作之合，注定要成就一场人间美妙。舒展如云，神秘像雾，醇厚比山，绵长似水。谁能解得这使人心醉的万种风情、一样天香？

（刊发于 2012 年 02 月 01 日《人民日报》文艺副刊）

义气松

蒋子龙

天津的7月，一切都是黏糊糊的。空气是黏糊糊的，阳光是黏糊糊的，黑暗是黏糊糊的，身上是黏糊糊的，汗水是黏糊糊的，世界像挂了一层胶，甚至连自己的思维和语言也变得黏糊糊……它不同于潮湿，潮湿是水分多，黏糊糊是胶状物质多，永不干净，永不清爽，怎么也不舒服。

这时候最幸运的莫过于能投身大兴安岭的林海之中，在伏天享受到一片清凉。中国地图是一只脖子挺得很硬、尖嘴有力地向里弯起、随时准备向前冲跃的雄鸡，兴安岭则是它骄傲的金冠。“驶上”金冠就觉得汽车突然变成火箭，直立起来向高处爬去……但放眼窗外，大地还是平的，庄稼长得非常之好，绿得冒油、发黑，仿佛能生出阵阵烟雾。

汽车如灵巧的爬虫，在庄稼梢上飞行，裹着一身绿烟。进入这种如诗如画、如梦如幻的境地，我的记忆和想象也变得分外活跃，耳边似回响着上世纪50年代流行的民歌：“高高的兴安岭一片大森林，森林里住着勇敢的鄂伦春”，忽而又变成吕文科演唱的《走上这高高的兴安岭》的旋律……

兴安岭是个神话，是个很熟悉又全然不被了解的神秘世界。“蓊郁尤甚，松桦蔽天，早不见日”，山鸡野鸟伸手拣，獐子狍子拿棒撵，鹿麝送上门，黑熊闯进院……车头前出现了黑森森的奇峰异峦，打开车窗便有大自然的渺渺香气扑进来，伴随着林涛的轰鸣和各种野鸟的合唱，心里不觉涌起一种朝圣般的洁净和急切。如今朝拜大自然，也是一种朝圣。

然而人类对大自然的掠夺和毁坏最早也是从崇拜开始的。当地最早的宗教就把熊当作图腾崇拜，称熊为“祖母”“舅舅”。这并不妨碍他们猎熊，只是猎到熊以后要举行仪式，抬回时要假哭，口中念念有词：“打死你绝不是故意的，是误杀，求你保佑。”但熊肉不能分，要统一煮、共同吃，熊骨和熊头按照他们的风葬仪式安放在树上，同人死了以后一样，让其自然风干风化，回归自然。我在大兴安岭的森林里听到不少关于猎人和动物的传说，也增加了许多有关大森林的历史知识。

内蒙古的大兴安岭在清朝以前是没有采伐工业的，清初曾有过“四禁”政策：禁止采伐森林，禁止开采矿山，禁止狩猎及捕鱼，禁止农耕及放牧。清末，随着东清铁路的修建，森林采伐工业开始兴起，首先是铁路两侧的森林很快被砍光了。当然，它也促进了社会生产力的发展。以后俄、日入侵，实行“剃光头”“拔大毛”的掠夺性采伐，抢走了一千多万立方米的木材，使蔚然长林“渐成为濯濯矣”，大兴安岭受到严重的创伤。

我来到的这片山岭并不是特别的高，若用巍峨、雄峻、粗犷、奇绝等赞美大山的字眼来描绘它，似不甚贴切。在我的眼里，声名雄健的“大兴安岭”竟带着几分女儿气质，灵秀、娇嫩、洁净、妩媚。站在一个高岗上远眺，只见森林不见岭，这正是大兴安岭的迷人之处，它是林海中一个连一个的浑圆的波浪，绝不是露出水面的突兀峥嵘的褐色礁石。

连大兴安岭的早晨也都是绿的，田野一片青须须，云雾渺渺，轻飘漫散，天籁般的颤音灌满我的双耳，森林的呼吸汇成强大的音流在空中嗡嗡震响，充满骚动的静谧，是一种生气勃勃的文静……静穆的山林似乎在等待一个辉煌时刻的到来——日出！朝日如一枚巨型的松塔，在林梢上颠了两颠，霍然爆裂开来，金黄色的松子倾泻而下。霎时，把一片嫩绿的大兴安岭染成焦黄。

铺展在我面前的森林非常广大，有山皆绿，却很少见到大树——那种独木擎天、几个人抱不过来的古树。这里无霜期短，每年只有七十天到一百天，树木生长缓慢，这儿的“树王”每二十年才祝一次寿，也就是说二十年才算长了一岁。一棵长了二百年的树，我也能轻松地抱过来，但木质坚硬，耐腐蚀力很强。在克一河一带见到的大多是第二代或第三代林，树干的直径一般为二三十厘米左右，挺直高细，大都在二十米以上，有的高达三十多米，整齐，漂亮，令人赏心悦目，难怪人们把兴安岭叫作“绿色聚宝盆”。可在过去的岁月里，人们甚至要砸盆取宝。从实用主义的立场出发，树太大了不一定好用，这里的每一棵树都是好材料，都很值钱。

我还发现一个奇怪的现象，越是山岭的阴面，森林长得越茂盛，一片深绿，郁郁蓊蓊。它们自成气候，相互挡风遮雨，棵棵树都长得挺拔粗壮。而在阳光充分的南坡，空间广阔，树木反倒稀疏平常，甚至矮小变形，呈浅绿色。当地人给生长在阴坡上的密林起了一个非常响亮的名字：“义气松”。它们被命运安排在阴坡，就决不挑肥拣瘦，品性谦虚而坚韧，不霸道、不张扬，喜欢过集体生活，成群团状地长得高大繁茂。义气松的身上没有刺儿，也没有太多的疤瘌节子，一门心思往大里长，往高里拔。只有长得越大，根才扎得深，好吸吮地下水分；枝干高拔，才可以更多地接收阳光，因此它们棵棵都有二三十米高，树干笔直溜光。人们也格外喜欢它，做栋梁，打家具，当枕木，铺大桥……这也“决定”了它们容易遭砍杀的命运。它们只顾讲“义气”，可人类的“义气”呢？

泰山顶上松、黄山迎客松，充分展示自己的个性，千姿百态，容貌可人，吸引了无数人去观赏，去瞻仰，被诗人赞美，被画家描摹，被印成彩照，被拍进电影，成为人间宠物。倘有一条枝丫干枯也会成为一条新闻，人们会为它的安全大声疾呼。我孤陋寡闻，似乎从未见到有人描绘或颂扬过义气松，因此不揣浅陋，写此短文，表达我对义气松的同情和尊重。

它们之所以这般仗义负重，或许跟曾受过“皇封”有关：“许你随风飘荡，不许就地生根！”义气松的松子顶风能飞八十米，顺风可飞二百米，你的松子到我这儿来生根发芽，我的松子到你那儿去长大成材，你中有我，我中有你，充分发挥杂交的优势，一代代地培养成这股异常顽强的生命力。即使长大后仍然互相帮衬，互相扶持，砍不完，杀不绝，义气贯千秋，天地存肝胆。

至此我忽有所悟，谁说义气松没有个性？重义气本身就是它的个性。没有缺点不一定没有个性，横生枝丫也不等于个性丰满。义气松是大兴安岭的主要树种，是兴安岭这块讲义气的土壤养育了它，它又成了兴安岭的骄傲。它那倔强的躯干恰似森林进化的脊骨，有这副不倒的脊骨才有绵绵不绝的绿色。正是义气松，令我对大兴安岭肃然起敬，并感激它长满了这种能启迪人类心智的树木。我从来没有非要记住过什么树、什么花、什么草，今后却决不会忘记大兴安岭这种独特的乔木——“义气松”！

（刊发于 2012 年 10 月 24 日《人民日报》文艺副刊）

澳门的云淡风轻

徐 坤

晚到澳门许多年。

已经是新世纪的第十三个年头了。2013 年，早春时节，我才有幸到澳门。此时，离 1999 年的澳门回归已经有 14 年，离 2005 年澳门“申遗”成功也已过去了 8 年，离 16 世纪葡萄牙人上岛并逐步侵占澳门更有 400 多年了。沧海桑田，时空飞转，多少岁月都已封入历史。澳门，你今天要呈现给世人的，会是什么呢?

下榻在澳门渔人码头。急急卸去北京臃肿的冬装，换一身春天装扮，站在观景阳台上举目远眺。皓月当空，水波潋滟，南中国海温润的春意扑面而来，风中似乎有桂树和兰花的香气。远处，一幢高大建筑上几个金色大字在江水里映出几团金块的倒影，另一幢则更像是金色的游轮夜泊于江中。跨江大桥上的一串串橘黄色灯火扇面状荡漾开去，勾勒出桥身清晰的轮廓，宛若一道彩虹横跨珠海澳门两岸。大地阒寂，万物内敛。夜晚的澳门，一点也看不出臆想中的偾张，却处处盈满画意与诗情。“滟滟随波千万里，何处春江无月明”，“江流宛转绕芳甸，月照花林皆似霰”。这是澳门自己的春江花月夜，它不是怀离人，悼时空，而是歌盛世，咏太平。

当一轮旭日升起，澳门又换了新姿，呈现出另一种美妙。早上起来再到阳台观望，顿觉眼前明净疏朗。从持续 20 多天的北京雾霾里走来，走到现在，澳门明亮的阳光下，眼睛就仿佛被撕去一层翳子，“唰”地就亮了。

全世界都跟着亮了！

风和日丽，云淡风轻。澳门在2013年的南中国海端，呈现一派明媚疏朗的天青色。那是人间烟火春常在的颜色，自由，自在，仪态万千，落落大方。热情好客的主人领我们徒步“澳门世遗城区”，东方基金会会址、基督教墓地、圣安多尼教堂、哪吒庙、大三巴、大炮台、耶稣会纪念广场、大堂、玫瑰堂、议事亭前地、民政总署大楼……这些保存完好的历史建筑群，巴洛克与阿拉伯风格杂糅，哥特式建筑与庙宇大屋顶相交，在阳光的拥拂揽照里熠熠生辉。走遍世界各地，看过各个国家的建筑精粹，再来看澳门的各族群建筑大集聚，虽不会叹为观止，却也会感慨澳门的“兼收并蓄”。

令人感慨的是这个“世遗城区”所映照出的本地人的历史观。他们对自己的历史有一种充满温情的回望姿态，别也是依依惜别。反观一些城市，有的也身为历史文化名城，却是义无反顾的，大步向前的，破旧立新的，整个建筑是前瞻的，像一个脚上蒙着征尘的疲惫旅人，风尘仆仆一头撞向21世纪的钢筋玻璃幕墙。或许因为我们曾经落后太多，所以有着奋起直追瞻前不顾后的焦灼。

在天青色的云淡风轻里，又接着走向妈阁庙、亚婆井前地、郑家大屋、路环市区、凼仔市区、官也街。看到一幢幢传统的汉屋，令人顿生亲切之感，恍然发觉这里原先住着的就是自家的“借壁儿”（邻居）。盈盈一水间，迢迢共潮生。有了这些地标式纪念物，澳门人就明晰了自己的来处和往生。他们不会改变中华民族身份的认同，也不会割断与母体文化的联系。

犹记1999年，澳门回归祖国那个难忘的日子，举世瞩目的交接仪式，在澳门新口岸刚刚建成的澳门文化中心花园馆隆重举行。深夜，北京城里每个关心国家大事的市民都在观看电视直播，并为之振奋与激动。那时的我也是其中一员，不仅流着眼泪看完了电视直播，而且彻夜未眠。不仅仅是因为澳门回归的激动，就在同一天，我也正面临着人生的变动。历史往往是很奇妙的。家国情怀与个人记忆，有时往往会以一种意想不到的方式交融到一起，让人刻骨铭心，终生难忘。所以，澳门和澳门回归之日，之于我，都添了一份别样的意义。这十几年来有许多次机会都可以到澳门，我却都躲着，绕着，仿佛是抗拒与一段历史相会。

直到等来它的云淡风轻，直到等来我自己的云淡风轻。我才敢走来见澳门。我才敢走进澳门。

哦，澳门！

谁说这里只是面积不过32.8平方公里的弹丸之地？谁说即便是填海扩充之后，它的面积也比不上北京的一个回龙观社区？它贯通中西的建筑文化如此深广，不是用平方米可以计算，不是用脚步可以轻易丈量得完。譬如，说它是历史建筑博物馆，完全是实至名归，已经有了“世遗城区”可以佐证；说它是“新式中西合璧建筑聚集地”，肯定也不为过。徜徉街头，看着一座座拔地而起、富丽堂皇的建筑，不禁要为之叹服。澳门后来居上，精心养育了当地的建筑文化，使其蔚为大观。我对着各式各样不重复的建筑外观产生了兴趣，一路走来流连难舍。那是浅粉红一面瓦式的，这是伦敦雾似的，还有如水滴石穿形的……建筑，把人对财富的渴望，人心的无止境的悸动、贪婪，都一眼看穿。而人们在能望穿自己心事的建筑面前，却反而变得服气，散淡。人和建筑就这样互相说服，形成了澳门的独特气质。

此方的夜晚，香风扑面。古街小巷里的一个个手信店和鱼丸粥店是不能不进去的。主人们都不紧不慢笑脸相迎，有礼有信地做着古老的生意。此方的白天，安闲如是。商业街上一个个免税首饰店、时装店、化妆品店也是不能不去的。这些时刻的澳门，是惬意，是休闲，是不着急不着慌的“慢”生活，是《英雄》和《命运》过后的一曲《田园》。

澳门是人间的春光灿烂。如诗人所说，面朝大海，春暖花开。

（刊发于 2013 年 10 月 26 日《人民日报》文艺副刊）

去成都看红军哥哥

贺捷生

人老了珍惜亲情，犹如寒冬到来珍惜阳光。这种感觉在我进入垂暮之年，身体江河日下，一天不如一天时越来越强烈。

我想四哥也一样。父辈们健在的时候，有他们的荣耀和恩威庇护着，我们常有书信往来，见面时亲如手足，但那时并不觉得多了什么，或少了什么。后来不同了，父辈们陆续离世了，去了另外一个世界，不知不觉中，我们自己也成了父辈。到这时才发现，做父辈并不像过去想象的那么美好，那么轻松。因为当你开始成为父辈时，你也老了，生命开始枯萎和凋谢。伴随而来的是孤独，冷清，渐渐被人遗忘；身体也如被洪水围困的堤坝，不断出现险情。时下流行抱团取暖一说，依我的看法，这种现象更多反映了老人的渴求。就像多年未曾出川的四哥，近些年就经常传来信息，说捷妹，什么时候还能见到你？想不想回成都看看？有意思的是，他 7 岁参军，9 岁参加长征，经历过枪林弹雨，虽然官没有当多大，但仍不失铁血情怀；到老了，如同变了一个人，把自己弄得儿女情长，文绉绉的，像个知识分子。

去年开春，四哥在电视台工作的儿子国荣来北京出差，特意到家里来看我。临别时，忽然认真地对我说，姑姑，是爸爸要我来看你的。他说他马上 90 岁了，没多长时间好活了，这辈子还想再见到你。

听见这话，我的心里一阵战栗：可不是吗？岁月无情，1935

年 11 月跟随我父亲贺龙从故乡湖南桑植刘家坪长征，十四年后进军大西南时，又被他带到四川的那些亲人，比如跟随父亲两把菜刀闹革命和南昌起义的贺勋成爷爷，新中国成立后担任省检察院检察长的贺文岱堂叔，还有在红二、六军团战斗剧社拉二胡的我小姑贺满姑的大儿子向楚生，以及在红二、六军团警卫连当警卫员的我二姑贺戊妹的儿子萧庆云等几个红军哥哥，都去世了。现在活着的，只剩下长征时只有 9 岁的四哥向轩了，可他也到了风雨飘摇的年纪。

说话间清明节到了，听说四哥住院了，而我刚好要去成都看望一个身患重病的亲戚，同时给我父亲的爱将、成都军区第一任司令员贺炳炎上将扫墓，想到还能看看他，于是千里迢迢，我踏上了去蓉城的旅途。

到了成都，堂叔贺文岱的女儿贺南南、贺锦南、贺蓉南，父亲的爱将贺炳炎之子贺雷生、贺陵生等红二代，还有许多我叫得出名字和叫不出名字的红三代，早聚在一起迎接我，个个笑逐颜开。

去军区总医院看四哥那天，我悄然而至，既没有通知他的家人，也没有跟医院打招呼，甚至忘了他正经使用的名字。因为在我们家族中，提起他，从来不用真名实姓，而是直呼他简陋粗糙得上不了台面的绰号。在护士站查阅他的病房，我描述了半天，说来看望一个老红军，他姓向，向前进的向，值班护士才如梦初醒，说你们是来看望向轩老首长的吧？他住在走廊最里面那个套间，刚看见他下楼遛弯去了。

快90岁的人住院，还能下楼遛弯？！我悬着的心终于放了下来。

突然从住院部大楼下的花坛边被叫回来，看见我坐他的病房里，四哥有些蒙，有些不知所措，喉咙里发出咕噜咕噜的声音。几年不见，我发现他老多了，圆溜溜的脑袋上长出一块块老年斑，油亮的额头上冒出一片细密的汗珠。坐下后，放在膝盖上的两只手在不停地抖。看得出，对于我的到来，他是高兴的，脸上露出心满意足的微笑。

我没有叫他四哥，他也没有叫我捷妹，当面我们都没有这种习惯。相隔两三米远，因陪同我的人和陪护他的人都是转着弯的亲戚，见面相互嘁嘁喳喳地说着什么，我和他反倒被晾在一边。而且他耳朵背，别人说什么他都当同他说话，不时含含糊糊地应和着。这期间，我看见他不时偏过头来看我，对着我笑，那意味深长的眼神，好像执意要从我的目光里，我的身上，找回我的过去和他的过去。

朋友们可能沉不住气了：我为什么叫他四哥？他为什么7岁参加红军，9岁参加长征？这诸多的疑问，我知道，我必须做交代了。

是这样：他是我父亲的亲妹妹——我牺牲的小姑贺满姑的儿子。相信湘西的人都听说过，当年在我们的故乡桑植洪家关，面对各种各样的黑势力、恶势力，不仅我父亲贺龙，而且在他之前和之后的整个贺氏家族，有一个算一个，都充满血性，疾恶如仇，与黑暗统治不共戴天，从不怕被赶尽杀绝，亡命天涯。比父亲小 12 岁的贺满姑当然也是这样一个人。我父亲跟定共产党，在南昌发动八一起义后，为防止反动派疯狂报复，她跟着比她还强势的我大姑贺英，取出北伐时我父亲从武汉捎给他们的枪，上了桑植鱼鳞寨。我父亲 1927 年冬天又一次回到湘西拉队伍，她们帮着他征兵筹粮，看家护院，俨然把父亲创建的红四军当成贺家的子弟兵。可她是五个孩子的母亲，丈夫向生辉是个老实巴交的农民，凡事都由她出面并担当。她的两个大些的儿子向楚生、向楚明，早年被我父亲送到上海保护起来，后来回到湘西当了红军。家里还有三个较小的，三儿子向楚才只有 5 岁，四儿子向楚汉只有 3 岁，五女儿生下来八个月，名字还没有取，家人叫她“门丫头”。上了鱼鳞寨后，她把三个孩子变换着交给不同村落的亲友看管，时常下山来看他们，和他们同床共枕地住几天，尽一个母亲的职责。

1928 年 5 月，我父亲率领部队在石首、监利一带作战，面对白军的猖狂反扑，贺满姑带着三个孩子转移到邻县永顺周家峪一个叫段家台的村子里，桃子溪团防头子张恒如打听到后，立刻派兵包围他们藏身的地方。经过激烈抵抗，双手挥枪的贺满姑子弹打光了，连同三个孩子一起被抓走了。团防把她和三个孩子押回桑植，交给了驻桑植省军处置。被我父亲和贺家人逼得急红了眼的敌人，不放过这个炫耀功绩的机会，一面大肆宣扬逮住了共匪头子贺龙的亲妹妹，一面用尽酷刑，逼迫贺满姑引诱大姐贺英带领队伍下山。满姑宁死不屈，在三个孩子被贺英通过堂嫂陈桂如用重金赎出去后，不惜上断头台。

贺满姑死得很惨，是被凌迟而死的，这种死法在民国早已绝迹了。桑植县档案馆至今仍保存着贺满姑被凌迟的照片，其中一幅定格在她的双乳和大腿上的肌肉被割去的瞬间，惨不忍睹。我在电脑上查阅资料，无意中发现有人把这张照片放在了网上。

贺满姑牺牲后，贺英接回她的三个孩子，把最结实又最淘气的向楚汉放在自己身边。贺英没有后代，3 岁的贺楚汉在失去母亲的怀抱后，投入大姨的怀抱，失声叫她妈妈，贺英紧紧把他搂在怀里。

向楚汉就是几十年后坐在我面前的向轩，我没问过他什么时候改的名字，为什么改名字。可我知道，他还在他满姑肚子里的时候，就随母亲打游击，风餐露宿，出生入死；3 岁时，敢抽出母亲腰里的枪，由满姑手把手教射击。因为在满姑四个儿子中他最小，所以我们都叫他四哥；又因为他小时候胆大过人，调皮捣蛋，常有出格行为，湖南人又爱又恨地称这种孩子为痞子。几年后，他来到我父亲身边时，我父亲觉得叫他的大名太生分了，随口叫他“四痞子”。

1933 年，是湘鄂西斗争最残酷的年份。我父亲创建的红四军，在夏曦到来后的肃反中元气大伤，同时遭到敌人重重围困，被迫撤出湘鄂西，退到黔东南印江、沿河一带，重新开辟根据地。部队的番号也一改再改。父亲的部队离开后，大姑贺英的游击队也转移到湖北鹤峰太平镇一带的深山里。5 月 6 日拂晓，在太平镇洞柘湾，因当地农会出了叛徒，游击队营地突然被敌人包围了，贺英和我二姑贺戊妹，贺戊妹的女儿肖盈盈、儿子萧庆云、女婿廖汉生，还有7岁的向轩等亲人，都处在危险中。敌人发现了贺英的身影，无数支枪对着她和向轩所在的屋子猛烈射击，子弹像瓢泼大雨，密不透风。贺英多年带兵，是名震湘西的神枪手，双手出枪比贺满姑还快。她以窗台为掩体，毅然掩护队员们突围，敌人久久攻不进那栋房子。战斗到弹尽粮绝，贺英腿部中一枪，腹部中两枪，因为其中一颗是炸子，她的下腹部被炸得血肉横飞，鲜血奔涌。贺英自知生命走到了尽头，在敌人扑上来之前，忍痛把流出来的肠子塞回破烂的肚子里，然后解下长年系在腰里的小包袱，递给向楚汉，里面有两个戒指、五块银元、一把小手枪，让他翻过后窗，从后山的小路追赶廖汉生、萧庆云等游击队的大哥哥、大姐姐。7岁的孩子意识到失去了妈妈，又要失去大姨，边跑边哭，贺英冲着他的背影喊：四佬，莫哭，快去找红军，找你大舅……

这天大姑贺英牺牲了，二姑贺戊妹因打摆子，脚下无力，跑不动，也被敌人追上杀害了，然后割下两姐妹的脑袋，挂在桑植城门示众。

现在的孩子难以想象，长到7岁的向轩，已经看到了如此血腥和惨烈的杀戮，经历了如此悲壮的生离死别。从洞柘湾迸溅的血光中逃出来的那个日子，从此成了四哥履历上参加革命的日子。现在的孩子同样难以想象，一个7岁的孩子从枪林弹雨中跑出来，伤痕累累，连他自己也说不清是枪伤还是沿路跌跌爬爬的损伤，但最终，他真找到了他的大舅、我的父亲贺龙，而且是在贵州边地的大山里找到的，而且我父亲居无定所，不是在战斗就是在跋涉中。打开地图看看吧，从湖北鹤峰到黔东，中间隔着好几个县，那得翻过多少山，涉过多少水！

妹妹贺满姑的死让我父亲痛心疾首，现在大姐贺英、二姐贺戊妹又战死了，他只能仰天长叹。但他选择了共产党，并成了共产党领导下的一方红军的统帅，只能接受这个残酷的现实，咽下这枚难以下咽的苦果。此时，他唯一能做到的，就是把大姐贺英、二姐贺戊妹和妹妹贺满姑留下的向轩，一个又淘又倔，当时只有7岁的孩子，放在司令部警卫连，做他身边的一个勤务兵。父亲想，他的亲人被反动派杀得太多了，绝不能让他们对孩子斩草除根。当时还叫向楚汉的向轩不听话，又淘又倔，父亲决定亲自管教他，不然对不起三个牺牲的亲姐妹。

向轩最崇拜我父亲，也最怕我父亲。到了我父亲身边，加上部队纪律的约束，他开始慢慢学习做一个红军战士。1934年10月，我父亲率领几天后由红三军改编的红二军团，在贵州印江县的木黄镇与萧克率领的红六军团胜利会师，之后，带领这支由中央决定改番号为红二、六军团的部队，杀回湘西，展开中革军委在长征路上为他们命名的“湘西攻势”。

1935年11月19日，红二、六军团比中央红军整整晚一年，从桑植刘家坪开始长征，当时我才生下来十八天，尚在襁褓里，父母把我放在小骡马驮着的摇篮里，带我走上这条伟大的征途。提到9岁的向轩，父亲对母亲说，把他继续放在警卫连，跟队伍一起走。还叮嘱母亲在照应我的同时，也照应他一下，得空教他识几个字。他虽然比较顽皮，但有一股蛮劲，过不了几年就是一个好兵。

母亲知道贺英三姐妹的死，是父亲心中永远的疼。他要带9岁的向轩去长征，是把三个姐妹给他留下的疼转移到这个孩子身上，于是对父亲说，应该把他带走，但能不能活下来，就看他的造化了。

毕竟还是个孩子，长征过澧水、沅水、赤水河，穿越乌蒙山，横渡金沙江……战士们苦不堪言，他却一路蹦蹦跳跳，不觉得有多苦。当然沾了我父亲的光，部队为我准备了一匹小骡马，也给他弄来一匹。刚上路的时候，南方多田野和水洼地，他骑着那匹小骡马，随兴所至，时不时猛抽一鞭，马蹄踏起的泥水沿路溅了战士们一身。父亲得知此事，雷霆大怒，说那还了得，他小小年纪就忘记自己是谁了，把他的马收了。他拽着缰绳痛哭流涕，说大舅，饶我一回，我再也不敢了。

长征翻山越岭，忍饥挨饿，日夜兼程，考验着每个人的耐力和生存能力。四哥凭着年龄小，故乡桑植的长辈多，经常游走在他们中间，蹭点吃的。当然，他打搅最多的，是我母亲。因为我那时太小了，许多叔叔阿姨都宁愿自己饿肚子，也要给我省一口。他来了，有我一口，就有他一口。到十分难走的路段，比如爬雪山，过草地，他累了或饿得走不动了，我母亲背上背着我这个出生才几个月的婴儿，手上牵着他，咬紧牙关，一步一步向前挪。三个人始终相依为命，不离不弃。

到了宿营地，母亲除去做宣传工作，还要及时把我换下的衣服和尿片洗好烘干，要是他来了，就让他搭把手，抱着我在屋子里转几圈。

1936 年 10 月，由红二、六军团改编的红二方面军与红一方面军在甘肃会宁胜利会师，同年 12 月在山城堡与胡宗南的部队打完最后一仗，移驻陕西富平县庄里镇，等待改编成八路军第 120 师。到达陕北后，我母亲留在红军总政治部工作，他也留在延安。但这时，他已经是个颇具有丰富人生阅历的小大人了，虽然还只是一个小小的通讯员。

在延安，他还闹过一个笑话，那是去给某机关送信，当地站岗放哨的儿童团拦住他，对他的身份表示怀疑。他蛮劲儿上来了，说怎么着？不相信哥哥是队伍上的人？我不仅上过战场，还是红军出身呢！儿童团员们更不信了，说他吹牛，拦住刚好路过的毛泽东给他们评理。毛泽东饶有兴致地问，你说你是红军，有什么证据？他说他参加了长征，爬过雪山，过过草地。毛泽东非常惊奇，说你这么小就参加了长征？如果真是这样，当然是红军，但谁能证明呢？他理直气壮地说，我大舅和舅妈。毛泽东说，哦？你大舅是谁呀？他说：贺龙！毛泽东这时笑了，说你这犟伢子，是贺胡子家的人啊，现在我信了。

时间一晃过了八十年！当年跟随红军长征的我们这两个孩子，不知不觉，我年至八旬，他也将过 90 岁生日，都到了朝不保夕的时候。在我父亲带到四川的亲人中，别说比我父亲还高一辈，在红二、六军团以最大年龄参加长征的贺勋成爷爷，还有我堂叔贺文岱，就连比我大不了多少的几个哥哥，也就只剩下四哥向轩还活着。我很庆幸能在他的 90 岁生日到来前夕，来成都看望他，很庆幸他即使患病住院也无大碍。人间重晚晴，说什么他也是我哥哥，我仅剩的红军哥哥啊！

回到北京几个月后，他寄来了孩子们给他过90岁生日的照片。那是一场别出心裁的聚会，赶来庆贺他生日的人，都穿着灰色的红军服，唱红军歌，跳红军舞，其乐融融。同样也穿着红军服的他，头戴随生日蛋糕送来的那种纸皇冠，笑得像一个孩子。

（刊发于2016年8月3日《人民日报》文艺副刊）

索布日嘎之夜

——我听到了谁的歌声

鲍尔吉·原野

我的心是一块顽石，在泥泞雾霾中泡过好多年。这样的心常常听不到草叶在微风里细碎的摩擦音。我来牧区，进入蒙古语的言说里面，感觉蒙古语把我的脑子拆了，露出天光，蒙古语的单词、句子和比喻好像是树条，泥巴和梁柁，像盖房子一样重新给我搭建了一个脑子。这个脑子有泥土气息和草香，适合感受马、盐、泉水和歌声，不适合算计，虚伪的功能完全被屏蔽了。我的心仿佛在蒙古语里融化了，剥落掉核桃一样坚硬的外壳，露出粉红色血管密布的心，一跳一跳，回到童年。

我们坐在蒙古包里喝奶茶，外面响起雷声。牧民说：天说话了。其他人附和：天说话呢。是的，蒙古语管打雷叫天说话，也可译为“天作声”。天这个词，牧民常常尊称为“腾格里阿爸”——天爸爸。他们说出这个词自然亲切，像说自己家里的长辈。在牧民心里，一生都接受着天之父的目光，他的目光严厉而又仁慈，无处不在。

在巴林右旗索布日嘎镇，牧民说，他如果需要一块木料，上山选树。砍树的人心里忐忑不安，斧子藏在后腰衣服里。牧民们不砍草原上孤独的树，那是树里的独生子。他到树林里找一棵与他需要的木料相似的树。比如勒勒车的木辐条坏了，就找一棵弯度与辐条接近的树。准备砍树的人下跪、奉酒，摆上奶食糕点，说“山神啊，我是谁谁谁，我的什么东西坏了，需要这棵树，请把这棵树恩赐给我吧，并宽恕我砍树的罪孽。”然后拔出斧子砍树，砍完拖树一溜烟跑下山了。对了，砍树前，他还要掰下几根树杈示警，说：我要砍树了，住在树上的神灵起驾吧！

我跟别人讲到这件事，对方笑了，说蒙古牧民挺幼稚，不懂科学。我想人类从远古走到今天，并非依靠科学，科学也不应该是巧取豪夺之学。人幼稚是说此人尚处在童蒙阶段，如果民族仍然幼稚，它该多么天真纯洁，归它走的路还有很远，这该是多大的幸运呢？

蒙古民族对其信赖尊崇的事物赋予拟人化的代称，比如把加工五谷的碾子叫“察干欧布根”——白色的、吉祥的老翁，管拉盐车队的首领叫“噶林阿哈”——火的兄长，管接生婆叫“沃登格”——大地的母亲。在蒙古语里面，一切都是生灵，彼此是具有亲属关系的父亲、母亲、兄弟姐妹，尽管这些生灵的外形是空气、云彩、土壤、水或结为晶体的盐。人只是这个大家庭中间叫作“人”的小兄弟而已。不同的语言里暗含着不同的价值观，顺着每一条语言的路都会走向不同的终点，清洁的生活产生清洁的语言。

在索布日嘎，我看见一个男人拥抱一个女人，身旁一人赞叹：“乃波乃仁恩特贝日乎”。直译为“细细地拥抱”，也可译为“温柔地拥抱”。实际说的是“细致珍惜地抱住她”。我感叹于世界仍有这么体贴人心的语言，如果心与心拥抱，能不细致吗？我感觉人们现在使用语言太粗率了，无所敬畏，也无所怜惜，我们失去了好多用心描摹生活的机会和能力。

蒙古牧民称走马为“蛟若”，最好的走马是“蛟若聂蛟若”——走马中的走马。他们形容马走起来“像流水一样，”这一种步态寓意着马和马倌的智慧。水跟火是蒙古牧民心中的圣物，他们至今恪守着成吉思汗规定的戒律：不许往河水里扔脏东西，不许在河水里洗衣服与撒尿。河是母亲，河水就是母亲的身体。牧民们告诉我：每一座火里都住着一位火神，他们虔诚的神情表示这是不可怀疑的，“火神是一位女性神灵。”火婀娜地伸展腰身，让黑暗退隐，黑暗在远处注视女火神怎样为牧人煮好每一餐饭食。火的纹理没有杂质，如缎子一般细腻。它飘扬的样子正如母亲小声哼唱一首长调。直到现在，牧民们用干净的木柴和纸张引火，不许往火里吐唾沫，不许泼水。火最好的燃料是干牛粪。牧民说，小时候，父亲把他拣回的牛粪里的羊粪、狗粪和狼粪拣出来，烧这些粪是对火神的不敬。水啊火啊，山川大地，人们用清洁的、没有伪饰的语言吸纳你的回音，存在心里。大自然当中所有原初的事物都有浑朴的本质，即使我们闭上眼睛，用手摸一摸它们，也感觉得出这些事物亘古以来未变的质感。闭上眼睛摸摸并捻一捻河水，水的柔软活泼与清澈是一回事。摸一摸石头就摸到了时间的皱纹和古代。摸摸马，你想象马正用长睫毛的、黑水晶一般的眼睛看你，它光滑的脊背有汗，说明刚刚跑完。有一句蒙古民歌的歌词尤其让我感动——“马驹在羊水里就记住了自己的故乡”。牧民们喜欢传诵一个故事，说一匹马被卖到了长江以南的地方，它不知怎样翻山渡河回到了内蒙古故乡。牧民们说到这里，交换眼神，唏嘘赞叹，并用眼神征求我的看法。我心里想这不可能，马固然会泅水也能登山，但它路过地方的人是不会放过它的。我还是跟着牧民一起赞叹，一起惊讶。既然我们会相信网络上天天都有的谣传，为什么不相信马也有返乡的美德？为什么不信火里和水里住着清洁的神灵呢？我宁愿把自己脑子里贮存的所谓知识清除掉，它们也许早过时了，让更多的民间传说和神话进入心灵。索布日嘎的猎人说猞猁聪明，它平时不留下任何痕迹。下雪天，所有野兽在大地上留下脚印，猞猁等大动物出来觅食之后，爪子踩在大动物的脚窝里行走。我眼前浮现出八十多岁的猎人苏达纳木手脚并用模仿猞猁跨越大步的情形，这多好啊！多幼稚，我喜欢这些还没有摆脱童年的幼稚的人们！

今年七月二十二日，农历六月十九。我被邀请参加索布日嘎镇吉布吐村祭拜村庄敖包的仪式。祭敖包何其神圣，村虽小，但越小越纯粹，我被邀请参加祭祀，深感荣幸。晚上，我甚至在镇政府的宿舍里来回踱步，享受这份荣幸。巴林右旗要在天亮之前祭敖包。古人称，约略看清自己的掌纹曰天亮，而天亮前依然伸手不见五指。我们凌晨三点钟起床，三点半出发。开车的司机甚神奇，他在漆黑的夜里瞪大双眼看前方，左右转动方向盘，仿佛他是一只夜视的猫，在夜色稠密的草原上看清一条路。车停了，可能停在山脚下，抬头却辨不清山峰与夜空的分割处。我被扶上一台摩托的后座，抱住驾驶员的腰。摩托突突行进，我听到黑暗中有许多摩托轰鸣前进。摩托驮着我们爬上跃下高低起伏的丘陵，我听到水声，摩托冲过浅浅的河流之后停下来。这时影影绰绰看见许多人，却看不清面孔和衣服。我们登上一座不太高的小山。山虽然不高，但登上去周围却清晰了。一座敖包矗立眼前，上面系着飘动的哈达。全村的男人环立敖包前，他们穿着整齐的蒙古袍，戴帽子，脸膛肃穆坚毅。他们的面色好像比夜色还要黑，只有眼睛和鼻梁反光。驮我的摩托车手竟然穿着陆军作战服，他刚从部队复员。村里的敖包长宣读祭文，祈求敖包神灵庇佑村子人畜平安，风调雨顺。吾等全体俯身跪拜，起身献上自己所带祭品。我献上了酒、袋装牛奶、糕点和奶豆腐。拜过我取一点奶豆腐带给父母吃，用我爸的话说“山神吃剩下的东西，人吃了最好”。

站在山上转身看，仿佛就在转身的一瞬间。天亮了许多。天和地像轻云和浓云分开了，沉黑的大地伸向远方。我身边的村民笑眯眯地互致问候，这时能看清他们的年龄和老年人的皱纹了。他们变得轻松而欣慰，相信自兹日起，直到来年，吉布吐村风调雨顺，国家康泰平安，那是必须的。下了山，略多的光线让我看到吉布吐村牧民身穿的蒙古袍有多华丽。这些光让我看清他们海蓝色蒙古袍上的银白团花和橙色的腰带，灰色蒙古袍大襟的橘红滚边。他们比演员更漂亮，他们的英武气质和服饰在大自然中更显出恰当。而我想到一个村的男人们穿着华丽的衣着在夜色里穿行，该有多么诚恳，携带着他们自己才知道的美，让敖包神多么欢喜。大地啊，你有多少我所看不到的美，坚定地、默默地发生，它们发生在事物的肌理内部，而不是表演。

我们又坐摩托又过河，碾过晨曦铺就的地毯之前我们还按巴林人的习惯祭拜了清澈可爱的沃森花泉水。大地亮了，曦光下的大地多么可爱。光线以它刹那千里的怀抱告诉人们草原的辽阔，比长调唱的、骏马跑的还辽阔。如瓷器般青白色的天空刚刚醒来，而大地比天空更宁静，灌木和草毛茸茸的等待苏醒。远处的山峦如同画家的初稿，还差六遍敷色。而我们在飞驰，身旁还有人骑马，他们显出比骑摩托的人高大，手挽缰绳也比手把摩托好看。骑手在马背上跃跃然，瞻顾四方。东方正好有太阳倾泻的红光，如洪水决堤（这些光每天早上决堤一次）。这时看出平坦的草原并不平啊，每一处隆起泥土都被红光刷了漆，像千万座雕塑面东沉思。前方是吉布吐村，光线早于我们赶到那里。“吉布”是箭头的意思，也是古代的名字。村里的彩钢瓦像在屋顶铺了一片片红毡。这个村好漂亮，户户有同样的黄栅栏和带“乌力吉江嘎”（吉祥图案）的大门，街路硬化，新栽的小树排列成行。太阳把鲜艳的红光照在吉布吐村里一点都没糟蹋，这里像一处童话外景地。而我自从祭祀敖包后成了村民中的一员，混迹在摩托车和马队里，与晨风冲撞。我们相互微笑，如同赞美这个时刻，领取大地天空赐予吉布吐村民和我本人的这个美好的早晨。

也是在索布日嘎，几天前，镇里的蒙古族职员组织了一场野餐会，地点在这个镇临近西乌珠穆沁旗的景区“荣升十八景”。他们在一棵枝叶繁盛的黑桦树下面等我，地上铺着防雨车衣，摆着食品，他们大多三四十岁，带着家属孩子。他们并不说什么，却用眼光亲切地注视我，仿佛眼光是一块布，轻轻擦去我脸上的尘埃。蒙古族人口少，同胞为他们自己民族能出一个作家而高兴，这是这么多双目光交织的眼睛送给我的信息。我很惭愧，我还没达到让这些纯真的目光褒奖的程度，但又没法解释，只好看周围景物。那一边山峦俊秀，这一边草场宽广。蒙古黄榆沿河边生长，如同河流的卫士，保护着它的清澈。黑桦树下面歌声响起来了——《诺思吉雅》，所有的人都在唱，他们的眼睛看着树，看着山，看着虚空，仿佛那里写着歌词——“海青河水长又长……”一遍唱完，再唱一遍。他们用嗓音不断往歌的火堆里添柴，不让它熄灭。这情形特别像海浪一遍遍冲刷堤岸，洗刷着我的心。他们怎么知道我需要洗礼？“吾欲仁，斯仁近矣。”歌罢，一个小女孩用蒙古语朗诵了一首诗，诗中说“这座山哪管只有牛粪那么大，也值得跪拜，因为这是我们的土地。”她以稚嫩的嗓音念出这么诚恳的诗句，态度却坚定，竟使我老泪纵横。我怕在别人面前流泪，可在这样的旷野里，我能躲到哪里流泪呢？谁让你遇到这样的歌声和这样的诗呢？

高林艾里是一个村的名字，意谓河的村——这真是一个好名字，我参加了一场牧民为我举办的篝火晚会。什么人值得让村里的乡亲为他办篝火晚会？我闻所未闻。听说这是为我办的，我真是惭愧至极。那是在山坡上，村民几乎从山的各个方向走向篝火，他们好奇地看我。一些孩子大胆地与我交谈，他们读过内教版蒙汉文课本收录的我的作品。我觉得更值得一说的是这里的夜色——珐琅色深蓝的夜空下，山坡上卧满牧归的羊，如石羊。篝火烧起来，有一人高，众多火星往更高处蹦跳。村民们用胸膛迎着火歌唱，高音冲向旷野回不来了，低音被火吸走。我走到山坡看篝火和火边的人群，远处有山的暗影，被搅碎的月色在白白的河水里流淌。我忽然问自己，这是哪里？我是谁？我真忘了自己是谁，忽然感到写作跟做一个淳朴的人相比真是微不足道，到牧区来找写作资源更是卑俗至极。人不写作也能活着，而活着值得做的事是清洗自己，我不想当我了，想变成牧民，放牧、接羔、打草，在篝火边和黑桦树下唱歌，变成脸色黝黑、鼻梁和眼睛反光的人。长生天保佑所有诚实和善良的人。

（刊发于 2016 年 11 月 28 日《人民日报》文艺副刊）

何处是乡愁（外一章）

梁　衡

乡愁，这个词有几分凄美。原先我不懂，故乡或儿时的事很多，可喜可乐的也不少，为什么不说乡喜乡乐，而说乡愁呢？最近回了一趟阔别六十年的故乡，才解开这个人生之谜。

故乡在霍山脚下。一个古老美丽的小山村，水多，树多。村中两庙、一阁、一塔，有很深的文化积淀。我家院子里长着两棵大树。一棵是核桃，一棵是香椿，直翻到窑顶上遮住了半个院子。核桃，不用说了，收获时，挂满一树翠绿滚圆的小球。大人站到窑顶上用木杆子打，孩子们就在树下冒着“枪林弹雨”去拾，虽然头上砸出几个包也喜滋滋的，此中乐趣无法为外人道。香椿炒鸡蛋是一道最普通的家常菜，但我吃的那道不普通。老香椿树的根不知何时，从地下钻到我家的窑洞里，又从炕边的砖缝里伸出几枝嫩芽。我们就这样无心去栽花，终日伴香眠。每当我有小病，或有什么不快要发一下小脾气时，母亲安慰的办法是，到外面鸡窝里收一颗还发热的鸡蛋，回来在炕沿边掐几根香椿芽，咫尺之近，就在锅台上翻手做一个香椿炒鸡蛋。那种清香，那种童话式、魔术般的乐趣，永生难忘。当然炕头上的记忆还有很多，如在油灯下，枕着母亲的膝盖，看纺车的转动，听远处深巷里的犬吠和小河流水的叮咚。这次回村，我站在老炕前叙说往事，直惊得随行的人张大嘴合不拢。而村里的侄孙辈也如听古。因为那两棵大树早已被砍掉，河已不再。只有旧窑在，寂寞忆香椿。

出了院子，大门外还有两棵树，一棵是槐树，另一棵也是槐树。大的那棵特别大，五六个人也搂不住，在孩子们眼中就是一座绿山，一座树塔。长记小树下总是拴着一头牛或一匹马。主干以上枝叶重重叠叠，浓得化不开。上面有鸟窝、蛇洞，还寄生有其他的小树、枯藤，像一座古旧的王宫。而爬小槐树，则是我们每天必修的功课。隐身于树顶的浓荫中，做着空中迷藏。槐树枝极有韧性，遇热可以变形。秋天大人们会在树下生一堆火，砍下适用的枝条，在火堆里煨烤，制作扁担、镰把、担钩、木杈等农具，而孩子们则兴奋地挤在火堆旁，求做一副精巧的弹弓架或一个小镰把。有树必有动物。现在，野生动物事业，就归国家林业局来管。村里的野物当然也不离古树。各种鸟就不用说了，松鼠、黄鼠狼、獾子、狐狸的造访是家常便饭。夏天的一个中午，正日长人欲眠，突然老槐树上掉下一条蛇，足有五尺多长，直挺挺地躺在树荫中。一群鸡，虽以食虫为天职，但还从未见过这么大的虫子，一时惊得没有了主意，就分列于蛇的两旁，圆瞪鸡眼，死死地盯着它。双方相持了足有半个时辰。这时有人吃完饭在河边洗碗，就随手将半碗水泼向蛇身。那蛇一惊，嗖地一下窜入草丛，蛇鸡对阵才算收场。现在，就是到动物园里，也看不到这样的好戏。

还有一天的晚上，我一个叔叔串门回来，见树下卧着一个黑影，便上去踢了一脚，说：“这狗，怎么卧在当道上！”不想那“狗”嗖地翻身逃去。星光下分明是一条狼。大约是来河边喝水，顺便在树下小憩片刻。第二天听了这故事，很令人神往，我们决心去找这只狼。长期在农村，早得了关于狼知识的秘传：铜头、铁身、麻秆腿。腿是它的最弱项。傍晚时分，四五个孩子结伴向村外走去。随身带上镰刀、斧头、绳子，这都是平时帮大人打柴的家什。大家七嘴八舌，说见了狼，我先用镰刀搂腿，你用斧砍，他用绳捆。正说得热闹，碰见一个大人，问去干什么？答，去找狼。大人厉声训斥道："天快黑了，你们还不都喂了狼？给我回去！"我们永远怀念那次未遂的捕狼壮举。

出大门外几十步即一条小河。流水潺潺，不舍昼夜。河边最热闹的场景是洗衣。在没有自来水和洗衣机之前，这是北方农村一道最美丽的风景。是家务劳动，也是社交活动，还是一种行为艺术。女人和孩子们是主角，欢声笑语，热闹非凡。许多著名的文艺作品都喜欢借用洗衣这个题材。如藏族舞蹈《洗衣歌》，歌剧《小二黑结婚》等。我们山西还有一首原汁原味的民歌就叫《亲圪蛋下河洗衣裳》。印象最深的是河边的洗衣石，有黑、红、青各色，大如案板，溜光圆润。这是多少女子柔嫩白净的双手，蘸着清清的河水，经多少代的打磨而成的呀。河边总是笑声、歌声、捶衣声，声声入耳。偶尔有一两个来担水的男子，便成了女人们围攻的目标。现在想来，那洗衣阵中肯定有小二黑、小青、亲圪蛋等。洗好的衣服就晒在岸边的草地上，五颜六色，天然图画。

我们常在河边的青草窝里放羊，高兴时就推开羊羔，钻到羊肚子下吸几口鲜奶，很是享受。那时也不懂什么过滤、消毒。清明前后，暖风吹软了柳枝，可退下一截完整树皮管，做成柳笛，呜哇，呜哇地乱吹。大人不洗衣时我们就在这洗衣石上玩泥，或坐上去感受它的光润。那时洗衣用皂角，村里一棵硕大的皂角树，一季收获，够全村人用上一年。皂角在洗衣石上捶碎后，它的种子会随河水漂落到岸边的泥土里，春天就长出新的皂角苗。小村庄，大自然，草木之命生生不息，孩子们的心里阳光满地。大家比赛，看谁发现了一株最大的皂角苗，然后连泥捧起种到自家的院子里。可惜，这情景永不会再有了，前几年开煤矿破坏了地下水，村里的三条河全部干涸，连河床都已荡平，树也没了踪影。洗衣歌、柳笛声都已成了历史的回声。

忆童年，最忆是黄土。我的老乡，前辈诗人牛汉，就曾以敬畏的心情写过一篇散文《绵绵土》。村里人土炕上生，土窑里长，土堆里爬。家家院里有一个神龛供着土地爷。我能认字就记住了这副对联“土能生万物，地可载山川”。黄土是我的襁褓，我的摇篮。农村孩子穿开裆裤时，就会撒尿和泥。这几年城里因为环保，不许放鞭炮，遇有喜事就踩气球，都市式的浪费。且看当年我们怎样制造声响。一群孩子，将胶泥揉匀，捏成窝头状，窝要深，皮要薄。口朝下，猛地往石上一摔，泥点飞溅，声震四野，名“摔响窝”。以声响大小定输赢，以炸洞的大小要补偿。输者就补对方一块泥，就像战败国割让土地，直到把手中的泥土输光，俯首称臣。这大概源于古老的战争，是对土地的争夺。孩子们虽个个溅成了泥花脸，仍乐此不疲。这场景现在也没有了，村子成了空壳村，新盖的小学都没有了学生。空空新教室，来回燕穿梭。村庄没有了孩子，就没有了笑声，也没有人再会去让泥巴炸出声了。

农家的孩子没有城里人吃的点心，但他们有自己的土饼干。不是“洋”与“土”的土，是黄土地的“土”。在半山处取净土一筐，砸碎，细筛，炒热。将发好的面拌入茴香、芝麻，切成条节状，与土混在一起，上火慢炒至熟，名“炒节子”。然后再筛去细土，挂于篮中，随时食用。这在城里人看来，未免有点脏，怎么能吃土呢？但我们就是吃这种零食长大的。一种淡淡的土味裹着清纯的麦香，香脆可口。天人合一,五行对五脏，土配脾，可健脾养胃，村里世代相传的育儿秘方。

从春到夏，蝉儿叫了，山坡上的杏子熟了，嫩绿的麦苗已长成金色的麦穗，该打场了。场，就是一块被碾得瓷实平整，圆形的土地。是粮食从地里收到家里的最后一道程序，再往下就该磨成面，吃到嘴里了。割倒的麦子被车拉人挑，铺到场上，像一层厚厚的棉被，用牲口拉着碌碡，一圈一圈地碾压。孩子们终于盼到一年最高兴的游戏季，跟在碌碡后面，一圈一圈地翻跟斗。我们贪婪地亲吻着土地，享受着燥热空气中新麦的甜香。一次我不小心，一个跟斗翻在场边的铁耙子上，耙齿刺破小腿，鲜血直流。大人说：“不碍，不碍。”顺手抓起一把黄土按在伤口上，就算是止血了。至今还有一块疤痕，留作了永久的纪念。也许就是这次与土地最亲密的接触，土分子进入了我的血液，一生不管走到哪里，总忘不了北方的黄土。现在机器收割，场是彻底没有了，牲口也几乎不见了，碌碡被可怜地遗弃在路旁或沟渠里。有点“九里山前古战场，牧童拾得旧刀枪”的凄凉。

没有了，没有了。凡值得凭吊的美好记忆都没有了。只能到梦中去吃一次香椿炒鸡蛋，去摔一回泥巴、翻一回跟斗了。我问自己，既知消失何必来寻呢？这就是矛盾，矛盾于心成乡愁。去了旧事，添了新愁。历史总在前进，失去的不一定是坏事。但上天偏教这物的逝去与情的割舍，同时作用在一个人身上，搅动你心底深处自以为已经忘掉了的秘密。于是岁月的双手，就当着你的面将最美丽的东西撕裂。这就有了几分悲剧的凄美。但它还不是大悲、大恸，还不至于呼天抢地，只是一种温馨的淡淡的哀伤。是在古老悠长的雨巷里"逢着一个丁香一样的结着愁怨的姑娘"。乡愁是留不住的回声，捕捉不到的美丽。

那天回到县里，主人问此行的感想。我随手写了四句小诗：

何处是乡愁，云在霍山头。儿时常入梦，杏黄麦子熟。

南潭泉记

霍州之下马洼村，因唐李世民过此下马而得名。儿时记忆中是一个极美丽的山村。两山一沟，东西走向。窑洞顺北坡而下，高低错落，掩映于黄土绿树之间。鸡犬相闻，炊烟袅袅，有如仙境。南山为翠柏所覆，村民推窗见绿，天生画屏。沟里有三条小河穿村而过。我家院子临近沟底，前后各有一河，朝洗青菜门前溪，夜闻窑后水淙淙。南山之顶不知何年修了文昌阁、文笔塔各一座，倒映于山下池中，取"巨笔砚影"之意。而沟底的杨、柳、椿、槐，为追探阳光，与两山比高，千树如帆，一沟绿风，为远近闻名之奇景。

村中多泉，大小十余处，最美数南潭泉。泉贴南山之根，有一老杏树护于泉上，青枝绿叶，如华盖之张。环泉一片杏林，杏林之上是连绵的古柏，堆绿叠翠，直接蓝天。泉不大，仅一席之地，甘洌沁脾，无论雨旱，涌流如常。水极清，沙粒颗颗、鱼虾往来，清晰可见。杏叶筛落一池阳光，水波陆离万变，宛若龙宫之穴。水极静，如鱼吐泡，从沙中轻轻泛出，细流漫淌，汇于数十步外的一个大池中，蓄以灌田。池上一大沙果树，偶有鸟啄果落，叮咚有声。杏熟时，孩童攀缘于树，如猿之影。

南潭泉在村人心中是神泉、药泉，可去灾、可保命。天有大旱，于此求雨，屡屡有应。人有病，来提水一罐，涤肠洗心。家父三十一岁时得大病，一年不起，高烧不退，渐至垂危。有老者说，人临走也须还一个清凉。遂到南潭取水一罐，缓缓灌下，未想竟起死回生。遇有山洪暴发，数日内河水不清，而密林中的南潭泉则神清气定，清澈如镜，为全村最后之备用水源。每到夏日，割麦打场，酷日当头。人嗓子里冒烟，牲畜顺毛流汗。大人抢夏，孩子们的任务就是到南潭提水。人喝畜饮，暑气顿消。取水多用孩子，合童贞之纯；必用瓷罐，表质朴之心。不怕头上三尺火，一片冰心在罐中。南潭泉永是村人心中一道清凉的风景。

我是上世纪五十年代离开故乡的，南潭美景时在梦中。本世纪初某日，有村干部来京，说因开煤矿，全村已河断泉枯，水声不再，杏林不存。我心中怅然有失，断了相思，碎了旧梦。2017 年春节回乡，忽闻喜讯，县里发展旅游，将重修南潭泉，追回旧时景。

凡村不可无水，或河或井，最好是泉。才从地心来，又在人心上流。顾盼其影，叮咚其声，一村之魂。我八岁离乡七十回，真正够得上少小离家老大还了，故乡已几经沧桑。六十年一甲子，风水今又转了回来。

南潭归来，山水之幸，吾乡之幸。

（刊发于 2017 年 3 月 29 日《人民日报》文艺副刊）

到佛子岭去

叶　辛

国庆十周年的时候，1959 年 10 月 1 日，哥哥送了上小学三年级的我一本红封面的硬壳笔记本，装帧十分漂亮，里面还有彩色的照片，都拍的是祖国大地上新的建设成就和风光。

其中一张彩照，下面标明的文字是：佛子岭水库。

只见巍峨的大坝后面，是一泓碧水，煞是漂亮。

那时候我不知道佛子岭在哪里，只因喜欢那张彩照，喜欢漂亮的笔记本，我记住了佛子岭水库这个地名。

上了中学，课本里有一篇“到佛子岭去”的散文，是和巴金一起创办《收获》杂志的老作家章靳以写的。课文不长，老师要求背诵，故而加深了对佛子岭的印象。

课文里提到好几个地名：官亭、梁家滩、霍山、淠河……一些小地名，就是没有明确提到佛子岭水库在什么位置、什么地方。课文中也讲到很多从湖南、山东、成都到佛子岭去的客人，通过人们的对话，我感觉到，全国各地各行各业的人都在往佛子岭的工地上赶，去看热火朝天的工地，去仰望建设中的连拱坝。这让我更增添了对佛子岭的向往和憧憬。

再后来，爱上了文学，从国庆十周年的散文集中，又读到了“到佛子岭去”的散文，这才知道，哦，原来中学课本里的，只是整篇散文的节选，原文要长得多。于是不由自主又读了一遍。

读了整篇散文，仍然不知道佛子岭在什么地方，只是感觉是在安徽省山区的某个角落里。

乍到佛子岭

说是乍到，是因为人已经到了那座六十年前开始建造的巍然大坝跟前，这才恍然大悟，原来这就是佛子岭，这就是青少年时期留在记忆中的、课文里背过的、散文集中读过的佛子岭水库。

哎呀，我使劲地回想，昨天坐着大客车，雨雾朦胧之中，从省会城市合肥出发，经过六安市，再到了六安市下面的霍山县，不知不觉间就到了佛子岭。车窗玻璃上蒙满了水汽，必须用手抹拭一下，才能看清外面的景致。章靳以当年写到的茅草棚，路边的小吃摊，都不曾看到。实在是有点遗憾。

我睁大了双眼看，有雨，雾很浓，唯有散文里写到的那条淠河，清朗而又澄净，显得十分温顺。雨雾之中，湿气很重，空气却很清新。同行的作家蒋子龙说："这地方有雾，没有霾，空气中的负氧离子高，不但夜间睡得好，午睡都睡得很沉。"来自山东的作家张炜则说："这地方好就好在不可复制的生态之美。"

可见他们的心情和我的一样，虽然碰到了朦朦胧胧看不甚分明的雾天雨地，还是发现了佛子岭独特的生态。同行的张炜私底下还对我们人手一瓶的水发出疑惑的议论："为什么取名'剐水'？这个剐字……"

于是我仔细端详佛子岭出的这一款口感清冽的水，哦，原来佛子岭上雨雾茫茫之中，有漫坡漫岭的竹海，这水从竹根下流过，经过根须的层层过滤，佛子岭山上的老百姓世代饮用，俗称“剐水”。这水汇聚到山坡下的河谷之中，就是淠河。怪不得当年章靳以写到的“水又清又浅”的淠河，六十年过去了，现在还是那么清碧呢！

我呢，说不清是一种青少年时的情结，还是望着眼前细雨中透光的水波、一湾涟涟碧水，也写下了一首小诗：雨中佛子岭，雾纱漫山林；溪色酿美酒，剐水无弦琴。

最后这一句，是从古诗“青山不墨千秋画，江河无弦万古琴”化过来的。

清澄碧透的水色让我想到能酿美酒，是当地老乡告诉我，这地方古来确有酿酒的糟坊，出的酒就以地名相称。是叫霍山酒还是佛子岭，老乡也讲不清了。

我心里说，这无关紧要，只要有依据就行。

回到上海，多少还是有点遗憾，虽然知道了佛子岭的大致方位，是在安徽六安的霍山县境内，但是一路之上，究竟有些什么见闻，具体路径怎么走，还是不甚了了。不过，总算是看见了童年时代在照片上看了又看的佛子岭水库，这可是“共和国第一坝”啊！可以说是不虚此行。

这是两年之前，2015 年初夏的事。

又到佛子岭

正是怀有这一心理，今年春夏之交，说又有一次去往佛子岭的机会，你愿意去吗？

我欣然而往。这一次去，内心里有了准备，暗自说，得把如何到佛子岭去，该怎么去，细细地摸个透。

第一站自然是到六安。

知道六安，是因为两个缘故，一个是六安瓜片，一种名茶，在上海名声很大。周总理生前喜爱喝六安瓜片，邓大姐在上世纪九十年代，还让办公室的同志下去代购六安瓜片。另一个原因是，高铁通了，六安到上海才三个多小时，大量出自六安的农副产品运进了上海，六安的朋友说我们是上海的后花园，茶叶、红桃、冬笋、香菇、木耳、石斛、小鱼干都运出来卖给青睐生态农副产品的上海人。

吃到六安的农副产品，喝到六安的瓜片茶，六安在上海的知名度大大提高。

这一趟走进六安，又一次到佛子岭去，我这才知道，六安还是更为响亮的大别山区的核心区域，六安不仅仅是一片产农副产品的绿色山区，还是一片红色的土地，有悠久的革命传统和历史，晚年的周总理在 1975 年病中想着喝一口六安瓜片，是因为他怀念已逝的战友叶挺，叶挺将军转战鄂豫皖时，曾给周总理送过一筒六安瓜片茶。新中国成立后，修建的共和国第一坝，筑起的佛子岭水库，就是根治淮河的重要水利工程。佛子岭水库建好了，才把当年时不时危害百姓的水害变成了水利。

望着那条清澈碧透的淠河，引发我诗性一湾流水，我想起了小时候背过的课文：“……这阵它的水又清又浅，发起水来可吓死人……”说的原来就是千军万马修建佛子岭水库的意义。

因为当知青时种过茶，年年春天采过茶，又喜喝茶，懂一点茶，贵州省人民政府聘我为茶文化大使。这一回走进六安茶谷，我很快发现，六安的茶，和别处的全国名茶，确有不同之处，比如西湖龙井、都匀毛尖、信阳毛尖、君山银针一类名茶，都讲究喝个明前茶，清明前后采摘的茶叶，价格大不一样。六安瓜片则讲究采摘谷雨前后的茶，况且采下来加工制作的方式也不一样，甚而至于卖出去的对象也不同，走进一碧万顷的茶谷，会看见路边书一条醒目的口号：中蒙俄万里茶道，六安五百里茶谷。

哦，原来五百里六安茶谷的茶，还远销到蒙古国和俄罗斯。

这是啥原因呢，走久了，在茶谷里喝一杯六安瓜片，品了几口，我顿时明白了，这茶喝来的最大特点是浓醇馥郁，其他的名茶在这一点上不能和它相比。怪不得它从晋朝流传至今，怪不得它曾是贡品，怪不得蒙古国、俄罗斯人都喜喝它，那些地方冷啊！喝来就感觉舒爽有回味。

走车看花，一路绕着弯弯拐拐的山路到佛子岭去，只见群山环抱的层峦之间，碧水缭绕，竹海茶坡连绵无尽，淡绿浓绿深翠，瞅得人眼也醉了。

一路同去佛子岭的作家苏童说：“我知道佛子岭，是小时候集香烟牌子，有一张印着佛子岭水库。”

我听了不由笑起来，这和我从笔记本上看到彩色照片，是同样的童年记忆。

泛舟佛子岭水库的碧水间，站在船头，仰望那巍然耸立的大坝，已然有了六十三年的岁月痕迹，我不由问：

“这地方产酒吗？”

闻者“哈哈”大笑：“怎么不产酒？产。”

“是霍山酒还是佛子岭大曲？”

“那是半个世纪前的老黄历了”，闻者继续笑道：“那时候用过你说的这两个名字，三四十个人，一个小酒厂，一年到头才出产一百万产值的酒。”

“现在呢？”我追着问。

“现在这酒厂，每天交给国家的利税，三百多万。”

我骇然，心算了一下，一年足有十亿。

船仍在碧水间疾行，拐弯了，我眺望着佛子岭的远近山水，随着初夏时节的风，吟出一首小诗：“船行碧水间，风轻一帆悬；雾尽群山艳，万岭露笑颜。”

是佛子岭的笑颜。

是祖国的笑颜。

（刊发于 2017 年 7 月 17 日《人民日报》文艺副刊）

井下新宫

刘庆邦

如同人的生命有限，矿井的生命也有限。矿井的生命似乎对应着人类的生命，一座矿井的煤炭储量所规定的开采年限，也就是五六十年，或七八十年，极少有超过百年的。一个人的生命结束之日，即烟消云散之时。一座矿井下的煤采完了呢，这座矿井就会报废，关闭。随着全球能源结构的调整和我国煤炭去产能政策的出台，被关闭的矿井越来越多。

我曾到一座破产关闭的矿井井口和井口工业广场看过。天轮被抽去了灵魂似的无极钢索，凝固不动。锅炉房早已熄火，人去房空。偌大的工业广场空旷寂静，只有一种灰鸟在不知名的地方叫上几声，像是在为报废的矿井唱挽歌。通往井口的铁轨还在，铁轨两侧和道心内，煤尘上面是灰尘，几乎把铁轨淹没了。我怀着一种追寻的心情，踏着积尘，向斜井的井口走去。粗钢管焊成的栅栏把井口封死了，透过栅栏的缝隙，我使劲往里看。里面黑洞洞的，什么都看不见，只有我所熟悉的、矿井共有的气息正徐徐地从井底涌出来。不难想象，曾几何时，井下是一派龙腾虎跃的生动景象，有多少矿工在这里献出了他们的汗水、青春乃至生命。然而转眼工夫，这里就成了废墟。我看见了残留在井口两侧墙壁上用红漆写成的大字对联，上联是“汗水洒煤海深处”，下联是“乌金献祖国母亲”。这不禁使我的双眼突然涌满热泪。

让人欣慰的是，有的矿井虽然不再出煤了，却没有废弃，没有封井，而是因地制宜，成功转型。他们在地面建起了丰富多彩的矿山公园，把井下的巷道和工作面变成了供人们探秘游览的场所，在转型中获得了新生。这样的矿井，山西大同煤业集团的晋华宫矿就是一例。我以前长期在煤炭系统工作，曾去过晋华宫矿，对该矿的情况略知一二。晋华宫矿于 1956 年 1 月建成投产，出产的优质动力煤以低硫、低灰、高发热量广受欢迎。到 2012 年 7 月 12 日，晋华宫矿南山井送走最后一列车煤炭，这个矿累计为国家贡献了一点五亿吨煤炭。由于管理有方，成绩突出，这个矿还获得过诸如“全国煤炭工业双十佳煤矿”“全国煤炭系统文明煤矿”等十多项荣誉称号。然而煤作为不可再生的一次性化石能源，挖一块，少一块，总有被挖完的那一天。每座煤矿作为一个产煤单元，资源也有枯竭的时候。资源枯竭以后怎么办？这是每座煤矿都必然面临的问题。晋华宫南山井的完美收官，华丽转身，对这个问题给出了很好的答案。

转变后的晋华宫矿，我听朋友们说起过，也看过一些的报道，但没有去实地踏看。全国各地的矿井我下过无数，包括一些开采条件十分落后的小煤窑。只不过我以前下过的所有矿井，都是煤浪涌动正在生产的矿井。把井下变成静态的展览馆的矿井，我从来没有看见过。一个愿望从心底升起，有机会一定去晋华宫井下看看。

得到机会是 2017 年的 8 月中旬，“发现新山西”作家采风活动的其中一站，就安排在晋华宫。行前我还以为不会安排去晋华宫，因为大同是历史文化名城，可看的名胜古迹太多太多，而晋华宫还鲜为人知。我甚至打算，如果此次活动内容不包括去看晋华宫，我宁可自己单独行动也要去。活动日程的安排，可说正合吾意，也表明活动主办方对晋华宫由工业文明转向生态文明的重视。

青山之上，“晋华宫国家矿山公园”九个红色的大字标牌格外醒目，我们远远地就看见了。据介绍，公园总面积四十多万平方米，拥有煤炭博物馆、工业遗址、仰佛台、晋阳潭、石头村、井下探秘、棚户遗址区七大园区，是发展矿山旅游、为世人留下矿业完整记忆的文化创意园，也是集环境治理与绿色矿山为一体的生态示范园。我们首先来到由过去的矸石山改建的仰佛台。矸石是煤的伴生物，有煤必有矸石，矸石山是矿山的组成部分。矸石山作为工业废渣的堆积山，上面寸草不生，只产生灰尘和毒烟，是影响空气质量的污染源之一。矿山公园的建设者们，拿出敢让黑山变绿山的劲头，对矸石山加以平整，整成一个平台，然后从别处拉来熟土，对矸石山进行全覆盖。创造好了种植条件，他们就开始在土壤层里栽种油松、国槐、银杏、桃树、山楂树、紫荆、刺梅、扶桑、月季等乔木、果木、灌木和花草。只四五年工夫，原来光秃秃的矸石山就变成了林木葱茏、鲜花盛开、莺歌燕舞的花果山。这个由矸石山建成的园林式平台，之所以被命名为仰佛台，因为站在观景台上，即可隔河眺望一处驰名中外的佛教圣地，那就是世界文化遗产云冈石窟。

看完了仰佛台，接下来面临两个选择，是下井？还是在地面参观煤炭博物馆？作为一个 1970 年到煤矿参加工作的“老矿工”，我当然要下井。我历来认为，煤在井下，采煤工作面在井下，井下才是煤矿的核心。只有下到幽深的井底，才能嗅到来自远古的煤香，才能进入暖湿而危机四伏的特殊氛围，体会迥异于太阳下面的生存况味。到了煤矿如果不下井，跟没到煤矿也差不多。可活动的组织者考虑到作家们大都已年过六旬，担心下井会给他们带来不适，并不主张作家们下井。在征求作家们的意见时，我生怕错过下井机会似的，第一个高高举起手臂，大声说："我下！"在我的鼓动下，好几位从未下过井的作家跟我一块儿下了井。

我们跟下井挖煤一样，穿上工作服，蹬上深靿胶靴，佩上自救器，戴上安全帽和矿灯，全副武装起来。南山井是一座斜井，我们沿着巷道一侧的石头台阶，一步一步往矿井深处走。走过一千多个台阶，四百多米长的斜坡，才下到了井底。我见同行的作家们个个神情新奇，还有那么一点紧张。而我如同回到阔别已久的青春岁月，一种久违的亲切感油然而生。井下巷道纵横，灯火通明，还是一座地下不夜城的样子。然而这里已不再生产原煤，它摇身一变，变成了冬暖夏凉的地下展览馆。展览共分特种设备、矸石、地质、历史遗迹、化石、支护、五大地质灾害、古代采煤、近代采煤、现代采煤、通风十一个展示区。我们在每一个展示区都看得兴致勃勃。在支护展示区，我看到两位用塑钢塑成的年轻矿工，正用一根木头支柱在支护顶板。这让我想到，当年我在井下挖煤的时候，也是通过打眼放炮落煤，而后用木头支柱支护顶板。我不禁走上前去，轻轻拍了拍其中一位矿工的肩膀，打招呼说："哥们儿你好啊，忙着呢！"那位矿工正忙着干活儿，没有搭理我。但我仿佛看见，他像认识我似的，对我微笑了一下。

我曾在河南的新密矿区工作生活了九年，原以为对煤矿的一切都已经很熟悉。这次看了展览我才认识到，熟悉背后往往隐藏着陌生，越是自以为熟悉的东西，越要重新学习。比如在古代采煤展示区，我看到古代的矿工横躺在底板上，用镐头在煤层最下方掏槽，槽坑掏到一定深度，矿工就用镐头奋力击打悬空的煤层上部，使煤层脱落下来。这种原始的、被称为“刨根凿垛”采煤法，我以前就没听说过。古代矿工的智慧，启示了当代“厚煤层综合机械化掏底放顶一次采全高”采煤新工艺的产生，使采煤效率、资源回收率和安全系数大大提高。也是在古代采煤展示区，我看到采煤窝头上方挂着一只鸟笼子，笼子里有一只小鸟标本。这样的设置，当然不是出于矿工的闲情逸致。我猜想，矿工可能是利用小鸟的敏感嗅觉测量瓦斯的浓度。当瓦斯聚集到一定浓度，小鸟不堪忍受，会变得焦躁不安，在笼子里乱飞乱扑，急于逃走。如果出现这样的情况，矿工就得随着小鸟的意志为转移，赶紧从采煤窝头撤离。我的猜想还没说出来，讲解员却说了出来，讲解员的讲解跟我的判断是一样的。可讲解员接着提了一个问题，让我一时不能作答。讲解员问：“矿工为什么用小鸟测量瓦斯，而不是用小兔小猫等其他小动物测量瓦斯呢？”这个这个，我脑子里没有转过弯来，没敢贸然抢答。我们得到的解释是，瓦斯是很轻的有害气体，生出来会浮在高处，瓦斯一旦在高处聚集，同样被安置在高处的小鸟会及时察觉。而其他小动物习惯生活在低处，难以收到及时报警的效果。原来如此，我又长了一个见识。

更让人过目难忘的是，我们在化石展示区巷道的顶板上看到一段树木化石。那段化石如一根树干横卧在顶板上，年轮可辨，纹路清晰，有着立体般的视觉效果。顺着这根树木化石展开想象，我仿佛看见，亿万年前这里是大面积的湖泊，沼泽，茂密的森林，活跃的恐龙。在地面和沼泽中堆积的腐殖物，由于地壳的不断沉降而埋入地下，长期与空气隔绝，并在高温、高压、缺氧的环境下，经过一系列复杂的物理、化学变化，便形成了煤。

总之，到晋华宫井下走了一趟，给我的突出感觉是，这里并没有停产，而是在继续生产。只不过他们不再生产煤，而是在生产煤文化、煤精神。比起物质性的煤炭来，煤文化和煤精神的力量也许更强大，更久远，更无限。

“山重水复疑无路，柳暗花明又一村。”把废旧的煤矿建成国家矿山公园，无论在我国，还是在亚洲，晋华宫矿都是具有开创意义的一家。开园五年来，到公园旅游的游客越来越多。目前，晋华宫国家矿山公园被国家旅游局评为4A级旅游景区，井下探秘游被中国科协命名为“全国科普教育基地”。

（刊发于2017年9月11日《人民日报》文艺副刊）

一起去看山

阿　来

有好些年没有去四姑娘山了。汶川地震前两年去过，地震后就没有去过了。加起来，是超过十个年头了。

但这座雪山，以及周围地方却常在念想之中。

这座藏语里叫作斯古拉的山，汉语对音成四姑娘。这对得实在巧妙。因为那终年积雪美丽的山确实是有着四座逸世出尘的山峰，在逶迤的山脊上并肩而立，依次而起，互相瞩望。后来又有了关于四个姑娘如何化身为晶莹雪峰的传说，以至于人们会认为这座山自有名字那天，就叫作四姑娘了。却少有人会去想想，一座生在嘉绒藏人语言里的山，怎么可能生来就是个汉语的名字呢？在这里，我不想就山名作语言学考证。而是想到一个问题，当我们来到一座如四姑娘山这般的美丽雪山面前时，我们仅仅是只打算到此一游——因为别人来过，我也要来上一趟，这确实是当下很多人出门旅游的一个重要原因——还是希望从长长短短的游历中增加些见识，丰富些体验？

有一句话在爱去看山登山的人中间流传广泛。那句话是："因为山就在那里。"

这句话是上世纪二十年代一位名叫马洛里的英国人说的。这个人是个登山家，登上过世界好几座著名的高峰。然后决定向世界最高山峰珠穆朗玛挑战，如果成功了，他就是全世界第一个登上珠峰的人。那时，随队采访的记者老问他一个问题，为什么要登山？就像今天旅游的人要反问，我去一个地方为什么就该懂得一个地方？马洛里面对记者的问题总是觉得无从回答。一个人面对一座雄伟的山峰，面对奥秘无穷的大自然，感受是多么复杂，怎么可能只有一个简单的答案。一个内心里对着某种事物怀着强烈迷恋冲动的人怎么只有一个简单的答案。唯目的论者才有这种简单的答案。终于有一天，面对记者的老问题，他不耐烦了，就用不耐烦的口吻回答："因为山在那里。"

确实，山就在那里。那样美丽，沉默不言，总是吸引人去到它跟前。看它，读它，体味它，如果能力允许，甚至希望登上山顶去看看那里是什么样子，从那样的高度眺望一下世界。杜甫诗说"荡胸生层云，决眦入归鸟"，追求的就是这样一种雄阔的体验。四姑娘山最高峰海拔六千多米。我没有那么好的身体去追求这种极致的体验。但从低处凝视，想象，也是一种美妙的体验。想象自己如果化成一座山，或者如一座山一样沉稳，宠辱不惊，那是什么境界。

山有自己的历史。山的地质史。山化身为神的历史。如果要为这后一种历史勉强命名，不妨叫作地方精神史。山神的存在，在藏区是一个普遍现象。为什么每座山都是一个神？这当然是一部地方史的精神部分。没有精神参与，一座山就不会变成一个神。四姑娘山就是这样。本是一座山，在历史空间中，生活在周围的人因为它庄严，毫不动摇的姿态，软弱的人因此为它附丽了与其姿态相似的人格，并为这样的人格编织了故事。某个人为了保卫美丽的自然，保卫家园，自愿化身成一个地方性的保护神，担负起神圣的职责。四姑娘山的故事也是这样，但突破了故事模式的是，这座山是四个美丽姑娘所化。创造这个故事的人当然是受了自然的启发，因为四个山峰就在那里。那四个姑娘当然美丽，因为雪山本身就那么美丽。那四个姑娘当然也善良。美就是善，这是哲学家说过的话。

多山的四川有两座特别有名的山。一座是贡嘎山，一座是四姑娘山。一座是男性的，一座是女性的。一座是蜀山之王，一座就是蜀山皇后。这两座山我都去过多次。我在年轻时代的诗里就写过："传说那座山有神喻的山崖，我背着两本心爱的诗集前去瞻仰。"亲近瞻仰贡嘎的历程略过不谈。这里只想谈谈四姑娘山。

上世纪八十年代，二十多岁的时候，一次从小金县城去成都。一大早起来，长途客车摇晃到日隆镇上吃早饭。冬天滴水成冰，石灰墙都冻得更加惨白。一车人围着饭馆里一只火炉跺脚搓手，再吃些东西，身体总算慢慢暖和过来。这才有了闲心四处打量。留给我深刻印象的是墙上好多面旗子，都是日本旅行团留下的。上面好多字，"四姑娘山花之旅""白色圣山之旅"等，下面还有全体团员的签名。那时的想法是日本人跟我们也太不一样了。我们还在为坐汽车怎么不受冻而焦虑，他们却跑这么远，就为看一眼我们山里的花。那也是中国经济高速发展刚刚启动的年代。如今，我们也一天天过上了未曾梦想到的生活。从生下来那一天起，我生活经验里的出门远行的理由很少，机会更少。我一直到了二十岁，还没有去过离家一百公里以外的地方。1985 年，我出公差，先从马尔康到小金县城，然后再经省城去苏东坡的老家眉山开会，已经是很远很丰富的一次旅行了。算算四姑娘山离我的老家距离不到两百公里，但我在小金县城出差这回，才第一次听说这座山的名字。记得是在县文化馆看一位画家写生的风景画，说画中的山是四姑娘山。那些雪峰，山谷，溪流，树，对我这双看惯了山野景色的眼睛也有很强的冲击力。那时，当地专门要到某地去看看特别美景的，也就是画画或摄影的人。所以，过两天经过四姑娘山下的日隆镇，在唯一国营饭馆里看见满墙日本旅行团的旗帜以及那些赞美雪山与花的留言时，心里想的还是，这些日本人出这么远的门，就为来看几朵花，也实在是太过奢侈了。虽然那些花肯定是非常漂亮，也是值得一看的。也是在那一时期，才知道有一种出门方式叫旅游。我们这一代人就是这么过来的。很多东西，刚听说时还是一个抽象的概念，不久也就成为我们的生活方式了。

很快，中国人也开始了初级旅游，大巴车拉着，导游旗子摇着，把一群群人送到那些正在开发中的景点。四姑娘山也成了一个边建设边开放的景区。过几年再去，日隆镇上那个人民食堂已经消失不见。有了些为接待游客而起的新建筑。我自己就在一座临着溪涧的木楼里住了几宿，听了几夜溪流的喧哗。坐车去双桥沟，骑马去长坪沟。那是晚秋时节了。蓝天下参差雪峰美轮美奂。但四姑娘山的美其实远比这丰富多了：森林环抱的草地，蜿蜒清澈的溪流，临溪而立的老树，尤其是点缀在岩壁与树林间的一树树落叶松，那么纯净的金色光芒，都使人流连忘返。

去长坪沟的那天早晨，太阳从背后升起，把我骑在马上的身影，长长地投射在收割后的青稞地里，鸟们在马头前飞起来，又在马身后落下去。云雀的姿态最有意思。它们不像是飞起来的，而是从地面上弹射起来，到了半空中，就悬浮在头顶，等马和马上的人过去了，又几乎垂直地落下来，落到那些麦茬参差的地里，继续觅食了。麦茬中间，有好多饱满的青稞粒和秋天里肥美的昆虫，鸟们正在为此而奔忙。附近的村庄，连枷声声。这是长坪沟之行一个美好的序篇。山路转一个弯，道路进入森林，背后的一切就都消失不见了。落尽了叶子的阔叶林如此疏朗，阳光落下来，光影斑驳，四周一片寂静。而森林的寂静是充满声音的。那是很多很多细密的声音。岩石上树上的冷霜融化的时候，会发出声音。一缕一簇的苔藓在阳光下舒张时也会发出声音。起一丝风，枯草和落叶会立即回应。还有林梢的云与鸟，沟里的水，甚至一两粒滑下光滑岩壁的砂粒都会发出声音。寂静的世界其实是一个充满了更多声音的世界。都是平时我们不曾听过的声音。是让我们在尘世中迟钝的感官重新变得敏锐的声音。早晨太阳初升的那一刻，只要峡谷里的风还没有起来，那些声音就全都能听见。太阳再升高一些，风就要起来了，那时充满峡谷的就是另外的声音了。

这一天风起得晚，中午，我们在一块林中草地上吃干粮时，风才从林梢上掠过，用潮水般的喧哗掩去了四野的寂静。

那是我第一次去到四姑娘山下。

一个朋友带一个摄制组，来为刚辟为景区不久的四姑娘山拍一部风光片子，我与他们同行。山谷看起来开阔平缓，但海拔高度一直上升。阔叶林带渐渐落在了身后。下午，我们就是在那些挺拔的云杉与落叶松间行走了。还是有阔叶树四散在林间。那是高山杜鹃灌丛，绿叶表面的蜡质层被漏到林下的阳光照得发亮。

夕阳西下时分，一个现成的营地出现了。那是一间低矮的牧人小屋。石垒的墙，木板的顶。在小屋里生起火，低矮的屋子很快就变得很温暖了。天气晴朗，烟气很快上升，从屋顶那些木板的缝隙中飘散在空中。若是阴天，情形就两样了。气压低，烟难以上升，会弥漫在屋子中，熏得人涕泪交流。但今天是一个好天气。同伴们做饭的时候，我就在木屋四周行走。去看小溪，溪流上飘浮着一片片漂亮的落叶。红色的是槭，是花楸。黄色的是桦，是柳，还有丝丝缕缕的落叶松的针叶。太阳落到山背后去了，冷热空气的对流加剧，表现形态就是在森林上部吹拂的风。此时在林中行走，就像是在波涛动荡的海面下行走。森林的上层是一个动荡喧哗的世界。而在森林下面，一切都那么平静。云杉通直高大的树干纹丝不动，桦树的树干纹丝不动。吃过晚饭，天黑下来。大家都是爱在山中漫游的人，自然就谈起山中的各种趣闻与经历。爱在山中行走的人，在山中更是要谈山。就像恋爱中的人总要谈爱。于是，夜色中的山便愈发广阔深沉起来。爬了一天山，袭来的疲倦使得大家意兴阑珊时，就都在火堆边睡去了。我横竖睡不着，也许是因为过于兴奋，也许是因为太高的海拔地势。这时风停了，月亮起来了。用另一种色调的光把曾短暂陷落于黑暗的群山照亮。我喜欢山中静寂无声的光色洁净的月亮，就悄然起身，把褥子和睡袋搬到了屋外的草地上。我躺在被窝里，看月亮，看月光流泻在悬崖和杜鹃林和落叶松的地带。我花了更多的时间凝视一条冰川。那道冰川顺着悬崖从雪峰前向下流淌——纹丝不动，却保持着流动的姿态，然后，在正对我的那面几乎垂直的悬崖上猛然断裂。我躺在几丛鲜卑花灌木之间，正好面对着那冰川的断裂处。那幽蓝的闪烁的光芒真的如真似幻。我们骑乘上山的马，帮我们驮载行李上山的马，就站在我的附近，垂头吃草或者咕吱咕吱地错动着牙床。我却只是静静地望着那几乎就悬在头顶的冰川十几米高的断裂面，在月光下泛着幽蓝的光芒。视觉感受到的光芒在脑海中似乎转换成了一种语言，我听见了吗？我听见了。听见了什么？我不知道，那是一种幽微深沉的语言。一匹马走过来，掀动着鼻翼嗅我。我伸出手，马伸出舌头。它舔我的手。粗粝的舌头，温暖的舌头。那是与冰川无声的语言相类的语言。

然后，我就睡着了。

越睡越沉，越睡越温暖。

早上醒来，头一伸出睡袋，就感到脖子间新鲜冰凉的刺激。睁开眼，看见的是一个银装素裹的白雪世界！我碰落了灌丛上的雪，雪落在了颈间，那便是清凉刺激的来源。岩石，树，溪流，道路，所有的一切，都被蓬松洁净的雪所覆盖。一夜酣睡，竟然连下了一场铺天盖地的大雪都不知道！

那天早晨，兴奋不已的几个人也没吃东西，就起身在雪野里疾走，向着这条峡谷的更深处进发。直到无路可走。最漂亮的景色是一个小湖。世界那么安静，曲折湖岸上是新雪堆出的各种奇异的形状。那些形状是积雪覆盖着的物体所造成的。一块岩石，一堆岩石，雪层杜鹃花的灌丛，柏树正在朽腐的树桩，一两枝水生植物的残茎，都造成了不同的积雪形状。纹丝不动的湖水有些黝黑。湖水中央是洁白雪峰的倒影。这是我离四姑娘山雪峰最近的一次。她就在我的面前，断裂的岩层，锋利的棱线，冰与雪的堆积，都历历在目，清晰可见。

回来写过一篇散文《马》。不是写进山所见，是写那些跟我们进山的动物伙伴。还做了一件文字方面的事情，就是为这次拍的纪录短片配了解说词，在当时中央电视台一档叫《神州风采》的栏目中播出。也算是为四姑娘山的早期的宣传做过一点工作。

后来，还在不同的季节到过四姑娘山。

春天和秋天，不同的植物群落，会呈现出丰富多彩的色调。

春天，万物萌发。那些落叶的灌丛与乔木新萌发的叶子，会如轻雾一般给山野笼罩上深浅不一的绿色，如雾如烟。落叶松氤氲的新绿，白桦树的绿闪烁着蜡质的光芒。那些不同的色调对应着人内心深处那些难以名状的情感。从那些时刻应了光线的变化而变幻不定的春天的色彩，人看到的不只是美丽的大自然，而是看到了自己深藏不露的内心世界。美国诗人惠特曼的诗句“拂开大草原上的草，吸着它那特殊的香味，我向它索要精神上相应的讯息”，说的就是这样的意思。

秋天，那简直就是灿烂色彩的大交响。那么多种的红，那么多种的黄，被灿烂的高原阳光照亮。高原上特别容易产生大大小小的空气对流，那就是大大小小的风，风和光联合起来，吹动那些不同色彩的树：椴、枫、桦、杨、楸……那是盛大华美的色彩交响。高音部是最靠近雪线的落叶松那最明亮的金黄。高潮过后，落叶纷飞，落在蜿蜒的山路上，落在林间，落在溪涧之上，路循着溪流，溪流载满落叶，下山，我们回到人间。其间，我们有可能遇到有些惊惶的野生动物，有可能遇见一群血雉，羽翼鲜亮，我们打量它们，它们也想打量我们，但到底还是害怕，便慌慌张张地遁入林间。

当然不能忽略夏天。

所有草木都枝叶繁茂，所有草木都长成了一样的绿色。浩荡，幽深，宽广。阳光落在万物之上，风再来助推，绿与光相互辉映，绿浪翻拂，那是光与色的舞蹈。那时，所有的开花植物都开出了花。那些开花植物群落都是庞大家族。杜鹃花家族，报春花家族，龙胆花家族，马先蒿家族，把所有的林间草地，所有的森林边缘，变成了野花的海洋。还有绿绒蒿家族，金莲花家族，红景天家族都竞相开放，来赴这夏日的生命盛典。

而这一切的背后，总有晶莹的雪峰在那里，总有蓝天丽日在那里。让人在这美丽的世界中想到高远，想到无限。记起来一个情景，当我趴在草地上把镜头对准一株开花的棱子芹时，一个日本人轻轻碰触我，不要因为拍摄一朵花而在身上压倒了看上去更普通的众多的毛茛花。我也曾阻止过准备把杜鹃花编成花环装点自己美丽的年轻女士。这就是美的作用。美教导我们珍重美。美教导我们通向善。

冬天，雪线压低了。雪地上印满了动物们的脚迹。落尽了叶子的森林呈现一种萧疏之美。

写到这里，就想到我们很多主打自然景观的景区管理中比较疏失的一环，那就是对自然之美挖掘不够深入细致。旅游是观赏，观赏对象之美需要传达，需要呈现。自然之美的丰富与细微，必先有旅游业者的充分认知，然后才能向游客作更充分的传达。对游客来说，自然景区的观光也是一种学习。学习一些动植物学的、地质学的知识。更不要说当地丰富的人文资源了。游历也是学习，是游学。所谓深度游、专题游，我想就是在这种向学的愿望与兴趣的基础上产生的。自然景区旅游是欣赏自然之美的过程，是一种审美活动，需要景区进行这个方向上的引导。

前些日子，四姑娘山的朋友来成都看望我，多年不见的黄继舟也得以谋面。还记得当年他曾陪我游初夏的四姑娘山，一起去拍摄那些美丽的高山开花植物。黄继舟长期在四姑娘山景区工作，他是一个有心人，长期深入挖掘景区的自然人文内涵，有很多自己的发现。这次，他带来一本摄影集，都是他在景区多年深耕积累下来的作品，题材也关涉到景区的各个方面。寻觅美，捕捉美，呈现美，可以作为游客于不同季节在景区旅游的一个指引。我也相信，沿着这样的思路做下去，四姑娘山所蕴蓄的美的资源会得到更精准、更系统的呈现，游客依此指引，可以在景区作更深度的探寻与发现。

大美不言，可涤心养气；大美难言，仰赖审美力的提升，而自然界是最好最直观的自然课堂。如果站在这样的角度上思考景区的功能，四姑娘山自然就有需要不断前往，如今交通情况大幅改善，这个大都会旁的自然胜景，自然前途无量。

下次，我们可以带着这本书，去看四姑娘山。

（刊发于 2017 年 11 月 6 日《人民日报》文艺副刊）

大美如斯长白山

任林举

将进十月，长白山上的草，早早地黄了。

穿过海水般碧蓝的天空和梦一般洁白的云帆，阳光温暖地播洒下来，将苍翠的针叶林带和赭红色苔原带之间的广大地域，涂抹成一片耀眼的金黄。零零落落的岳桦树因为脱尽了叶子而露出洁白的枝干，沿山坡逶迤铺展的秋草则如某种巨大动物的金色皮毛，在微风中熠熠闪光，一直延伸至远处那道隆起的山岭。

之于北方，这时节，已是入冬前最后一段好日子。在此期间，天空多半晴朗，无限明媚的阳光，常如世间最灿烂、最有感染力的微笑，一闪就会把人心融化。有了这样的照耀，似乎从此大可不必再忧虑或畏惧接踵而至的冬天了。这样一幅暖意融融的画卷，总会让人情不自禁地联想起诗意的、浪漫的或温馨的家园。只可惜，人并不具有动物们的本事，并不能真正在这柔软的深草里安居。尽管有些许的向往，也不过任由一只野性的小鸟，从灵魂的居所出发，掠过晴空，掠过树木，在那草丛中做短暂的停留，随即又飞去，终至无影无踪。想来，还是山间的獐狍、野鹿、雉鸡、野兔、黄鼬等真正与山相守的动物们，比我们更懂得山的真意和种种好处，也更知道如何尽情地享受和珍惜一份自然的赐予。

其实，走在长白山的山脊之上，就已经走在了天空之中。举头仰望，不染纤尘的穹顶似已伸手可及，转腕之间，扯去那层柔滑如真丝般蓝色的天幕，似乎就可摘得藏于其后的那些银光闪闪的星星。再回首，遥看四野以及山下的房舍树木，已然一片苍茫，烟岚下，浑然一团，不过是一片失去了形态和质感的墨迹而已。

及至峰顶，揽蔚蓝澄澈的天池水为镜以自照，却看不到自我的形象或形态。这时，对面的崖顶上已经覆盖了一层皑皑白雪，白雪下赤色的岩壁鲜艳如花，而岩壁下的天池水却装着整整一个深不见底的蓝天。那么，我呢？或许因为山的托举，或许因为长久的凝神伫立，已然成为山的一部分。

忽而有风，从难以判断的方位轻轻拂过天池，原本晶莹如玉的湖面顿起一片波光粼粼的皱褶，蓝色的水体和洁白的云影遂如某种起了微澜的情感，久久不能平静，如悲，如欣，又如悲欣交集。难道说，这就是此山此刻传递给人们的情绪吗？我们的一个四季轮回，对于长白山来说，不过是一个晨昏；而一个昼夜，则不过是它短暂得无法计量的一瞬。我们这嘈杂的人群，就算在山中做永日的停留，也敌不过它一眨眼睛！也许只那么一眨，我们即如从它眼前奋力飞闪的小虫，一去便再无影踪。我们来过，却如同未曾来过；我们沉思，却始终不懂山的心意。

《长白山江岗志略》曾记："天池，在长白山顶……群峰环抱，池高约二十里，故名为天池。土人云：池水平日不见涨落，每至七日一潮……"如此说，这座大山的"心"就更加深奥而不可猜测了。或许，我们的眼，只能在事物的表象上往来穿梭。于是，当我凝立于天池之畔，便索性循着风隐去的方位放眼远眺。目光所抵，正是天豁峰和龙门峰中间的宽大缺口。其间，有一水自天池浩荡而出，曰"通天河"。通天河翻滚激荡，过天门纵身一跃，又化作飞沫流泉的长白瀑布。水，从跌倒处爬起，再上路，便顶起一条江的大名开始独自闯荡江湖，却从此永远告别了母体。

长白山天池是地理上罕见的众河之源。从此处出发，有三条举世闻名的大江，分别沿三个不同方向展开了它们气势恢宏的叙事。松花江向北，图们江向东，鸭绿江向西，一路收纳各种沟壑、石隙间的蛰伏之水，集万千条涓涓细流于一身，浩荡远去。也聚敛，也布施，直把面积达两千多平方公里的原始森林以及林区外更广更大地域上的草木和农田滋养得昌茂葳蕤、生机盎然。

水丰，而后草木生；草木生，而后物类盛；物类盛，而后鸟兽兴。自 1702 年最后一次小规模火山喷发至今，这座北方之山，上接天宇之灵气，下托土壤之肥厚，在那些远离人们视野的岁月里，悄然养成了一个臻于完美的独特生态。且不说域内数不清的溪流湖泊、大小瀑布、温泉群、大峡谷等别具一格的地形、地貌，但说奇花异木、珍禽异兽就足以令人惊叹。

曾有科考人员做过统计，长白山区现已发现植物种类两千两百余种。其中人参、刺人参、岩高兰、对开蕨、山楂海棠、瓶尔小草等均为国家一、二级保护植物。野生动物同样丰富、繁多，现存约一千两百余种。其中，属国家重点保护动物就有五十种。国家一级保护动物中有东北虎、金钱豹、梅花鹿、白肩雕、中华秋沙鸭等；国家二级保护动物有豺、麝、黑熊、棕熊、水獭、猞猁、峰鹰、苍鹰、雀鹰、花尾榛鸡等。

苍茫林海，不仅是鸟兽的乐园，也曾是人类繁衍、栖居的家园。在锦江、漫江和头道松花江的三江交汇处，人们从荒草和乱石中发掘出了一处满族人先祖栖居之所——讷殷古城。据清通志《氏族谱》记载，讷殷古城是古老的女真部落讷殷部的一处兵城。如今古城的残垣断壁和漫江边的古渡遗迹还依稀可辨，只是讷殷部后裔大多已经走出他们最初的家园，分散于世界各地，很多人也不再知晓或记得自己的来处。但，长白山却以一个见证者的姿态，铭记着一切，并小心珍藏着一切。

一年三百六十五天，长白山有两百多天独自站立于冰雪之中。在漫长的冬天里，鸟兽都从长白山的主峰上撤离下来，除了偶尔路过的老鹰，天池附近几乎看不到什么生物了，甚至连树上的叶子都纷纷离开，去了更加温暖安全的角落躲避风雪。平均八级以上的大风雪，经久不息地吹过十六峰的垭口，呼啸着在天池边上荡来荡去，高山一半陷于冰封的大地，一半隐没于云雪相接的天空。人迹罕至、冰冷寂寞成为这个苍茫洁白的山脉和冰雕玉琢的山峰所处的常态。

正在我胡思乱想之际，忽有黑云从天池的西北角斜刺里杀出。先是如丝如缕，然后渐浓渐厚，而后，呈现出翻滚浩荡之势。不多时，整个天池已经在彤云的覆盖之下，冷风中，已经有密密麻麻的雪糁凌厉而下。长白山，又开始进入另一季的云遮雾掩。

我们像逃避噩梦一样，从山顶仓皇向下“逃窜”。一直逃到山下，心绪仍裹在那团云雾中难以解脱。可是，回望山顶，虽然已被一层白雪严严覆盖，但那一袭醒目的晶莹剔透与上方宁和、蔚蓝的天空以及山下红黄间杂的秋叶形成了妙不可言的相互映衬，显现出一派华美明丽、豁然开朗的景象。长白山的天，就这样说晴就晴个透彻！

午后的太阳在西边的树梢上缓缓地下沉着，暖色的夕照照在周围树木的叶子上，使它们拥有了光的质感。于是，一切都变得通透起来，红的如火，黄的如金，也有一些树叶仍然青葱，苍翠如玉。当阳光照在河水上的时候，从远处看则明亮刺目，仿佛河床里流淌的并不是水，而是融化了的金子。

走至近前，却完全是另一番景象。河水清冽得如同无物或如液态的风，河底丰茂而浓密的水草在流水的“吹拂”下，俯仰自如，微微地泛起绿色的波浪。天空和岸边树木的颜色倒映进来，在水流中轻轻摇荡，恍如多彩的梦幻……这一湾明媚的秋水，不知道从哪里缘起，又将在哪里终结，但它却在我的心里激起了无边无际的喜悦。有那么一刻，我甚至感觉到已经窥见了长白山那华贵、美好的精魂。

我决定在长白山下的客舍里住下来，用长白山的温泉水洗濯我落满灰尘的心怀。

这一夜，我睡在了山的怀抱之中，仿佛在温热中“液化”并与山融为一体。

（刊发于 2017 年 11 月 22 日《人民日报》文艺副刊）

斯古拉

刘亮程

一

这一天的时光是给斯古拉的。所有向上的路走向斯古拉，每一双眼睛都朝她仰望。

我相信仰望可以像云雪一样寄存在天上。几百年里人们对她的仰望，一层层，在山上又堆出看不见的山。后来人们所望的，只是自己日渐堆高的敬仰。

我相信所有仰望的目光都会回来。

这一天，我看见几百年里人们朝她望去的目光在返回来，从银白的峰巅、从云朵、从阳光透彻的虚空中，那些目光回望过来。

我迎着她们在望。

这一天我们被一座山的回忆照亮。那些马蹄和人的脚，踩在往日的蹄印脚印上。

仿佛我们是无知时间里的重来者，仿佛初次望见她的惊喜里包含着不知道的无数次。

那些满含眼泪的仰望，比天空还空的仰望，像看自己的亲人、情人的仰望，什么都看不见被孙女搀扶着上山的盲人阿妈的仰望，跪拜的人群后面羊的仰望、马和牦牛的仰望，都寄放到她头顶的天空了。

谁都不说他们望什么，谁都不告诉谁望见什么，小孩见大人望就跟着望，牛羊见人仰望也跟着望。我们见所有人在仰望也跟着望。在这个永远不需要问什么的仰望里，我们清晰地看见自己，和这座大山里跟我们一样的陌生熟人。

二

这一年年的时间都是给斯古拉的。山脚下叫长平的藏人村庄，叫四姑娘的小镇，都为她忙碌。

赞增说他的马就是为斯古拉买的，以前他在外打工，当厨师。几年前回到村里，买了这匹马，往山上接送游人。

来看斯古拉的人越来越多。早先只是当地藏人祭拜斯古拉。每年端午节的前两天，是属于斯古拉的。这一天，人们把所有的活停下，大人、老人、小孩，远处近处的人，聚拢在一起，都往山上走。牦牛和羊也往山上走，它们供祭祀用，只有上山的路，没有返途。

赞增居住的长平村，上千口人和三千匹马，都为斯古拉干活，把游人驮上山又驮下来。他们卖马的力气挣钱。

赞增说，他每天上下跑两三趟，只收个马的钱。自己来回牵马，都没算钱。

赞增一家五口人，夫妻俩、两个孩子和岳母，妻子在县上照顾大孩子上学，岳母在家里照顾小孩子，一家人所用全靠他的马挣钱。

家里养了三头牦牛，跟邻家的牦牛一起放在沟里，闲了去看看，牦牛不会跑远。人去山里看牦牛时，会带点盐，牦牛爱吃盐。主人给牦牛喂盐的地方，就成了他们的约会点。还有几只羊，它们中的几个，是每年供给斯古拉的。

马道旁不时有巨石悬卧，上面刻有地震坠石文字。

赞增说，“5 · 12”汶川地震那天，他在斯古拉对面的山上采虫草。整个山轰隆隆巨响，像要垮塌下来，山上的巨石往下滚落。赞增说他从来没有经历过这样的事情，还以为采虫草得罪了斯古拉，手里的虫草赶紧扔掉，双手紧紧抓住树干。

“一棵大松树轰隆隆摔倒，砸在石头上。石头也从头顶滚下来。我吓得蹲在地上。那个时候，不知道抓住什么可靠。抱住石头，石头往下滚。抱住树，树在倒。”

赞增就在那时看见对面的斯古拉，她摇晃着，双臂伸开，像在跳藏族舞。只跳了几步，突然停住。她一停住，所有的山和树，都停住不动了。

马道在乱石和松林间穿行，松树高大蔽日，随处可见倒伏的大树，横架成桥，像要渡什么过去。

步行和骑马的人混杂一起，人像矮树桩，直直斜斜插满山路，都面朝上，脖子伸长，走一截停下缓口气，这里空气本来稀薄，上山的人一多，就更不够用。

三

斯古拉脚下的简易客栈，歇息疲乏的人和马。炉火在这里也有气无力，烧不开一壶水，煮不熟半锅面条。

多数人走到这里原路返回，多数人没有往高处走的时间和气力。

一些人走向海拔更高的下一个营地。我们斜躺在草坡，看步行和骑马的人，拐一个弯消失在山谷。在下一个营地，炉火的力气只能把水烧开到不烫手的温度。马匹全在那里停住，再往上的路是人的，那些陡峭山岩上没有马的落脚处。

还有人往更高处走，走到他们在来路上远远看见的半山腰，站在那里望一路经过的村庄城镇，望游丝一样隐约在山谷林间的路，望朝着斯古拉涌来的人和车辆。

极少数的人攀到峰顶，用剩下的半口气支起沉重的身体，在凛冽寒风吹起的雪片里，面如雕塑，朝下望他们活过的人世，望丢在那里的忧伤和痛苦。据说攀到顶峰的人会莫名地忧伤，无论一个人或几个人。寒冷把表情冻住，不费力气的忧伤，跟在一口口费劲的呼吸后面。没有忧伤，人会断气。

更多时候攀顶的人被罩在云里，什么都看不见。他们出发时山顶晴朗，爬到山腰看见一团团的云飘过头顶，云是斯古拉掀开又披上的白头巾，山有心事，云便汇聚，聚多了下一场雪。阿坝的群山下雨时，斯古拉顶上在飘雪。

每年都有攀登者坠落。山风大，风推着雪和人往上。上山时人抱着一座山，人是山的孩子。下山时人抱不动自己这块石头了。坠落的都是下山的人。人要下山，还有一个东西比人更着急下山，那是人的忧伤，它跟在后面，像一个雪球越滚越大。

四

其实我只看了她一眼。

山路一转，她突然悬浮在半空，完全不像这座山里的山。别的山都翠绿，她银白。别的山蜿蜒起伏，她陡然而立，一尊纯银的锐利山峰，亭亭玉立在群山之上，跟这个世界脱离得干干净净。

这一刻起所有的目光被她吸引。

他们叫她女神。

我看见的是几百年里人们积攒在那里的眼神。我久久的注视也积攒在那里。

以后的时间里是她在看我。

我在她的目光里来了又走，她不知道我回到世间的哪个角落去过生活，我在别处沉默和微笑她看不见，我从这个世界消失了她也不会知道。但是，我会因为她而仰起头，她的陡峭让我在某个瞬间挺直腰。我会想着她而忧伤。我的忧伤不费力气，也不危险。

我从没想过去攀上她的峰顶。我的力气或许只够我在世间度日。我喜欢在一条小山沟里，目送日落日出。在那里，我的炉火有足够的力气烧开水，煮熟米面。

可是，当我回到远处，那顿半生不熟的面条还在胃里。我仿佛还奔赴在她的人群马队中，永远都不走近，只是步行到山脚下，仰头看她，看我寄存在那里的目光，和太阳照暖的云朵、和星星月亮、和所有的仰望聚合在一起。

我这样想着她的时候，什么都耽误不了。就像马夫赞增把一年的活干完，到每年端午节前，属于斯古拉的这一天，把所有的事情放下，把马缰绳放开，带着家人步行上山，在正对着她的山顶，煨松烟，磕长头，把一年的平安、一生的心愿默默倾诉给她。

或许我已错过的每年的这一天，在云朵上积攒成完整的一年。那是我留给她的整整一年。当我在世间的时光不够用时，我就来她的永恒里续命，用她的时间做更长久的事。我会看见四季围着她转，而她在唯一的季节里。别的山长松树，长草开花，她周身银白，不参与生长的事。

我会在她的黄昏里，一山山地看落日。我不知道她的太阳落到哪里。四周都是山。每座山都带来不一样的黑夜。斯古拉在她自己的高高白天里，在那里，落得再远的太阳都在她的地平线上，我沉入黑夜的梦也在她的默默注视里。

（刊发于 2017 年 12 月 18 日《人民日报》文艺副刊）

远眺华不注

李一鸣

济南北，历城界，黄河南，一山奇崛，名曰华不注。

尽管我在济南度过几年大学时光，很惭愧，对华不注知之甚晚。甚至在毕业那年听孔孚老师讲课之前，未之闻也。

那天下午，师大中文系名家讲堂开讲，讲座人：孔孚。

正是夏天，阳光透过悬窗，满室可见光中的细尘。先生仙风道骨，左手挥写板书如行云流水，右袖空空如也，那份洒脱与从容，至今铭怀。

那次讲座中，先生以曲阜乡音吟诵了他的几首诗，深远渺然。其中最为得意的一首是《飞雪中远眺华不注》：

它是孤独的
在铅色的穹庐之下
几十亿年
仍是一个骨朵
雪落着
看！
它在使劲开

华不注，山名取自《诗经·小雅·棠棣》，诗曰：“棠棣之华，鄂不韡韡”。“华”同“花”，“鄂不”即“萼跗”，亦即花蒂。山名

"华不注"，俗名花骨朵。

多年以来，每每忆起那首短诗，就为先生的诗意奇思讶然，宏旷的时间，苍远的空间，尽在寥寥数笔之间。铅色穹庐大雪纷落的背景中，华不注山就像一个含苞的花骨朵，它在使劲开。巨大的动感与画面感扑面而来，逶迤跌宕。华不注，一个天地间经年的花骨朵，第一次开放在心神之内。而先生赋予此山"孤独"的蕴意,"使劲开"的意象，或正于隐秘间道出华不注的精神指向。

记得刘大櫆曾言："神远而含藏不尽则简"。这样的简，无疑是一种诗文之化境，而孔孚先生的华不注诗，不正是深得此简之妙处？那是简约之丰腴、至简之尽境。

是的，那山是孤独的。它曾经开放过、灿烂过。

郦道元的《水经注》对它曾不吝赞美："单椒秀泽，不连丘陵以自高，虎牙桀立，孤峰特拔以刺天，青岸翠发，望同点黛。"可以想见，在华北平原广阔旷野中，视野所及，一马平川，蓦地，视线被一崭绝孤峙的存在所挡，一座孤峰拔地而起，如一支青椒向天，似一颗虎牙凌霄，若一弯翠黛蹙聚，这才引得年轻的地理学家惊叹赞美，诉诸笔端。

那年，李太白器宇轩昂，飘然而至齐鲁，别后给文学史留下名篇《昔我游齐都》："昔我游齐都，登华不注峰。兹山何秀俊，绿翠如芙蓉。萧飒古仙人，了知是赤松。借予一白鹿，自挟两青龙。含笑凌倒景，欣然愿相从。"诗仙酣游山东一回，华不注怎样的场景，激起了诗人的浪漫诗思？骑白鹿，挟青龙，够奇幻，够威风。

李太白的神思自是苍龙入穹无从追证，留下的华不注诗却因而有了仙意奇思。被赋予灵魂的华不注不仅化入诗词经典，而且进入了名画宝藏。

台北故宫博物院有一幅赵孟頫的《鹊华秋色图》。打开卷幅，但见画面一片辽阔的绚烂：树木繁盛，房舍掩映，河流蜿蜒，渔舟往复，在远处，再远处，更高处，有两山遥相对应，左山方圆，右峰高耸，分外醒目。整幅画作为金黄色笼盖，景物则高低错落，疏密有致，用笔则书画相长，枯润相契。细品此画，洋溢着高逸名士之风，散逸文人之气，好山好水、半渔半樵的隐逸之心，呼之欲出。

画中之山是何方名山？且看赵孟頫的题跋：

公谨父齐人也，余通守齐州，罢官归来，为公谨说齐之山川，独华不注最知名，见于左氏，而其状又峻峭特立，有足奇者，乃为作此图。其东则鹊山也。命之曰鹊华秋色云。

原来赵孟頫仕元后，曾任同知济南路总管府事三年有余。跋中齐州即济南历城也。他罢官回到故乡浙江湖州后，欣逢祖籍济南的老友、词人周密（字公谨），禁不住向他叙说济南山水之奇。而这周密，一生并未到过济南，却对祖籍充满深情，竟自号为华不注山人，足见其情志。赵孟頫的介绍更加激起周密对故里的向往，乃敦请赵孟頫作画一抒心怀。于是便有了这幅名画的诞生。

画中左山是鹊山，右手那座平地而起、奇绝峻拔者，即是华不注。“云雾润蒸华不注，波涛声震大明湖。”想来华不注不仅入画，而且伴着历城三年多的记忆，也常常入赵孟頫的梦吧。

去年夏天，因一机缘回到济南。

车过历城，得以于多年后远眺华不注。浩浩平原之上，华不注峰孤峻秀，一派昂然大气。据考证，汉代中期，黄河改道由利津一带入海，造成支流灌注，济水泛滥，华不注周围形成湖泊。至唐称莲水湖，其时稻溪迴还，芦荡轻摇，水村渔舍，仿若江南，远望华不注，恰如水中含苞欲放的一枝荷花。到了金代，元好问曾到济南一咏华不注：“华山正是碧芙蕖，湖水湖光玉不如”，可见山湖相映之美。元中期，王恽客居济南，留给后世一篇《游华不注记》，文中描绘了华不注一带的山水盛景。至明朝，亢思谦写《续游华不注峰记》时，欲抵山下已须舍舟而乘。到了清代，全祖望游华不注，周围已是莽然田舍。后康有为来登华不注，大赞“南京钟山紫金峰，北京翠微山、煤山，扬州的七星山，苏州的横山……然山水之美皆不如华不注也”，但华不注周围早已不复昔日山光水色，“含笑凌倒景”的情景只能在古诗中寻找矣！

沧海桑田，岁月悠悠，华不注兀兀独立。

华不注是“忠文化”的见证者。据《左传》记载，鲁成公二年，齐晋两国交战，齐顷公亲率大军在“鞍”与晋军决战。齐顷公自信满满，声称“灭此而朝食”，甚至未给战马披挂铠甲就参战，结果，“齐师败绩”，齐顷公被晋军追逼，“三周华不注”。危急关头，大臣逄丑父果断与之更衣换位，并佯命其到山脚的华泉取水，齐顷公方免罹难。以此，丑父冒着生命危险忠心救主的事迹载入典籍。以致名列唐宋八大家的大文学家曾巩来游时，挥就一首《华不注山》：“高标特起青云近，壮士三周战气酣。丑父遗忠无处问，空余一掬野泉甘。”为丑父事迹不被彰显而愤愤不平。而清代赵执信来到华不注，也深深缅怀丑父之人格：“欲寻丑父易位处，华泉之水今独清。”

华不注山下，也曾掩埋着另一个高贵的灵魂。

元邵显祖《重修费公闵子祠记》中记载，闵子骞最早葬于华不注山下。如果说逄丑父树立了忠的典范，闵子骞则书写了孝的传说。

小时候，就常常听妈妈讲起鞭打芦花的故事。闵子骞十岁时，母亲去世，其父续弦。继母冬天做冬衣，给自己亲生的儿子棉衣絮的是棉花，给闵子骞冬衣里装的是芦花，棉花看着薄其实暖，芦花貌似厚却难挡寒。某日，子骞和弟弟随父乘车出门探亲，途中突然风雪大作，弟弟眉开眼笑赏景为乐，子骞则蜷坐一团瑟瑟发抖。其父疑其作状，恨其不争，怒用鞭打，袄烂花飞，其父这才明了真相，立即赶车返家，愤然休妻。子骞跪求父亲：“母在一子寒，母去三子单。留下高堂母，全家得团圆。”小时听完故事，一是恨骞父糊涂粗暴，二是担忧自己以后万一有了继母的命运，而对闵子骞的行为却很不理解。如今思之，与其说子骞因孝道而闻名，毋宁说是他的宽厚与善良感动了世人。

这一忠一孝，让这座山有了人的温度。

岁月如风斯年远去，华不注不语，默默矗立在齐鲁大地的烈阳里。

其实，山水最终是活在文化里，活在人的情感里。

我的心中，正扬起一场大雪，雪中的华不注，苍然盛放。

（刊发于 2018 年 4 月 28 日《人民日报》文艺副刊）

泥土芬芳

谭仲池

收割早稻的时候，我来到浏阳河畔的梅田湖村。朝田垄望去，一边是千亩稻田，沉甸甸的、金灿灿的稻穗，在夏风的吹拂下，翻卷着此起彼伏的波浪，连接远山重叠的苍翠；一边是百亩荷花，开着红艳的花朵，绿叶簇拥，莲蓬摇曳，在阳光里格外俏丽夺目，生成水墨丹青的彩韵诗情。此情此景，让我情不自禁地吟诵古诗《汉乐府 · 江南》：“江南可采莲，莲叶何田田，鱼戏莲叶间……”

这是湖南乡村夏天美丽的风景，也是农民们辛苦却兴奋的丰收季节。

随着莲花丛中传来的歌声，我看见一群身材窈窕的村姑，穿行在层层叠叠的莲叶间，采摘鲜嫩的莲蓬。她们在阳光的涂抹下，绽放的笑靥，与莲花比美，毫不逊色。在金色田野里，缓缓移动的高大收割机，张着大口，吞吐着金子般的谷子。已收割完稻子的田野，平展如镜，连泥土也散发着芳香。闻着这缕缕稻谷香、莲花香以及湿润清甜的泥土芬芳，我感到格外惬意。我就是在泥土的芬芳里长大的农村孩子，我知道泥土的芬芳是大自然中最原生态的芬芳，是食五谷的人都能咀嚼到的生命芬芳。

这时候，放了暑假的小学生，在村前、田边的稻草垛和用秸秆制作成的稻草艺术迷宫间嬉闹、奔跑，发出阵阵欢笑声。上了年纪的老人，三三两两地来到晒谷场上，看烘干机将湿漉漉的稻谷，烘干成粒粒闪亮、堆成小山似的金色谷子，脸上泛起幸福的笑容。我心里明白，眼前的富庶景象和乡村的绚丽风光，不知道梅田湖的老乡盼望了多少年。

早在三十多年前，我就来过梅田湖村。记得那年夏天，山洪暴发，梅田湖面临泄洪的危险。为了乡亲们的安全，做好转移准备，就必须做好居住在溢洪道旁边的移民户的思想工作。那时，进库区的路，又窄又弯，坑坑洼洼，车子无法开进去，只能靠步行。

天下着倾盆大雨，又刮起阵阵狂风，雨伞毫无作用。我和乡村干部，顶风冒雨，踏着泥泞小路去老乡家，全身被淋湿。老乡住的都是土砖屋，有不少土屋没有盖瓦片，屋顶盖的是稻草和茅草，遮不住风，也挡不住雨。我们走进老乡家里，就见到因屋顶漏雨只好戴着斗笠坐在家里的老乡。生产队长告诉我，这些移民户的生活非常艰难，住屋、吃饭都成问题。

想起这段往事，我至今心里仍感到沉重酸楚。夜幕降临，我一个人独自走进湖区移民村，想去看看移民们现在的实际生活状况。

转过一个小山坡，移民村就出现在眼前。新盖的移民住宅，一色的红砖楼房，玻璃窗户。泛着黑色光泽的柏油路直通到家门口。四周绿树掩映，屋坪花草盛开。栋栋楼房的窗口，闪耀着明亮灯光。家家户户的门口，不时飞出欢声笑语。村路上，湖塘边，璀璨的路灯光芒，洒落在树叶间。月光和灯光温柔地勾画出山村的清晰轮廓，这是蓬勃世界的甜蜜宁静。身临其境，我就像是在梦中行走。此刻，藏在心里的梦，飘然成遥远的箫声，田园的恋歌。

村民服务中心的灯光最亮。我在那里看到墙壁上挂着许多奖牌，其中有一块叫“全国生态文化村”，让我颇感兴趣。我知道，这块奖牌的分量是与整个村的生态建设的实际成果紧密相连的。在这里，我遇见了一位叫钟长松的老移民。他今年六十多岁，精神状态很好，而且很健谈。我从与他的交谈中得知，他 1964 年来到当时的梅田大队大屋组，直到 1998 年才盖起两层共三百平方米的新楼房。现在家中电冰箱、洗衣机、空调样样都有。最近，他家又买回一辆小轿车。钟老还告诉我，为了帮助库区移民尽快富裕起来，一个都不掉队，党和政府出台了库区移民补助政策，每人每年六百元，从 2006 年开始，一直补助二十年。这对于移民发展生产，起到了“四两拨千斤”的作用。所以，湖区的森林一直都保护得很好，水源也没有受到破坏和污染。

这时，门外走过排着整齐队伍、从城里来的中学生。钟老指着他们对我说：“这是到我们村教育实践拓展基地来体验的省城学生。他们在辅导员的带领下，分散住在老乡家里，学犁田、插秧、种菜、捕鱼，还可上山采摘水果，下田采摘莲蓬，进大棚直观养殖流程。这些孩子在农家吃饭前，辅导员和孩子们一齐朗诵李绅的诗：‘锄禾日当午，汗滴禾下土。谁知盘中餐，粒粒皆辛苦。’让学生感知农民耕作的辛苦劳累，粮食的来之不易。”

我告别老乡，朝村书法活动室走去，正好碰上曾和我一起当兵的退伍战友，被当地老百姓称为“新乡贤”的周树兴先生。他正在给村民写对联。我悄悄地站在他背后，看他写完一副“政惠三农千村美，春入万户百业兴”的对联时，不禁赞叹：“好，写得好！”周树兴回头望见我，有点惶恐地说：“出丑了，出丑了。”我说：“真是好。好就好在说出了：真正解决‘三农’问题就是要靠党的政策，如春风化雨，润泽万户千村。”听我这么说，周树兴直点头，告诉我，村上有个习惯，乡亲们新修房屋，过年过节，做红白喜事都喜欢贴对联。很早以前，就成了当地的乡村文化标志。我说：“你说得对，建设全面小康社会，一定不能忘了农村文化建设。”这时，从门外走来的村党支部书记周峰接话说：“在这个问题上，我们支部成员认识都很统一。近几年，村上投资一千多万元，建了道德讲堂、生态景观文化长廊、村图书室、老年活动室、农耕文化园等设施。村上的道德讲堂，农闲时，都由村上的党员干部和选出的新乡贤讲课。村民爱听。村上评选出的‘好少年’‘好能手’‘好婆婆’‘好媳妇’‘文明家庭’等都要张榜表彰，让村民们向他们学习、看齐。”听了周峰的情况介绍，我心里特别高兴，说：“你们在‘种文化’，它跟种粮食一样重要。”

夜访归来，明月渐渐隐进云层，我毫无睡意。坐听蛙声蝉鸣，静闻泥土芬芳。此刻，我想写乡村移民的甜梦、憧憬、向往；写农村改革给乡村带来的富裕、文明、欢乐；写土地和山水的厚重、灵秀、明媚；写明天乡村朝霞的金红，学校书声的悠扬。也就在此刻，有月光透过窗户，有风铃摇醒文字，白天我参观考察现场的镜头，又一个一个清晰地在眼前叠影。

梅田湖，是我心中一直印象很深的一座山间水库。

它始建于上世纪五十年代，是库区农民用双肩挑出来的，是一座造福山区农民的水库。登上湖堤，天空正下着细雨，湖上一片白茫茫，看不见水波的碧蓝和鱼跃莺飞的情形。湖中的岛，岛上的山，山上的亭，亭边的树，都淹没在飘渺如丝的乳白色雨雾之中。不一会儿，雨停了，阳光透出云层，揭开了梅田湖神秘的面纱。湖上大小不一的小岛，像翡翠浮在微微荡漾的清波之上。湖面上的轻舟和湖岸上的楼台飘扬的彩旗酒幡，都一齐在阳光里披金泛彩。

在梅田湖村，从荷花盛开的田垄深处，走来一位英俊的小伙，给我们每人送上一个绿色鲜嫩的莲蓬。我剥开莲蓬，品味着清甜爽口的莲籽，仿佛又闻到了湿润的泥土芬芳。周峰很自豪地介绍道，这个小伙子大学毕业后在省城几家大宾馆做过副总，今年才三十多岁，放弃在省城优厚的生活条件，辞职回乡当了村官，干得很好。“干得很好”四个字是有分量的，可见周峰对人才的器重。是啊，在人心浮躁的环境下，一个大学毕业生能自觉洗尽铅华，睁大望远的眼睛，找寻自己的人生价值，这不就是习总书记强调的要培养真正的懂农业、爱农村、爱农民的新型农民吗？我用敬佩的眼光打量着这位在烈日下奔忙，浑身汗湿的年轻人，心想，他的心中一定储存着家乡泥土的芬芳。

平整的土地，如一个巨大的棋盘，上面布满了各色各样的绿色生态棋子。蜘蛛网似的电力排灌系统，农业机械进出方便的机耕道路，像一条金色的飘带点缀田间。最让我动心的是，国家高级生化工程师黄庆禄教授带领的专家团队，正在这里运用他的国家专利技术，让蔬菜种植逐步告别农药化肥。

在这里，我看到了名副其实、充满希望的“国家级美丽乡村标准化示范村”的实践标本。中国几千年的农耕文明，世世代代面朝黄土背朝天的农民，盼望的小康生活，不正是今天我们在追逐的中国梦吗?

想到这一切，我激动地俯下身子，颤抖着手，捧起一把泥土，这是一股怎样的沁入心田的泥土芬芳啊！它让我如痴如醉，感慨万千，热血沸腾。我的眼睛湿润了。此刻，广袤的神州大地，在我眼前呈现着无限的妩媚与妖娆。那个让我日夜眷恋、育我成长的小山村，也飘来了带着浓浓乡愁滋味的泥土芬芳……

（刊发于 2018 年 7 月 30 日《人民日报》文艺副刊）

洛舍漾

张抗抗

洛舍，杭嘉湖平原一个水乡小镇。

洛舍是个喜乐的名字，北宋宣和年间，此地曾有“乐舍”之称，意即江南富庶宜居之地，也有说指南迁至此的洛阳人集居地，至近代终定名“洛舍”。小镇位于湖州市德清县境内，距著名的莫干山尚有二十七公里、距新市古镇也有三十公里左右，因而另成一隅自得其乐。小镇很小，一条街就走完了；小镇很老，史考早在新石器时代此地便有古村落聚居。小镇史上农桑稻米渔业丰衣足食，安逸闲静与世无争。但洛舍的与众不同，在于镇北有一个“大漾”，其水面浩阔，水波淼淼。我小时候站在大通桥头瞭望“洛舍漾”，觉得它像大海一样，坦坦荡荡望不到边际。那边——大人指着漾的远处说：岸北边就到邻县吴兴了。

“漾”——水流长、水摇动貌。《辞海》“漾”字解：泛、荡之意。漾水，古水名。漾漾，水波动荡。那首著名的苏联歌曲“山楂树”歌词：歌声轻轻荡漾在黄昏的水面上……

由此可知洛舍漾湖面宽泛、流水灵动。这个“漾”字用在这里，一字尽得风流。漾以洛舍得名，洛舍以漾为荣。洛舍漾水域条件优越，清康熙《德清县志》载：“鱼菱之利匪鲜”。据《德清水利志》记载，洛舍漾面积两千多亩，南起洛舍镇，北迄湖州市东林乡，北过湖州而入太湖。东苕溪从德清穿境而过，洛舍漾为东苕溪水系形成的湖泊，而东苕溪来自东天目山。古往今来，水就这么来去自由地荡漾着。饱满充盈的漾水，经过镇东的大通桥，与小镇的河港连成一体。在我幼年的记忆里，一条条河港穿镇而过，房屋被四通八岔的河湾环绕，家家的后门头都有涤衣洗菜的河埠。石阶下的水中立着系船的木桩，小河埠停小船，大河埠停大船，大大小小的河埠，就像小镇的门槛，船是小镇人的鞋子，上船出门，每一条河港都通往洛舍漾也通向大运河，我的妈妈就这样从运河跑到外面世界去了。

曾经的洛舍小镇，是温暖的外婆家。外婆离世很多年，小镇依然是外婆家。我离开小镇半个多世纪了，小镇依然是永远的外婆家。半个多世纪之前，从杭州去洛舍，坐摇橹的木船在大运河走一夜、后来是时长五小时的小火轮、再后来，通了汽车、再后来，是高速公路。河港一年年少下去，楼房一年年多起来。上个世纪 60 年代起，小镇填河铺路填河建房，水乡成了平地，失去河流的小镇，就像饥渴多病的躯体，有了衰颓之相。每次回去探望它，心里都有隐隐的痛。

幸好还有一座碧水盈盈的洛舍漾，安静地守护着小镇。湿润的水汽从湖上飘过来又散开去，犹如甘霖洒在小镇的上空。幸好洛舍是洛舍漾的小镇，洛舍漾用它丰沛的水滋润着、养护着小镇，于是，很多年后的一个春天，小镇苏醒过来。

我有几年没来外婆家了呢？变化恰恰就是在这几年里发生的。当我再次踏上洛舍镇的大通桥，我见到的是一座秀雅的小镇，临河一长排高大密集葱翠的香樟树和整洁的石板路，拉开了水乡情韵的序幕：白墙黛瓦的古镇老屋，保留了老镇的房屋风格，白墙上搭建着精致的黑瓦雨檐，是老房子的格调。房檐屋檩都是老款，细格子木门木窗，一线光亮从遥远的时光里透过来。宽敞的木栈道立在水中，沿着外河的岸边延伸，像我小时候见过的石板“塘堤”，凌空架在河里。一个湾又一个湾，从西墩到弄里，把整个洛舍镇的河湾和水墩环成了一个整体。江南多雨，木栈道上设有古色古香的木质长廊，还有供人休息的靠背长椅，让人想起早年洛舍小镇“南海”的廊棚。河埠头是必须有的，设计成了一条带篷顶的方头船形状，有妇人蹲在水边洗涤，河水一圈一圈荡漾开去。从洛舍漾来又到洛舍漾去的河水，清凌凌慢悠悠，像水乡人悠闲散淡的性格，更像一幅幅烟雨朦胧的水墨画。对岸的土墩也是从前的样子，从葱茏的树林竹园里，隐约露出房屋的一角，树下的河埠拴着一条条小木船，随时可解缆出门。在这幅图画中，河埠与船是不可缺少的，它们代表着水乡活着的生命，以及一种未被侵犯或改变的生活方式。有老家的亲戚笑吟吟从屋子里走出来，亲热地和我拉着手说话，可知这老房子不是用来参观，而是有人住的。再往前走，脚步停下了，一幢砖房门楣上写着“洛舍站”三个字。认出这是哪里了吗？当年你从杭州来，就是在这里下船的。哦，是轮船码头！码头依稀还有旧日的影子，一级级通往河里的石台阶，或许留着我幼年的脚印儿。尽管不再有轮船往来，小镇却保留了这个码头。我看见了多年前的洛舍站，从大运河来的客轮渐渐靠岸，雾气中隐隐可辨出码头上那个等候我们的熟悉身影，河上的风，掀起外婆带襻扣的衣襟……

我惊讶我欢喜。洛舍不再是原来那个洛舍，却更具水乡小镇的情致了。这是洛舍人多年来“精心策划”的老镇改造行动，既不伤筋动骨更非大拆大建，只是依着洛舍河湾的走向顺势而为，将多年的老河道进行疏通，让流水更通畅；路跟着河走，道路所经之处，临河的老房子都露出了外墙，再略加修整装饰，凸显出杭嘉湖农家的建筑元素。等于在洛舍老镇的外围，以河为界，以水为媒，置换出一个生活与休闲多用、民众可参与可共享的湿地公园。这个新洛舍综合治理的设计方案，具有相当的审美品位，规划方案出自年轻的镇领导班子的集体智慧。中国美术学院的一个设计团队，提供了与之默契的图纸。既然过去的老镇已回不去了，尽可能多留住一些水乡的风采和神韵，是今人责无旁贷的使命。

我的目光被栈道拐角上一个木制垃圾箱所吸引。这个垃圾箱的与众不同之处，在于它的箱檐上有一排黑白两色的琴键。确实是琴键，钢琴的琴键。它被巧妙地绘制于垃圾箱上，提醒或炫耀着钢琴制作与洛舍小镇的关系。这或许是一个略带传奇色彩的故事，平凡的小镇并不甘于平庸，闲适的小镇人也能创造奇迹。上个世纪 80 年代中期，小镇开始生产一种钢琴，初名“伯牙”，是专门从上海钢琴厂聘请来退休的老师傅，常驻洛舍精心研制打造出来的牌子。钢琴音质不错，价格适中，很受学琴的家庭欢迎。前几年网上流传一个小段子，说去洛舍购琴，在展销大厅遇一大妈，给他们讲解洛舍钢琴的种种优点，并随手给他们弹了一段钢琴曲，手法流畅娴熟。大家以为她是钢琴厂的导购员，最后发现她竟是钢琴厂的清洁工，可见洛舍钢琴的普及程度。三十年过去，洛舍钢琴顽强地繁衍发展，如今多家民营企业并存，年产钢琴达五万台，演绎出“农民”造钢琴的传奇。优雅的琴声打破了小镇上空的宁静，琴声如流水、流水如琴声，钢琴与古镇、音乐与洛水，就此结缘。

短短几年，小镇的变化令人吃惊。当年我插队的陆家湾村，环村皆水港，从镇上走水路，小船穿过洛舍漾，得大半个小时，或步行穿过砂村和张家湾，也得近一个钟点。而今陆家湾与张家湾已合并张陆湾村，从镇上开车过去只几分钟。陆家湾的大樟树依旧繁茂，村中心那个终年水量丰盈的大水塘，用条石砌垒加固，周围配有石凳长椅，成为村民的休闲场所。当年木条凳的俱乐部，改建成了舒适的文化会堂，旁边还有一个小型村史馆。村里的小河小桥都在，想起我和两个同班女生在河里学习划船，那条木船歪歪斜斜地一次次撞击着两边的河岸，却怎么也划不进洛舍漾。

是的，那一年我十九岁，正是“诗和远方”的年龄，小村子已容不下我的理想。我至今清楚地记得，那个月夜，我辗转坐上长途汽车回到杭州，报名去北大荒。然后又返回陆家湾村，收拾完行李后，叫了一条小木船，把自己的私人物品运去洛舍码头。我几乎像逃离一般告别了陆家湾，当时外婆正在杭州，我却没忘记把生产队分给我的那只竹榻送去了外婆家。小船穿过苍茫迷蒙的洛舍漾，看不见前方的岸在哪里。灰色的水波一浪一浪地拍打船舷，唰的一声，船底擦过了湖上的鱼簝，金色的鳜鱼从水面上跃起。那一刻我听见了洛舍漾的心跳，如同我青春慌乱的激情。洛舍漾终究没有留住我，但我在离开后的很多年中，洛舍漾却像一幅模糊而又清晰的黑白照片，从未被记忆覆盖。

半个世纪之后的这个春天，我们去一个叫作“洛漾半岛”的地方吃鱼。洛漾半岛据说原是洛舍漾南端的一座风水墩，经过规划整治，变成了一座绿草茵茵鲜花烂漫的水上公园。

迎接我的是一条古色古香的木结构画舫，不是当年的小船，而是一条气度轩昂、可观景亦可用餐的大船。它泊于洛舍漾岸边，静候八方来客。人在其中，几乎感觉不到洛舍漾水浪的晃动。从窗口望出去，洛舍漾辽阔的湖面依旧烟雨朦胧，是我多年前熟悉的水景。漾水平静而淡定，冷眼察看着世事沧桑，波澜不兴处变不惊。很久以前的日子渐渐从水的深处浮上来，那时候，老镇的小街商铺盈客，临河有一长排茶馆面馆，房屋都站在水里，底下用一根根圆柱撑起来，像一只只长脚鹭鸶。从河上摇来小船，叫卖青菜鲜鱼，从窗口把竹篮放下去，提上来就是，再把钱币放在竹篮里放下去付账。小镇往昔的日常风景，那些安逸的旧时光已不复再现。那一刻，我领悟了洛舍漾的温情与柔韧。它拥有宽大包容的胸怀，咽下了也盛下了历史的所有苦难。

如今的洛舍漾一如既往地荡漾着，慷慨地用它所有的气力，把一条条大船托举在湖面上。洛舍漾有自己应循的水道，它终究要经太湖入黄浦江而汇东海。

（刊发于 2018 年 8 月 22 日《人民日报》文艺副刊）

呼伦贝尔银色的春天

艾　平

这就是呼伦贝尔。大雪无痕，周天寒彻，然而每一种生命都勇敢地活着，顽强地延续着，物竞天择，永不放弃，构成了生生不息的春天。

朋友从晴光转绿蘋的南方来。降落在呼伦贝尔大地，他不由一脸惊讶——哎哟，这不是回到了冬天吗？“雨足郊原草木柔”在哪里？“马踏春泥半是花”在哪里？的确，这里看不到绿色，积雪一如冬季，覆盖在无垠的草原上，旧年的牧草从雪里钻出来，随风摇曳，马群的后面，冰碴和霜花飞扬而起……我告诉他，呼伦贝尔的春天，在银装素裹中。

呼伦贝尔二十多万平方公里，大兴安岭群山，由西南向东北纵贯其间。在大山的西面，就是茫茫的呼伦贝尔大草原。我们驱车，走向草原深处，一路看烟雪浩渺，苍穹浑然。脑海中的山舞银蛇，原驰蜡象，通通被平坦旷远的地势摊平，遥看有，近却无。

走出一百公里，伊和乌拉山像巨人一样，平地而起，出现在我们面前。此山诞生于远古的某一次地壳运动，海面成为草原，礁石升腾成山。和草原上的所有丘陵一样，这山的形状使人想起馒头，不同的是，在馒头的顶端，兀立着一排高大的岩石，像是长生天信手将一段长城放在了这里，恰好挡住了西伯利亚来的寒流。这里的牧民年年在山顶垒石插柳，建成一个大敖包。每到六月，他们从四面八方而来，带着美酒和全羊，祭祀祈福，盼望草原风调雨顺，万物吉祥。此时，那些鲜艳的经幡凌空飘扬，把云染成了宝蓝色、明黄色、翠绿色。我们攀上岩石，向敖包献上洁白的哈达，以顺时针方向，绕敖包三圈，每人垒上一块石头，以示敬意。

春天的信息如期而至。

我指给朋友看，在南面的石缝中，溢出一缕缕苔藓样的污渍，那是鹰的粪便。鹰在这里坐窝孵卵，是因为这里险峻又有阳光。岩石的南北两面的温差很大，一块面包，在南可以晒焦，在北可以雪藏到夏天。朋友背靠岩石，果然感到一片温热，瞬间将身上的寒凉驱走。我拨开脚下的草丛，让朋友看——一抹嫩嫩的绿，已经在泥土里洇出。

一切仿佛都是长生天的杰作，伊和乌拉山脚下，九曲十八弯的海拉尔河缓缓流过。海拉尔河发源于大兴安岭，那凛冽而又野性的河水，从山间泉涌直下，到了平坦的草原，就没了脾气，乖乖变成绣女手中的丝线，慢慢地在天鹅绒般的大地上缠绕，不知道绕了多少道弯，方依依不舍地远去。

谁说季节还在沉睡？西来的风撒下一把冰冷的钢针，为河道除了积雪，掀开了盖头，让春天由此崭露美颜。看那河床吧——长长的蓝冰在雪原上闪耀光泽，犹如蓝宝石的无数切面，反弹着太阳的光芒，仿佛一条雪原上的项链，熠熠楚楚，美不胜收。下山走去，我们远远就闻到了河水的气味，是灌木浸泡在水中的清香，是干草在冰雪中酥软的冷香。蓝冰的边缘已经融化，河畔弥漫着温情的潮湿。我们拥抱蓝冰，听到河底微微的水声。

我要在这里找一朵花儿给朋友看。那花是从雪窠里长出来的生命，是寒冷中色彩的童话，是一个渺小的奇迹。果然，在柳树下的残雪中，我找到了她。这小花名叫细裂白头翁，已然含苞待放！她是那么矮小，几乎是贴在地皮上长着，她是那么低调，浑身是毛茸茸的灰，只有花蕾上一抹幽幽的蓝。朋友啊，你可知道，这小小的蓝花，是草原花海的第一声呐喊，也是春天里最富营养的牧草。

行至鄂温克族自治旗的林缘草原，我们骑上骏马，去看牧民斯仁道尔吉家的春牧场。

霜雪是天上垂下来的纱幕，使簇新的村落隐于一片朦胧中；黛绿色的松林，把群山涂抹得深深浅浅；风被山林阻断，炊烟像水墨一样徐徐升起，天地犹如曲终人散的水晶宫殿，澄明而寂静。耳边是马蹄敲击雪壳的声音、雪块从松枝上坠落的声音……

山地松林密布，好在我们的马匹有记忆，它们腾腾挪挪地躲开树根和雪坑，走得机敏又从容。当我们到达山顶的时候，一道阳光猛然来袭，像无数金箭，射入遍地白雪。风景一泻千里，到处银涛起伏，积雪暄腾，如蝴蝶在马腿前纷纭。远来的朋友情不自禁，任由冷空气穿透肺腑，张开双臂，大声欢呼起来。然而，他的声音很快被一部激昂的合唱淹没，那合唱来自山阳坡上的开阔地。

斯仁道尔吉和妻子娜莎选择了这里作为春牧场。在高寒的呼伦贝尔，三月到五月初，虽然天气已经转暖，但是常常会有零下二十摄氏度以下的寒流，不时出现暴风雪。尽管家家都有了过冬的棚圈，有经验的牧人还会借助日照的温暖来接羔保育。斯仁道尔吉和娜莎正在接羔，他们跟前有一只母羊正侧卧在干草上，身子不停抽搐，已经分娩出两只羊腿，却老是不见羊羔的脑袋出来。夫妻俩的脸被冷风吹得黢黑，手上布满皴裂的口子。周围待产的母羊、趔趄着要站起来的小羊羔、正在用舌头舔初生羊羔毛皮的羊妈妈，异口同声地咩咩叫着；两头小牛犊在羊群里乱窜，引起羊群一阵阵骚动；不远处的几匹马，也像凑热闹似的打着鼻响儿，有一匹母马面临分娩，每当小马驹在它的肚子里蹬腿，它便不安地四面徘徊。这对年轻的夫妻忙得不可开交。

斯仁道尔吉看到我们，一笑，用肩头的毛巾擦去脸上的汗水，示意我们不要再往前走了。我知道，如果惊扰了刚生宝宝的母羊，它就会拒绝哺育自己的新生儿。

不远处，两只棕黄色的狗也发出了叫声，那是一种浑浊而尖锐的叫声，叫人感到异样。天哪，看到那边两个蓬松的大尾巴，我们才意识到它们竟然是两只沙狐狸，野生的！它们一直在羊群的外面转悠，既不靠近，也不远离，当忙碌的娜莎从它们身边走过，它们似乎并不害怕。

这时，两只狐狸突然用后腿站起身来，围着娜莎转圈儿，让人非常奇怪。斯仁道尔吉抬头示意，原来空中来了一只巨大的草原雕，它飞得很低，在地上已经能看清它尖利的鹰嘴和铁钩般的鹰爪，真叫吓人！我想起一张照片——草原雕叼着一只狐狸飞在天上，张开嘴欲将狐狸扔下来摔死，那是草原生物链上一个无情的镜头。现在，谁是草原雕的猎物，是羊还是狐狸？却见草原雕盘旋了一圈，渐渐飞远了。娜莎说，它看到有人，也害怕。这时两只狐狸早已没了影儿，原来是钻进了自己的洞穴。

朋友好奇，让娜莎带我们去看狐狸的洞穴。真没想到，狐狸的洞穴，就在一条自然路的两侧，洞口露天，有一堆冻土围着。由于牧民不伤害它们，它们便越发不怕人，还学会利用人来保护自己。不知道在它们深达三米的洞穴里，藏着什么秘密。

一群喜鹊呼啦啦腾空飞起，我们才发现它们的存在。喜鹊吃腐食，一年四季都会跟着蒙古包走。它们成帮成伙儿，每每赶在狐狸之前，把食物抢走，狐狸一来它们就远远躲起来。现在，狐狸已经进洞，草原雕也飞走了，是谁让它们惊恐万状？

斯仁道尔吉指着雪地上的一串动物脚印说："它是不会让人看到的。"原来，除了狐狸，不远处还有狼。可能是洞穴中的母狼生了小狼崽，所以公狼常常出现在羊群附近，但是它没有袭击羊羔，也没有袭击小马驹，只是踅摸那些流产夭折的羊羔。怪不得那两只狐狸不敢靠近夭折的羊羔，它们明白，要是去抢狼的奶酪，自己会命丧狼口，最后成为喜鹊的食物。娜莎说，狐狸应该快点生，带着小狐狸崽转移，不然小狼崽长大了，肯定来占领狐狸洞，那时候可就惨了……

朋友，这就是呼伦贝尔。大雪无痕，周天寒彻，然而每一种生命都不曾屈服，都勇敢地活着，顽强地延续着，物竞天择，永不放弃。正是它们，构成了生生不息的春天。

忙了一天，数一数接下的羊羔，真是叫人高兴，足足十七头！再看看羊群里那些肚子大大的待产母羊，斯仁道尔吉美滋滋地端起了浓香的奶茶。

丰收了！这是斯仁道尔吉和娜莎从农牧大学毕业，回到草原接手父母的牧场以来，第二次取得足以告慰父母的好成绩。前年，赶上大旱，在呼伦贝尔不足一百天的无霜期里，牧草来不及长高结籽就枯萎了。没有牧草，斯仁道尔吉和妻子组织各家各户，用卡车拉着羊群，翻越大兴安岭，租用黑龙江农民的玉米地，让羊吃秸秆过冬。适宜的气温和丰足的食物，使羊群返回呼伦贝尔的时候，保持了良好膘情。去年水草丰美，羊儿肥壮，他们又早早地把种公羊放到羊群里，今春新羔就提前出生了。等到六月草长莺飞，这些羊羔会长得比往年大，觅食能力更强，可以汲取多种牧草的营养，到入冬出栏，它们差不多和二岁子羊一样肥壮，那羊肉一定是芳香酥嫩，让人尝一口一辈子忘不了的。

斯仁道尔吉说，我们牧人的幸福就在羊身上，羊好，日子就好。去年秋天，草原上终于又出现了晨雾和秋霜，这就说明地下水的水位渐渐升起来了。看来国家实施退耕还牧、禁止乱开矿的法规很有效果。这可真是叫人喜悦的事情啊——每一棵牧草上都挂着珍珠的草原就要回来了！盼只盼，再来几场雪，我们有了银色满满的春天，就有一碧千里的夏天，就有遍野金黄的秋天。

（刊发于 2019 年 3 月 22 日《人民日报》文艺副刊）

未来之城

——雄安新区见闻

李春雷

每一个春天都相似，每一株国槐都相似，每一穗小麦都相似，但年轮不一样，角色不一样，蕴涵更不一样。

就像这新时代的骄子——雄安！

今年春节过后，我再度前往雄安新区采风。一年多来，我和世界上所有的观众和听众一样，时时在热切地观察着、谛听着、期待着，期待早日全面开工。

出保定，东北行，驱车50公里，进入容城县城，便是雄安的中心腹地。

踏上这片热土，总有一种莫名感觉，似乎进入了一个强大磁场。的确，这里弥漫着一种特殊浑厚的气氛：每个人、每株树、每条船、每辆汽车、每座房舍，表面上都是平和的、安详的，但其内心，又都是激情的、雀跃的。

最早的篝火

地球漫漫几十亿年间，阜平运动、五台运动、吕梁运动、蓟县运动、华力西运动……一次次造山运动，天地间岩浆喷溢，海水煮山。缀满日月星辰的产帐里，顿失浩渺无垠的蔚蓝。大海颤抖着、哭泣着渐渐后退，让位于缓缓崛起的峥嵘。太行山挽着华北平原，从海水中壮烈地诞生。

数亿年的混沌。这片山岩地带经过雨浸风化，长成莽莽森林，衍生了低等却丰茂的生命。

长期亲近、岁月磨合，大山与森林，终成眷属，形成稳定的生态系统。他们的女儿，便是脉脉细流，出落成小溪，发育为大河，带着嫁妆，嫁于平原。年深日久，太行山东麓，形成了一个个扇形冲积区。

滹沱河与永定河冲积扇南北相峙。低洼地带，便是儿时的白洋淀。

末次冰期结束，气候变暖。大型耐寒动物们渐次退场，小鹿、黄羊们悄然登台。远远地躲在山洞里的人类，也试试探探地走下来，在白洋淀周边安营扎寨，打猎捕鱼。

1986 年，考古学家在白洋淀区域发现一处古人类遗址。据考证，距今 1 万年左右，为北方地区年代最早的新石器时代遗址。

白洋淀的先民，点燃了河北平原早期的文明篝火……

天地之心，神秘莫测。

距今 6000 年前后，气候暖湿，河流纵横。白洋淀迅速发育，面积扩张，覆盖今保定大部分地区，襟连廊坊、天津、沧州等地。

这场洪水，对华夏民族影响甚巨。

《孟子》载：“当尧之时，天下犹未平，洪水横流，泛滥于天下。”禹遵舜命，全力治水，因势利导，水患始平。

水运映国运

水运映国运，此言颇不虚！

公元前334至前311年，燕国为防御秦、赵、齐国入侵，在白洋淀北岸修筑南长城。

这便是现在“长城堤”的前身，即白洋淀北界。

白洋淀，作为军事要地，第一次被提升到国家（诸侯国）战略高度。

东汉末年，曹操为统一北方，凿通水道，使“清、淇、漳、洹、滱、易、涞、濡、沽、滹沱同归于海”，初步形成如今的海河水系。

逮至北宋，大兴土木，建造屈曲九百里的“塘泺防线”。

宋代建设，奠定了白洋淀今天的格局。

打破这一方宁静的，是元明两代的大肆破坏。

元朝在北京建立大都城，燕山、太行山森林遭到严重破坏。及至明代，砍伐愈烈。

亿万年来形成的生态系统，彻底紊乱。燕山、太行山区水土流失，下游河道淤塞，洼淀淤浅，退缩以致湮废。

恶性循环，愈演愈烈！

20世纪50年代，白洋淀总面积561.6平方公里。因入淀河道狭窄，宣泄不畅，加之堤防不固，每到汛期，一片汪洋。

为根治洪涝灾害，国家采取塞源节流策略，在各入淀河流上游修建水库。虽然减轻了下游洪涝，但由于上游水库拦蓄，入淀水量逐年减少。

70年代初期，白洋淀治理方针调整，简单地提出了“向淀底要粮”的口号。随后，工农业粗放发展，用水浪费，导致地下水严重超采。

一汪明亮的美目，悄然黯淡，濒于干枯。

千年一凝眸

中国，痛定思痛，最终找准位置，与大自然握手言和。

近年来，国家陆续上马“引岳济淀”“引黄济淀”等工程，终于使白洋淀重现生机。

丛丛芦苇之间，荷叶田田，萼红灼灼。白洋淀宛若一位村姑，焦虑过、痛苦过，却也在慢慢成长、成熟。

白洋淀，终于从历史的愁云惨雾中款款走出，蛾眉清秀，笑靥如花。曾经的忧戚与泪水，俱已远矣。

…………

河北简称“冀”。

禹分九州，“冀”冠其首。

“冀”，是希望，是期待，是梦想。

她，在默默地梦想什么？

世界格局变化，国内发展转型，都对中华民族的未来发展提出了新的更高要求，而首都，远远超出其自身承载能力，负重前行，力不从心。

治国如治水。真正的政治家，必然效法大禹，因势利导。

历史的目光四顾扫描，最终凝眸白洋淀——雄安新区横空出世！

白洋淀区域，陡然被提升到前所未有的国家战略高度。

容融如水流

雄县、容城、安新三县呈掎角之势，互为表里。

这是一种天然的融合与对接，雄壮之风，容融之量，安详之气，在此归一。

采访期间，我偶然听说，三县的医疗卫生教育系统与京津冀的对接，各有侧重，容城主要联手北京。

第二天上午，我采访容城县医院。

院长告诉我，过去与外界联系，请专家来坐诊、义诊，基本办不到。现在，雄安成了高地和热土。前年 5 月，国内内镜方面权威的友谊医院主动支援一台设备，并派专人坐诊。同时，北京中医医院、中国中医科学院也先后入驻。去年 11 月 22 日，又与北京宣武医院正式签署合作协议。

我又赶到原容城小学。去年 3 月 1 日，这家小学已正式更名为：北京市朝阳区实验小学雄安校区……

据介绍，最早开工的居民区——容东片区，将混合安置第一批搬迁户和外来人员。客人主人，前后比邻，互通有无，相亲相近。

文化，像白洋淀的柔水，润物无声，容而后融。

几年之后，外地人，本地人，都是雄安人！

今夜静悄悄

傍晚，我赶到雄县县城东北 10 公里处。

这里，是未来的雄安高铁站。

黑黑的野外工地上，板房连营，灯火辉煌。一排排大型机械，收拢着铁臂，在默默酣睡。就像勇猛无敌的巨灵神，只等一声令下，便会赤膊上阵，开天辟地，再造乾坤。

附近大院里，我细细观看高铁站设计图。地下三层，像一窝精微的巨型蜂巢，更似一块细密的机械手表。

一位指挥长模样的人说，开工准备，基本完成。造价 30 多亿的工程量，压力很大。不过，我们情愿，这是在创造历史啊！

一串爽朗的笑声，碰撞在四壁，又反弹回来，像一阵阵震颤的雷鸣……

采访之前，我听到一些议论，质问动工太慢。

是的，社会心情，可以理解，总希望早早看到一个雄壮的雄安。但要在一片偏僻的低地上建造一座最高质量的现代化新城，需要地上地下太多太多的准备：数千家相关设计单位要衔接到位、严丝合缝；数十万张图纸要精益求精、千锤百炼；数十万建设大军要安排就绪、稳扎稳打；数千万吨物资要按图索骥、预制完备……

放眼千年，万无一失！

当年深圳高速度，今日雄安高质量。

的确，外人看来，雄安似乎不紧不慢。其实，它的内里，早已是高速运行状态。

一年多来，新区管委会的大楼里，灯火明亮，通宵达旦，枕戈寝甲。从全省乃至全国各地抽调的年轻精干的各类人员，轮流交接，日夜兼程。

安静的背后，一片沸腾！

绿色的期盼

小王营村，属于安新县，却位于容城县城南郊。冀中平原的村名，多带有营、寨、堡、垒几个字。显然，大都与历代战乱有关。

小村人祖祖辈辈生活在这个偏僻、贫穷的角落，以种植小麦、玉米和棉花为主。近些年，不少村民从事服装加工和粮食购销生意，生活基本富裕。这些朴实的庄稼人，文化程度不高，生活也很低调。

2017 年 2 月 23 日上午，村西南麦田的土路上，来了几辆面包车，还有一些陌生的治安人员。不少好奇的村民远远地看，却也看不清楚。

他们当时没想到，正是这些人，代表国家、代表历史，为这片土地赋予了全新的生命！

一望无际的大地，长满密密实实的麦苗，蜷卧着，像毛毯。阳光照在上面，懒洋洋，暖融融。麦苗们睡着了，做着碧绿色或金黄色的梦。这是这片地上“最后的小麦”。

大田里，纵纵横横地插着一排排小红旗。那是地勘人员或工程人员的信号。

按照雄安新区建设“三步走”的思路，起步区面积约100平方公里，中期发展区约200平方公里，远期控制区约2000平方公里。而在起步区内，又有20—30平方公里启动区。

显然，这里就是启动区的核心地块！

我走进容城县城东侧的一片临时建筑。这里是雄安生态公司。

他们的使命，就是植造绿色。

一个工程师模样的小伙子，对照展板，向我阐述。展板上，五组城市板块之间，全是绿地和森林。

未建城，先植树，明天的新区将镶嵌在蓝绿交织之中。蓝绿空间占比，达到70%。

蓝，当然是指白洋淀。目前，白洋淀面积不足200平方公里，通过“引黄济淀”等工程，将逐步恢复到360平方公里，真正还原“华北之肾”功能。

哦，黄河，中华民族的母亲河，将永久地滋润和怀抱新区。

新区森林覆盖率现为11%，未来将达到40%—50%，让居民300米见公园，1公里入林带，3公里进森林。

走进附近一片林地。每棵树上，都佩戴一块白色牌子。

我拿出手机，对准一株国槐，扫一下，“嘀”的一声，一组信息弹射而出：来自哪里、何时栽种、何人栽种、体质情况等等。

未来的新区，侧重为人才而建，为产业创意而建，没有高楼群，没有压抑感。既有舒适的生态、文化环境，又有优质的医疗、教育条件。筑造一个生态文明平台上的理想暖巢，吸引优秀人才。

拥有与最前沿、最高端紧密相连的创新型人才集群，便会拥有未来！

小伙子告诉我，新区树种在注重季节和品种多样化的同时，更加顺应自然，突出乡土树种，如国槐、白皮松、油松等等。只有乡土，才会茂盛，才会与本地水土气候最大融通。而且，对于所有树木，只做简单修剪，不裁主干，任其自然生长，大树成荫，绿浪如海。

使命神圣

我采访的最后一站，是市民服务中心。

所谓市民服务中心，即党政大院。这个中心，位于容城县城东侧，坐落于雄安新区中轴线上，北与天安门广场遥遥相对。

大院建设堪称奇迹。整个 363.6 亩地面上的数十栋建筑，没有一砖一瓦，全由钢架结构和环保模块组成，建设周期只有 112 天。

院内的交通工具是无人驾驶环保汽车。一款方形的蓝色精灵，敏感且轻盈地自主行驶，梦幻一样怀疑，却又石头一样真实。

最惊奇的是地面，看似普通水泥地砖，却有海绵特性。中小降雨，全部吸收，收集到地下水库，净化后，浇树喷花淋草坪。

在这里，我见到了雄安新区负责人。他表示，新区任务神圣，那就是不折不扣地完成中央赋予的使命！

他说，新区还肩负着许多新使命，比如总书记强调的推进信息化问题。如何能够建立客观、透明的信用管理体系，形成无所不在的社会监督，这是国家治理现代化的关键一步。

他表示，未来的雄安，将是中国最大的5G试验场！

在这早春季节，我分明感到了春潮的涌动，似乎听到春风的哨音，仿佛看到百花的盛开！

…………

晚上，我住宿在白洋淀边一家旅店。枕着无边的清新和静谧，睡眠格外香甜。

早上醒来，忽然发现窗户上一摊暖红，颤颤的，鲜鲜的，如羞赧，如蛋黄。我心内一振，马上起床，向外走去。

周围就是白洋淀。圆润的湖面，似乎是闭合的眼睑，仍在酣睡。

渐渐地，红愈加浓稠，涂染水面，半湖瑟瑟半湖红。

这时候，太阳冉冉升起，惺惺忪忪的白洋淀，满面粉红，楚楚可爱。忽地，一阵风来，仿佛一通锣鼓，万物惊醒。顿时，鸟鸣满天，岸边大树上胭红的叶片，犹如无数鼓动的手掌；水中的芦苇，恰似一条条飘动的红纱。而众多晨练者，便是幸福的嘉宾了……

这中国的明眸，蓄满着微笑和自信，写满着对未来的美丽希冀！

（刊发于2019年3月23日《人民日报》文艺副刊）

长岭雁来

李　迪

这个故事发生在美丽的鄱阳湖畔。

鄱阳湖，中国第一大淡水湖，当地人管它叫海。四千多平方公里的水面，一望无际，烟波浩渺。碧水环绕的四十一个岛屿和七个自然保护区，使其成为世界著名的候鸟天堂。越冬时节，万鸟欢聚，飞起遮日月，落地不见草。

湖畔有个长岭村，绿荫似盖，青瓦如鳞，人间四月天。

村民沈红卫、邹玉莲夫妻，心眼儿活又肯吃苦，用自家的责任田和柴山，跟当地人换了一块荒地。良田换荒地，以少换多。多多少？哎哟喂，连地面带水面，两百六十多亩！这块沿湖的荒地，靠近刘家垅水库，山丘沟壑，蒿草丛生。夫妻俩起早贪黑，挥汗如雨，两双手来两把锄，硬是把荒地变成水田和果园，山上种桃李，田里栽稻禾，又挖了鱼塘，建了禽舍，养鱼外带鸡鸭鹅，创办起一个生态家庭农场。

每天一早一晚，玉莲拎着稻谷来到池塘边，嘴里叫着，咕咕，喔喔！四处嬉戏的公鸡母鸡就你追我赶凑上前。她又叫，鹅哩，鹅哩！鸭和鹅就扑棱着翅膀飞上岸，不由分说来赴宴。

鸡鸭鹅，乐呵呵；夫妻俩，笑开花。

2017 年正月初七，玉莲一早起来喂稻谷，忽然发现抢食的鸡群里多了一只“大家伙”！起先，她还以为是自家的鹅，定睛再看，不对，这“大家伙”黑嘴褐羽，黑头白脖，跟自家的鹅完全两样儿。不是自家的，它却不认生，大嘴二嘴地吃起来，不管也不顾。

红卫闻讯赶来，也看着新鲜。哎哟喂，这是谁家的鹅跑出来了？

玉莲说，我瞅着不像鹅呀？

红卫说，像不像，三分样，不是鸡鸭就是鹅！你瞅它饿的，就让它吃吧，不缺它的口粮。回头谁家来找了，就让他们带回去。

这“大家伙”仿佛听懂了红卫的话，心安理得吃个肚歪，打个饱嗝儿，下水消化去了。

就这样，一天两天，十天半月，没等到谁家来认领，却只见，扑啦啦，从天上又飞来一只。一模一样，大模大样，落进池塘就撒起欢儿。

从此后，两个“大家伙”日出而飞，日落而息，如入无人之境。

家里突然添丁多口，鸭不是鸭，鹅不像鹅。红卫认真起来，就请行家来辨认。行家离老远就叫起来，这哪儿是鹅呀，这是大雁！

啊？夫妻俩又惊又喜，大张的嘴巴合不拢。

专家说，雁分好几种，在咱们鄱阳湖过冬的就有黑雁、灰雁、豆雁、斑头雁、鸿雁。这两位来客，就是鸿雁。别看它们成双成对儿，可都是母雁。姊妹花儿啊！

说着，专家就唱起来——

鸿雁向南方
飞过芦苇荡
天苍茫
雁何往
心中是北方家乡……

这支出名的歌，红卫也会唱，歌名就叫《鸿雁》。

会唱归会唱，喜欢归喜欢，可鸿雁不请自到，可把红卫忙坏了。为啥？因为专家对他说啦，鸿雁已列入濒危物种名录，在全世界都受到保护。它们原本是来鄱阳湖过冬的，开春就飞到北方去。现在忽然选择在长岭安家，说明这儿草丰、水美、人好。你千万要保护好它们，不能有半点儿闪失。它们想留就留，要走就走，来去自由。在长岭一天，你就要负责一天！

红卫一下子忙起来，忙得寝食难安。白天要看好喂好，晚上还爬起来，打着灯到处查看，生怕草里有蛇或其他什么动物伤了鸿雁。稍有空儿，就打开手机上网，寻找鸿雁的词条，看它们有什么习性，看它们爱吃什么。哦，爱吃草，还爱吃小虾小蟹，这些岸上水里都不缺。再说还有稻谷呢，饿不着它们；哦，觅食多在傍晚和夜间，清晨才返回水中休息或游泳，有时也在草地上休息。好吧，有我在，你们想觅食就觅食，想休息就休息，保证安全。

当然了，更多时间，红卫都守在岸边观察这两只鸿雁。它们一天到晚吃草吃得好厉害啊，田里一有小草就吃光，赶上除草机了。农场里还养了一公一母两只鹅，最初，两只鸿雁在池塘里与鹅离了一丈多远，不敢接近。个把星期后，就慢慢融洽了，玩到一块儿去了。你言我语，你喊我叫。后来，玉莲提着稻谷来到塘边，只要一喊，鹅哩，鹅哩！两只鸿雁就和鹅一起上岸来吃。稻谷不用去皮，直接喂，它们就直接吃。吧嗒吧嗒，吃得可香呢。再到后来，两只鸿雁吃惯了，早上不给稻谷就不下水，吃好了才下水。下午四点前后，它们又上岸来要吃的。玉莲说，吃吧，管够！

转眼到了八月。有一天，两只鸿雁突然从池塘里飞起来，飞得很高很高。从红卫家门前飞过，一直飞到山那边，瞬间无影无踪了。

没有告别，就这样匆匆离去了。想到与它们的朝夕相处，望着空荡荡的天际，红卫忍不住流下了泪。它们还会回来吗？

听说鸿雁飞走了，玉莲也急忙从家里出来，啊，它们就这样飞走了？连晚饭都没有吃！路上会不会饿呢？它们到哪儿去找吃的啊？

想不到，就在夫妻俩难过的时候，两只鸿雁又飞了回来。它们在天空盘旋了几圈儿，又落进水塘里，嘎嘎地叫着。好像说，我们回来了，我们舍不得离开你们！

夫妻俩喜极而泣。

一切又照常了。

咕咕，喔喔！鹅哩，鹅哩！

鸡鸭鹅雁热闹成一大家。

这天，邻居老黄来了，想买走那只母鹅，要给他家的公鹅做伴儿。你家不是还有两只母雁吗？老黄说。

红卫两手一摊，鹅是鹅，雁是雁，两码事啊！

但是，他禁不住老黄死缠烂打。好吧，鹅我不卖，你先抱走吧。等你家公鹅过了劲儿再抱回来。

母鹅被抱走了。

剩下孤单的公鹅与两只鸿雁相依为命。

本来鹅是不会飞的，可它看见两只鸿雁飞来飞去，不由得心痒，也跟着学。还别说，学着学着，还真飞起来了。只不过，飞不太远，也飞不太高。

玉莲说，哎哟，长本事了！

红卫说，长岭尽出新鲜事！

可是，夫妻俩还没高兴够呢，这天就出了事。

下午，两只鸿雁突然飞起来，公鹅也跟着飞起来。这回，它不但飞得高，而且飞得远，直到天黑都没回来。夫妻俩急了，跑到山上到处找。当他们一无所获回到家时，发现两只鸿雁早已回到了池塘。可是，公鹅没有回来。公鹅哪儿去了？

这一夜，夫妻俩都没睡。几次好像听到公鹅叫，爬起来就往门外跑。

没有月亮，也没有星星，天黑如墨。

公鹅在哪里？

第二天一早，夫妻俩顾不得喂稻谷，又分头去找。

天呀，在高压线下，红卫发现了公鹅。它紧闭着双眼，早已僵硬成石头。它飞呀飞呀，飞不动了，落在高压线上，没站稳，从上面摔下来了。

在池塘边的草丛里，夫妻俩哭着掩埋了他们的心爱。

你没有离开我们，玉莲说，当我喊你吃饭的时候，你能听得见。

这时候，有一个人悄悄地来到了池塘边，怀里抱着两只鹅。一公一母。这是邻居老黄。

老黄放下两只鹅，悄悄地来，又悄悄地走了。

春暖花开了。

两只懂事的鸿雁都生了蛋。

让红卫夫妻俩没想到的是，鸿雁不仅生了蛋，还孵出了孩子！

这是跟公鹅的孩子。毛茸茸，天真又可爱。

这可真是奇迹呀！

玉莲数了一遍又一遍，到底也没数清有多少只。

红卫对这些小宝宝说，你们到底是雁呀还是鹅？

小宝宝们叽叽喳喳。好像说，我们不是雁，也不是鹅。

红卫笑开了，那我以后就叫你们雁鹅吧！

小宝宝们又一阵叽叽喳喳，好啊，好啊，我们就是小雁鹅！

鸿雁不像母鸡，一天生一个蛋。它们今天生一个，也许后天再生一个。一生下来就用草盖住，不让人发现。生得差不多了，鸿雁就孵起来。孵累了，要吃要喝了，公鹅就去替换。

更有意思的是，老母鸡居然也帮上了忙，把鸿雁生的蛋抱在翅膀下，来回翻动着孵，一次能孵十多个。小雁鹅破壳出头了，老母鸡咕咕咕地当成自己的孩子养。小雁鹅能吃能喝，长得很快，马上就出落得不像小鸡了。老母鸡仍旧不弃不离，咕咕咕地带着到处跑。忽然有一天，小雁鹅下水了，老母鸡吓得惊慌失措。这时，鸿雁拍着翅膀赶来，带着小雁鹅在水里学游泳。哦，来了游泳教练，老母鸡这才安心了。

有两只鸿雁在长岭安家了！春风把喜讯传遍四方。报社记者来了，十里八村的乡亲来了，摄影爱好者来了，爱鸟护鸟的志愿者也来了。两只鸿雁成了“网红”，喜气洋洋地迎接八方来客。

有记者问夫妻俩，以后你们会卖雁鹅吗？

红卫连连摇头，不卖，不卖！人鸟共家园，同在蓝天下。这是我们长岭的传奇，也是鄱阳湖的传奇。到了九月，小雁鹅就会有一百多只啦，我要让它们的妈妈带着它们，飞遍鄱阳湖，去看一看青山绿水，去迎接首届鄱阳湖国际观鸟节！

（刊发于 2019 年 8 月 17 日《人民日报》文艺副刊）